Barbari del Dilà

Spatterlight
Amstelveen 2022

BARBARI DEL DILÀ

MATTHEW HUGHES

Un romanzo ambientato nell'universo dei Principi Demoni, di Jack Vance

Traduzione di Marco Riva

Questo romanzo è basato sulla serie dei Principi Demoni:
Il Re Stellare (The Star King) © 1964, 2005
La macchina per uccidere (The Killing Machine) © 1964, 2005
Il palazzo dell'amore (The Palace of Love) © 1967, 2005
La faccia (The Face) © 1979, 2002
Il libro dei sogni (The Book of Dreams) © 1981, 2002
by Jack Vance

Traduzione: Marco Riva
Copertina: Tiziano Cremonini

ISBN 978-1-61947-453-6

www.spatterlight.nl

Barbari del Dilà

Nota del Traduttore

Desidero ringraziare Matthew Hughes per aver scritto uno stupendo romanzo ambientato nell'universo dei Principi Demoni di Jack Vance, con particolare riferimento ai primi due libri della saga: "Il Re Stellare" e "La macchina per uccidere".

Desidero anche ringraziare John Vance, figlio di Jack, e Koen Vyvermann della casa editrice Spatterlight per avermi dato l'occasione di poter tradurre in italiano questa splendida avventura.

Devo inoltre ringraziare il mio amico Diego Rossi per i suoi suggerimenti e le sue correzioni al testo italiano, come mio curatore, e mio figlio Carlo per un'ultima rilettura. Senza il loro aiuto questa traduzione non sarebbe stata possibile.

La storia mi è piaciuta così tanto che ho deciso di domandare a Matthew quali sono stati i motivi per cui ha deciso di scrivere questo romanzo e quali sono state le sensazioni e le emozioni che ha provato scrivendolo.

Riporto qui le dichiarazioni di Matthew, tradotte direttamente da una sua mail e da una sua intervista rilasciata al blog di John Scalzi.

"Jack Vance è stato una voce unica nella fantascienza e nel fantasy e la sua era la voce di un genio che per decenni ha avuto un effetto profondo e duraturo su tantissimi altri autori. Come me, questi scrittori hanno letto Vance quando erano giovani: ne sono rimasti così intimamente colpiti da tenere Jack per sempre nel loro animo.

Questa serie dei "Paladini di Vance" è un modo per mantenere una luce brillante sull'eredità del più grande paesaggista della fantascienza.

John Vance mi ha gentilmente permesso di giocare nella sabbia di suo padre e ho costruito il miglior castello che potessi fare per onorare l'eredità di Jack Vance!"

“Non mi sono sentito sfidato nello scrivere questo romanzo: al contrario ne sono stato molto felice. Mi sono sentito immerso in un universo già creato per me, uno in cui avevo trascorso molte ore liete quando ero ragazzo.

La storia sembrava fluire da dentro di me: era come se io stessi vivendo l’avventura insieme ai personaggi che stavo raccontando.

Scrivere questo libro è stato come tornare in un quartiere amato dopo lunghi anni di assenza.

Spero che sarà lo stesso anche per i miei lettori.”

Grazie Matthew!

Marco Riva
Milano, novembre 2022

Prologo

Alla fine del XV secolo della Nuova Era, circa trecento famiglie lasciarono la Terra, cuore della civiltà interplanetaria dell'Oikumene, per stabilirsi nel Dilà a Providence, un mondo scarsamente popolato e in gran parte senza legge. Guidati da un giovane aristocratico incline all'utopia, fondarono una colonia agricola in un luogo che chiamarono Mount Pleasant. Si trattava di gente operosa, la maggior parte di carattere indipendente, e la loro comunità prosperò. Al centro della colonia crebbe un piccolo paese che forniva ai contadini i beni e i servizi che non potevano produrre da soli. La città e le fattorie circostanti alla fine arrivarono a sostenere una popolazione di oltre cinquemila abitanti.

Providence era uno dei tanti mondi i cui abitanti dovevano pagare un tributo forzato a cinque grandi criminali del Dilà: Attel Malagate, Kokor Hekkus, Viole Falushe, Lens Larque e Howard Alan Treesong, i cosiddetti Principi Demoni. Una volta che la colonia fu ben stabilita, gli esattori dei Principi Demoni vennero a Mount Pleasant per informare i nuovi arrivati dei loro obblighi. Ma i coloni non vollero pagare, né in denaro né in natura, soprattutto perché, per quei criminali, "pagare in natura" avrebbe significato diventare schiavi. I Principi Demoni progettarono un'incursione nella colonia, decisi a fare di Mount Pleasant un esempio e, allo stesso tempo, trarre profitto da quell'atrocità.

Nel 1499, le loro navi scesero su Mount Pleasant, riversando un'ondata di pirati pesantemente armati. I coloni che resistettero furono massacrati. Coloro che si arresero furono ammassati nelle stive dei pirati e portati nei mercati degli schiavi del Dilà. Nessuno ritornò a Mount Pleasant.

Gli unici sopravvissuti furono alcuni coloni che erano andati fuori città durante il raid, tra cui Rolf Gersen e suo nipote Kirth. Lasciarono Providence subito dopo per andare sulla Terra e su altri mondi dell'Oikumene, per non tornare mai più. Mount Pleasant divenne una città fantasma, rimasta vuota per anni, fino a quando una setta di religiosi agguerriti, considerati fastidiosi dai loro vicini, lasciò il loro mondo natale di Tantamount nell'Oikumene e andò ad occupare gli insediamenti abbandonati e i locali commerciali.

Nessuno sapeva cosa ne fosse stato dei precedenti pionieri rapiti, finché un giorno...

Capitolo I

Quando la nave da carico *Festerlein* atterrò allo spazioporto di Hambledon, sul pianeta Providence, Morwen Sabine era a non più di tre passi dal portello anteriore di carico, con il suo zainetto in mano. Nel momento in cui il portello ruotò e si aprì per far entrare l'ispettore sanitario e la sua squadra, Morwen li superò con uno "scusate" a voce bassa e si diresse rapidamente verso il capannone d'imbarco.

Sì avvicinò a un funzionario della dogana che indossava un'uniforme sgualcita. Lui prese la sua tessera da spaziale e la guardò disinteressato. La trattenne solo il tempo necessario per vedere se il viso corrispondesse all'immagine riportata sul documento, prima di farle passare la chicane d'ingresso.

La carta riportava che il nome di Morwen era Porfiria Ardcashin, un'identità acquisita un anno prima insieme a un falso curriculum relativo alle navi su cui aveva prestato servizio, per un numero apprezzabile di UVS a Cafferty's Reach, un mondo nel Dilà dove per la maggior parte delle persone il denaro in tasca aveva più valore delle regole scritte nel libro di un funzionario. Da allora, le capacità di Morwen come apprendista veloce l'avevano portata ad accumulare alcune delle abilità da spaziale, ma la maggior parte del suo tempo sul *Festerlein* era stato speso in cucina, con brevi periodi come mercenario quando il mercantile entrava in questo o quel porto.

Ma ora, dopo molte soste su così tanti mondi, era finalmente sbarcata a Providence, un arretrato pianeta agricolo a una distanza apprezzabile oltre il Velo.

Morwen attraversò il rudimentale edificio del terminal con il suo tipico costume da spaziale in due pezzi blu scuro e grigio che la rendevano quasi irriconoscibile, quindi uscì sulla superficie del mondo che avrebbe dovuto essere la sua casa. Il sole giallo sembrava appeso a due palmi sopra le lontane colline, la sua destinazione finale, facendole capire che in quel momento era pomeriggio sul tardi.

Il terminal aveva l'odore di tutte le strutture del genere, una miscela di combustibili, disinfettanti e polvere, ma le permise di respirare per la prima volta l'aria di Providence. Ogni mondo aveva il suo odore caratteristico. Immediatamente, percepì una mescolanza di profumi: una dolcezza inebriante, sormontata da un tenue sentore di zolfo, e un soffio di aroma dei pini portati dalla Terra dai coloni originari. Non era una combinazione sgradevole. Anche se lo fosse stata, entro un giorno o due l'odore sarebbe diventato impercettibile, poiché i suoi sensi si sarebbero abituati.

Attraversò un lungo marciapiede su cui erano parcheggiati diversi veicoli terrestri, dirigendosi rapidamente verso un furgoncino carryall che stava facendo manovre.

Nel momento in cui la raggiunse, la vettura si era fermata per voltarsi e imboccare la strada di collegamento fra lo spazioporto e la città di Hambledon. Morwen bussò al finestrino del conducente, un uomo dai capelli color sabbia con acquosi occhi azzurri, incastonati in un viso che non aveva visto molte difficoltà. Lui abbassò il vetro e la fissò in attesa di una domanda.

— Puoi darmi un passaggio? — chiese.

— Dove stai andando?

— In questo momento, vorrei trovare un posto dove alloggiare.

— E dopo?

— Una città chiamata Mount Pleasant — disse Morwen.

Inizialmente l'uomo rimase perplesso. Sentire quel nome poteva nascondere chissà quale mistero del passato, ma poi il suo viso si schiarì, quando la giudicò semplicemente una donna schietta e sincera.

Le disse: — Non si chiama più così. Da diversi anni il nome è New Dispensation.

— Oh... — disse Morwen.

— C'è un albergo non lontano da lì. È il più vicino possibile lungo il mio tragitto a New Diss. Posso lasciarti lì.

— Mi andrebbe bene — disse Morwen. Fece il giro dalla parte anteriore del veicolo e salì dal lato del passeggero, sistemando tra i piedi il suo zainetto.

L'autista fece gli ultimi controlli e partirono.

Morwen si spostò sul sedile per guardare lo schermo retrovisore, ma non vide nessuno che usciva dal terminal portuale dopo di lei. Intravvide l'autista gettare uno sguardo nella sua direzione e cadere nel punto in cui il polsino della sua manica destra si era sollevato, esponendo parte del tatuaggio all'interno del suo avambraccio. Lei lo ricoprì e guardò in avanti.

L'uomo disse qualcosa che suonava come una sciocchezza.

— Mi dispiace... — disse Morwen.

— Tosh Hubbley — ripetè, questa volta più chiaramente, rilasciando uno dei comandi del volante e toccandosi il petto. Lei capì che era il suo nome.

Seguì un silenzio, mentre aspettava che lei si presentasse.

— Tosca Etcheverria — disse, usando un altro nome falso che aveva abbandonato un anno prima, una volta scappata dalla reclusione su Blatcher's World e prima di diventare Porfiria Ardcashin, la spaziale. Da quel momento in avanti il nome Ardcashin avrebbe potuto essere abbandonato, essendo servito al suo scopo.

— Prima volta a Providence? — chiese Hubbley, e Morwen capì che il prezzo del trasporto sarebbe stato una conversazione con un uomo annoiato della sua stessa compagnia.

— Sì — rispose, sperando di poter lasciare le cose così.

— Non c'è molto da fare qui — disse l'uomo, poi lasciò un vuoto che lei avrebbe potuto colmare. Senza parlare lei emise un suono affermativo e guardò fuori dal finestrino laterale.

Hubbley non si scoraggiò: — Io conosco questi posti: le Bowdrey Uplands, le Tapping Plains, la Coldstream Valley, la Great Gorge, i Blue Fjords. Io viaggio, capisci. È il mio lavoro.

Indicò con il pollice il bagagliaio del veicolo. Morwen guardò attraverso l'apertura posteriore e vide sul fondo tre o quattro file di scatole impilate, ciascuna con il logo di un veicolo cingolato e la legenda *Motilatori pesanti Traffard.*

— Pezzi di ricambio — aggiunse Hubbley. — Sono buone macchine, ma i filtri devono essere sostituiti regolarmente o le tubazioni del carburante si intasano.

Morwen emise di nuovo lo stesso suono neutro. Seguì un altro silenzio.

— Quindi sei uno spaziale — riprese Hubbley.

Quando lei non rispose, aggiunse: — Non ne arrivano molti da queste parti.

Aspettò di nuovo, poi continuò: — Solo di passaggio?

Morwen accettò l'inevitabile e si voltò verso di lui.

— Parenti lontani. Affari di famiglia.

Tosh ci pensò un momento, poi parlò di nuovo con tono cauto.

— Hai dei congiunti qui? In New Diss?

Morwen si rese conto che stava parlando più di quanto avrebbe dovuto quindi aggiunse: — È complicato.

— Immagino di sì — disse Hubbley. — La maggior parte delle persone con parenti in New Dispensation sono rimaste a casa quando i Disper si sono trasferiti a Providence da Tantamount.

Per un po' non disse nulla e si limitò a guidare il veicolo. Adesso stavano attraversando dei campi coltivati. Morwen vide piante alte e sottili con nappe piumate alle punte e foglie grasse e carnose che iniziavano a metà degli steli. Il sole al tramonto illuminava le fronde superiori, ma le foglie fitte sottostanti erano scure.

Hubbley era un tipo semplice e gli sforzi dovuti a pensieri troppo elaborati gli si leggevano in faccia. Alla fine, le rivolse uno sguardo interrogativo, poi riportò gli occhi sulla strada davanti a sé.

— I Disper stessi non sono ostili. Sono i Protettori da cui devi stare attenta. — Guardò di nuovo brevemente il polsino della sua manica destra. — Però potresti trovarti bene.

Rimase in silenzio per un po', poi disse: — Non so niente di sicuro. Entro lì, consegno tutto ciò che le persone hanno ordinato e me ne vado. Sto solo dicendo che quei Protettori non sono troppo amichevoli con gli estranei. Non si può convincere molti di loro a dire: "Ehi, Tosh, perché non ti siedi per un po' e prendi una birra?".

Morwen disse: — Non intendo provocare scalpore.

Tosh le chiese: — Sai cos'è una "donnola"?

Non c'era legge nel Dilà tranne la legge locale, e in alcuni luoghi nemmeno quella. Dall'altra parte del Velo, nell'Oikumene, non c'era solo una legge locale e planetaria, ma un'organizzazione chiamata Compagnia di Coordinamento della Polizia Interplanetaria. La CCPI collaborava con le forze dell'ordine e forniva loro capacità forensi e di ricerca, database che consentivano di rintracciare i criminali da un mondo all'altro, assistenza nell'esecuzione degli arresti e nel trasporto di criminali estradati. Inviava agenti clandestini nel Dilà per raccogliere informazioni e persino organizzare incursioni mirate per catturare sospetti di alto calibro. Nell'Oikumene, gli agenti della CCPI venivano chiamati colloquialmente "ipsys". In tutto il Dilà, erano conosciuti come "donnole". Essere una donnola era molto pericoloso. Il semplice sospetto di esserlo poteva significare una condanna a morte.

— Tutti coloro che vivono nel Dilà sanno cos'è una donnola — disse Morwen.

— Allora sai che gli estranei devono stare attenti. Soprattutto in alcuni posti.

— Lo so.

— Bene... perché New Dispensation è uno di quei posti. A causa degli affari che tratta.

Morwen sapeva che la curiosità per gli "affari" degli altri non era incoraggiata nel Dilà. Lasciò che la conversazione si interrompesse. Il tramonto divenne crepuscolo, poi notte. Hubbley accese i fari e l'autovettura proseguì. Incrociarono altri veicoli, ma nessuno li superò, sebbene viaggiassero a velocità moderata.

— Devo stare attento a guidare di notte — disse dopo un po'. — A causa degli hoppers.

— Hoppers? — domandò Morwen.

— Fauna selvatica locale. Ho sentito dire che sono stati portati qui dalla Terra dai primi Coloni, pensando che avrebbero mangiato le piante autoctone, aiutato a ripulire le pianure, fatto spazio per gli aratri.

— E quindi?

— Nessuno sa cosa sia successo. Magari qualcuno dell'Istituto potrebbe studiarli e spiegarlo... — ridacchiò per l'assurdità, — ... come se si potesse portare quassù un qualche grande esponente dell'Istituto. In ogni caso, venti o trent'anni fa, qualcosa ha cambiato le bestie, qualcosa che probabilmente loro stesse hanno mangiato.

— Cosa è successo?

— In un paio di generazioni hanno smesso di mangiare le piante e hanno iniziato a divorare ciò che mangiava le piante: piccoli animali che vivevano nelle tane e altri animaletti con le gambe lunghe che correvano e saltavano. Gli hoppers hanno scavato in tutte le tane e li hanno sterminati.

— Ora mangiano tutto ciò che riescono a catturare, compresi loro stessi. E anche gli esseri umani, se non stanno attenti. Però tendono a evitare le città, dove gli sparano a vista.

Morwen fissò le piante alte.

— Non ne avevo mai sentito parlare.

— Perchè avresti dovuto? — disse Hubbley, poi continuò: — A volte gettano pezzi di vecchie dighe sulla strada, per vedere se possono far schiantare o ribaltare un veicolo. Poi sciamano dentro. Quelli grossi sono capaci di aprire una porta.

Morwen disse: — Forse dovresti prestare più attenzione alla strada.

— Parlo troppo — disse Hubbley. Dopodiché, rimase in silenzio, concentrato sulla guida.

Indicò in avanti e verso nord: — Vedi le luci dietro le colline? Quella è New Dispensation, una volta si chiamava Mount Pleasant. Fra pochi minuti mi dovrò dirigere a sud.

— Grazie per il passaggio — disse Morwen.

— All'incrocio c'è l'hotel di Brumble. Ti ci troverai bene, se chiudi a chiave la porta.

Morwen sorvolò sull'avvertimento.

— Ci sono trasporti dall'hotel a Mount... New Dispensation?"

— Un omnibus scende da Deeble ogni volta che ci sono abbastanza passeggeri per giustificare il viaggio. Si ferma alla locanda.

— Grazie ancora.

Stava rimuginando qualcosa.

Dopo un po' disse: — Stai attenta a New Diss. Gli scroot locali non sono male, ma i Protettori possono prevalere su di loro.

— Scroot?

— Scrutatori. La versione di New Diss di una polizia cittadina.

Morwen annuì — È mia intenzione essere discreta.

— Potrebbe essere necessario essere più di quello. Non fare troppe domande.

Adesso aveva fatto rallentare il veicolo. Morwen si spostò sul sedile e si mise in grembo lo zainetto.

— Cominci a farmi preoccupare.

— Bene — disse Hubbley. — Rimani preoccupata finché non te ne andrai.

Strinse le labbra e poi aggiunse: — Se ti lasciano andare.

Arrivarono al bivio noto come Brumble's Corners. Hubbley guidò l'auto un po' più a nord, poi si fermò in un piazzale lastricato che circondava un edificio di tre piani costruito in pietra giallo chiaro e legno nero; le travi erano sbozzate come fossero blocchi di muratura. La luce brillava dalle finestre a più vetri, schermate da sbarre di ferro al piano terra.

— Per gli hoppers — spiegò Hubbley.

Ai piani superiori si vedevano finestre più piccole; poche di esse erano illuminate.

Diversi veicoli erano parcheggiati in fila, la maggior parte in grado di trasportare merci oltre che passeggeri, tutti con i segni di un lungo utilizzo.

Morwen scese dalla vettura di Tosh Hubbley, lo ringraziò di nuovo e lo salutò, poi salì i gradini lastricati che portavano alle doppie porte della locanda. All'interno, non vide alcuna reception. Si ritrovò invece in una sala comune, illuminata da una lampada, con un bancone da bar sulla sinistra, dietro il quale c'era un uomo calvo e dalle spalle ben piazzate che smise di pulire il bancone per rivolgerle un'espressione interrogativa.

Il resto della grande stanza era provvisto di tavoli e sedie di legno, alla maggior parte delle quali sedevano uomini vestiti con camicie, grembiuli e pantaloni di stoffa grezza e di colore scialbo: tutto l'insieme suggeriva che fossero dei contadini. Vide carte, bancali, boccali, piatti con avanzi di cene.

Una giovane donna con un vestito dirndl e un berretto stava ripulendo gli avanzi dei pasti, caricando piatti e posate in una vasca quadrata di metallo opaco su ruote. Si fermò e si rivolse a Morwen fissandola intensamente, poi si accigliò e distolse lo sguardo.

Tutti gli occhi nella stanza, tranne quelli della ragazza, erano rivolti verso Morwen, i contadini continuavano a guardarla con curiosità mentre si dirigeva verso il barista.

— Sei Brumble?

Il suo grugnito suonò come un'affermazione.

Morwen domandò: — Hai una stanza per la notte?

Gli occhi lucidi si volsero verso i volti fissi, poi tornarono a guardare Morwen.

— Solo per te?

Morwen ignorò l'avvertimento ricevuto e chiese: — Immagino che qui le porte si possano chiudere a chiave. Dall'interno?

Il barista scrollò le spalle.

Morwen sollevò lo zainetto sul bancone, slacciò il cordoncino che ne comprimeva la parte superiore ed estrasse un portafoglio. Lo posò con forza sul legno macchiato e l'uomo sentì il suono di grosse monete. Poi introdusse ancora la mano e tirò fuori un projac in una fondina a clip attaccata a un'ampia cintura da spaziale. Lo allacciò intorno alla vita in modo che l'arma fosse a portata di mano.

— Quanto per la camera e la cena?

— Tre UVS.

La valuta, standard nell'Oikumene così come in tutto il Dilà, era l'Unità di Valore Standard, ciascuna pari a un'ora di paga per un manovale. — Quattro, se vuoi del glawken.

— Che cos'è il "glawken".

Un rumore di stoviglie disse a Morwen che la cameriera si era avvicinata.

— Un superalcolico a base di frutta torquil — disse. — Ci vuole un po' per abituarsi.

Morwen vide l'albergatore aggrottare le sopracciglia e capì che dalla sua mente era appena svanito qualche progetto. Infilò una mano nel portafoglio ed estrasse tre monete, le fece scivolare attraverso il bancone fino alla mano dell'uomo. Poi prese una quarta moneta e la diede alla giovane donna, dicendole: — Grazie.

La cameriera sorrise con un'espressione d'intesa e ripose i soldi, poi si avviò sferragliando lungo il bar verso una porta.

— Mangerò in camera mia — disse Morwen, tendendo una mano

per ricevere la chiave. Con la testa indicò la porta attraverso la quale la giovane stava spingendo la vasca a rotelle.

— Come si chiama?

— Madalasque — disse il barista, poi aggiunse: — noi la chiamiamo Maddie.

— Chiedi a Maddie di portare su il cibo — disse Morwen. Posò una mano sul calcio del projac. — Non vorrei far nascere nessun malinteso.

Un altro sguardo indecifrabile da parte del barista, ma porse una pesante chiave di ottone e indicò con il mento una porta all'altra estremità del bar.

— Sali le scale, due rampe. La tua stanza è in fondo al corridoio.

Morwen mise via il portafoglio, chiuse lo zainetto e se lo sistemò su una spalla. Si voltò e osservò di nuovo lo stanzone. Vide che gli sguardi si abbassavano o si rivolgevano altrove. Poi notò qualcosa che le era sfuggito: vestiti in modo diverso dai contadini, due uomini sedevano a un tavolo lontano, mal illuminato e sotto la testa imbalsamata di una creatura dal collo lungo con occhi a mandorla, orecchie lunghe e zanne sporgenti.

Indossavano camicie attillate di un materiale lucido, nere con bordini blu, tasche e spalline, con colletti e polsini molto aderenti. Le gambe e la parte inferiore del busto erano rivestite con calzoni di spigato grigio, allacciati al ginocchio, sotto i quali indossavano calze nere con un elemento decorativo, e terminavano dentro stivali di pelle verniciata a punta squadrata.

Gli uomini stavano tenendo d'occhio il colloquio di Morwen con il barista e fecero finta di ignorarla quando lei si voltò. Ma il loro atteggiamento non era come quello del resto dei presenti, che abbassavano lo sguardo con diffidenza. Questi due uomini di età matura, dalla testa stretta e con i capelli scuri raccolti all'indietro sulle orecchie, guardarono di nuovo nella sua direzione e continuarono a studiarla per diversi istanti. Poi si scambiarono un'occhiata d'intesa.

Morwen salì le scale, trovò la stanza ed entrò. Provò la serratura per assicurarsi che funzionasse, quindi si guardò intorno. Un letto stretto ricoperto da una trapunta consumata, un'unica sedia, nessuna scrivania, e un armadio che una volta era stato decorato ma che aveva perso alcuni dei suoi arabeschi e intarsi in legno nel corso di una vita lunga e apparentemente movimentata. Un tappeto sbiadito copriva il pavimento di assi accanto al letto, tende ruvide pendevano da una finestra che dava una vista sulla strada, sui terreni coltivati e verso le luci lontane di quella che era stata Mount Pleasant.

Morwen mise il portafoglio sotto il cuscino, mise la borsa accanto alla testiera del letto in modo da poterci appoggiare il projac, e tenerlo a portata di mano mentre dormiva. Poi si sedette sul letto e si tolse gli stivali, si stiracchiò, poi intrecciò le dita sulle cosce e attese.

Era esperta nell'attesa e non si mosse finché non sentì bussare alla porta e una voce femminile che diceva: — Signora, la cena.

Morwen si alzò e aprì la porta.

— Avanti.

Maddie entrò portando un vassoio a cui erano attaccate delle gambe pieghevoli per formare un tavolo. Lo posò davanti all'unica sedia, poi indicò la scodella fumante di stufato, il pane e una pannocchia, e disse: — L'ho preparata io stessa.

Morwen si sedette e prese un cucchiaio.

— Ti ringrazio.

La giovane alzò le spalle, indicò la porta e cosa c'era al di là.

— Non sono poi così male — disse. — Quando bevono, si fanno strane idee, ma puoi prenderli a schiaffi. Al mattino, si stiracchiano le dita dei piedi e mugugnano.

Lo stufato era caldo e salato. Morwen aveva mangiato di peggio. Immerse il pane nel liquido caldo e ne morse un pezzo inzuppato.

— E quei due nell'angolo?

L'espressione di Maddie cambiò.

— Quei due — disse, con un cenno del capo e una breve occhiata dietro di sé. — Sono Protettori. Il nuovo regime a New Dispensation — poi si corresse. — Be', non così nuovo, adesso. I Disper sono lì da diciassette, diciotto anni. I Protettori hanno preso le redini circa dieci anni fa.

Poi si schiarì la mente con un'alzata di spalle e disse: — Non trascorrono molto tempo qui. Vengono solo quando c'è il maunch da raccogliere.

— Maunch?

— Lo coltivano. Il fatto è che di questi tempi i Disper non fanno crescere altro.

— Che cos'è? — chiese Morwen.

Ora Maddie guardò Morwen con un ampio sguardo dall'alto in basso, come se la notasse per la prima volta.

— Non sai cos'è il maunch? — studiò il viso di Morwen, mentre lei le restituì uno sguardo innocente. — Non sei una donnola, vero? New Dispensation non è un posto per loro. I Protettori... — La sua espressione invitò Morwen a raggiungere una conclusione inevitabile.

— Non sono una donnola — disse Morwen. — Solo uno spaziale di passaggio.

— Se la sei, i Protettori ti uccideranno — disse Maddie. — E anche se non la sei, potrebbero ucciderti nei loro sforzi per scoprire chi sei.

C'era solo un'organizzazione intermondiale nel Dilà: il Deweaseling Corp, che contava centinaia di agenti altamente intelligenti, completamente malvagi ed esperti nelle abilità di interrogatorio e tortura.

I suoi agenti potrebbero venir chiamati in qualsiasi mondo in cui ci sia il sospetto che la CCPI abbia infiltrato dei poliziotti sotto copertura, oppure potrebbero andarci anche solo di propria iniziativa. Il Corp inoltre informava regolarmente gli enti locali sulle proprie tecniche, fornendo corsi di aggiornamento. Nei luoghi in cui quelle autorità controllavano le attività criminali, l'applicazione di pratiche di "deweaseling" aveva portato a drammatici risultati per le persone che si erano avventurate in quei territori.

Meglio prevenire che curare era il motto del Deweaseling Corp. La sicurezza non si estendeva solo a chi fosse sospettato di essere una donnola.

Morwen ripetè: — Sono solo uno spaziale, ma vengo dal profondo del Dilà e ho solo un anno sabbatico... un anno via dal mio mondo natale. Adesso toccava a lei studiare la sua interlocutrice, per vedere se la sua breve esitazione avesse innescato qualche reazione. Sembrava di no.

Morwen continuò: — Providence è il posto più vicino al Velo e all'Oikumene che abbia mai visitato. Ci sono molte cose che non so.

La bocca di Maddie si piegò un po' di lato mentre rifletteva, poi le sue spalle si mossero in un gesto di accettazione.

— Il maunch è quello che ha portato i Disper a Providence — disse, — insieme al fatto che l'intera città era disabitata. Nessuno era mai venuto lì, una volta che i corpi delle vittime del raid erano stati seppelliti. Sarebbe stato come camminare su una tomba.

— So dell'incursione — disse Morwen, mantenendo la voce neutrale. — Tutti conoscono i Principi Demoni e Mount Pleasant.

Nel termine "tutti", le stava spiegando Maddie, devi includere i seguaci della Dottrina di New Dispensation. Una società affiatata sorta su uno dei mondi del Rigel Concourse - Tantamount o Xion, non ne era sicura - dove la loro etica si era scontrata con quella delle comunità vicine.

La causa dei disaccordi era il maunch. In precedenza, era un'erba che cresceva spontaneamente nei tropici del mondo di origine dei Disper, ed era raccolta dalla gente del posto che la masticava per le sue tenui qualità psichedeliche. Quindi un visitatore di un'altra regione aveva provato l'effetto del farmaco e riportato alcuni campioni, radici e tutto il resto, a casa sua.

Il suo nome era Porleth Armbruch e la sua casa comprendeva un laboratorio ben attrezzato, essendo un istruttore di chimica in un collegio. Da quegli esemplari coltivò nuove piante e iniziò a fare esperimenti alterando il plasma genetico del maunch. Il risultato: con l'aggiunta di poche molecole in più, creò una versione molto più potente di quella droga mentale.

Quando Armbruch aveva provato la nuova sostanza, secondo Maddie, era stato trasportato dal suo universo reale in un nuovo regno. Una voce disincarnata gli si era rivolta per nome, dicendogli che era stato scelto per consegnare all'umanità un nuovo sacramento che li avrebbe liberati da ogni miseria.

— Lo so — disse Maddie, — perché ogni Giorno della Contemplazione i Disper andavano di casa in casa ad arringare i parrocchiani. Dopo qualche tempo vennero accolti da una folla armata che ingiunse loro di portare quella "New Dispensation" nelle proprie case e di tenercela.

"Per un po' ci furono dei malumori, ma i Disper giunsero a capire che a loro non sarebbe servito affatto essere cacciati via così presto dopo il loro arrivo. Quindi decidemmo tutti di vivere e lasciar vivere, e ora andiamo d'accordo. Alcuni di noi vanno persino ai balli del Quintogiorno.

"Ai tempi di Mount Pleasant, gli agricoltori originari erano soliti spedire i loro prodotti su chiatta lungo il fiume Parmell. Ora i nostri agricoltori trasportano il maunch dei Disper a New Hambledon insieme ai nostri porri e ai baccelli dolci, ai nostri meloni chupi e sassafranch. Lo vendiamo a stranieri a buon prezzo e ne tratteniamo il venti per cento.

A quanto pareva, questi stranieri erano criminali che vendevano lo stesso maunch su diversi mondi dell'Oikumene dove c'era sia un mercato redditizio che un divieto alla sua importazione. Avvertirono i Disper che gli agenti della CCPI, conosciuti come donnole in tutto il Dilà, avrebbero cercato di interrompere quel commercio illecito.

Morwen, essendo cresciuta su Blatcher's World, un rifugio per pirati e schiavisti, sapeva quello che nel Dilà sapevano tutti: il Deweaseling Corp era generalmente abile nell'identificare e neutralizzare gli agenti che la CCPI inviava dall'Oikumene. E ciò che mancava in abilità al Deweaseling Corp veniva compensato con la cattiveria. L'identificazione era sempre seguita da un duro interrogatorio per acquisire nuove informazioni sulle operazioni della CCPI. Gli interrogatori erano spesso seguiti da un'esecuzione sommaria. Morwen aveva assistito a due di questi omicidi nella piazza cittadina di Boregore, vicino alla tenuta in cui era cresciuta.

Maddie era ben informata. Man mano che l'impresa degli spacciatori di maunch cresceva nell'ambito della sua estensione intermondiale, il Corp inviava esperti deweaseler per istruire alcuni dei Disper nelle tecniche di deweaseling. Questi tirocinanti erano per lo più Protettori, identificabili dalle loro uniformi nere e blu e dagli atteggiamenti intransigenti, ma anche la polizia cittadina di New Diss, gli scrutatori (o scroot), era stata addestrata in quelle tecniche.

— I Protettori vedono tutti i nuovi arrivati come sospetti — disse Maddie. — Hanno il permesso di agire immediatamente, se capisci cosa intendo. Dovresti stare lontano da New Diss — guardò la porta, — potresti non essere al sicuro lì... o qui, ora che quei due al piano di sotto ti hanno vista.

— Non sono una donnola — le ricordò Morwen.

— Probabilmente non ha importanza — disse Maddie. — Meglio prevenire che curare, dicono. — Inclinò la testa e dichiarò: — Brumble mi sta chiamando. — Si avvicinò alla porta, l'aprì e le ricordò: — Lascia il vassoio fuori dalla stanza. — Cominciò ad andarsene, si fermò, si voltò e aggiunse: — Se qualcuno bussa, è meglio che non apri la porta.

Morwen sollevò il projac accanto al suo letto. Il movimento fece di nuovo sollevare la manica e vide gli occhi di Maddie attratti dal suo tatuaggio. Ma la giovane donna represse ogni reazione e se ne andò. Morwen si alzò e chiuse la porta a chiave.

La mattina seguente, Morwen andò nel bagno in fondo al corridoio, si ripulì e si cambiò, tenendo il projac sempre vicino. Quando tornò nella sua stanza trovò Maddie che l'aspettava fuori nel corridoio, con un fagotto sotto il braccio.

— Se vai a New Dispensation indossando indumenti da spaziale — disse, — ti distinguerai come un brufolo sul naso di un flibbet.

— Flibbet?

— Quello che ero prima di lasciare la scuola e diventare questo. — Maddie indicò con la mano libera il vestito dirndl sbiadito.

— Non sono sicura che sarebbe meglio di quello che ho addosso — disse Morwen.

Ciò provocò un "Eh!" e una risatina. Maddie si toccò parte del vestito.

— Questo è solo per lavorare. Ero e sono una ragazza di campagna.

Morwen aprì la porta ed entrarono. Il fagotto di Maddie conteneva una gonna al ginocchio, di pesante tessuto fatto in casa, una camicetta di cotone giallo pallido, stampata con fiori rossi e blu, e un gilet senza maniche, verde con bordi dorati, che si chiudeva con passanti di corda intrecciata. Le calze al ginocchio che si abbinavano al gilet e un cappello di lino rigido, intrecciato in modo bizzarro, completavano l'insieme.

— I tuoi stivali sono abbastanza simili all'abbigliamento locale. Basta non attirare l'attenzione.

— Niente calci o salti — disse Morwen, con un sorriso ironico. — Inteso.

— Prendi la cosa seriamente — disse Maddie.

Morwen si allungò e toccò il braccio della giovane donna.

— Lo farò. E ti ringrazio per avermi dato consigli per la mia tranquillità.

— Prese il portafoglio ed estrasse una banconota da cinque UVS.

Maddie la respinse.

— I vestiti sono solo un prestito. Puoi restituirli prima di partire.

— E se i Deweaseler mi dovessero catturare? Potresti non volerli più, allora.

Maddie sospirò, prese la banconota, e se la infilò nel corpetto. — Non lasciare che accada — disse. — Mi piace molto indossare quel giubbotto quando esco a ballare.

La colazione comprendeva porridge e pancetta, innaffiati con birra acida o un tè verde dal sapore aspro e pepato. Morwen si stava godendo la sua seconda tazza quando l'omnibus arrivò dal nord e si fermò fuori dalla locanda. Sollevò lo zainetto e si guardò intorno in cerca di Maddie, con l'intenzione di salutarla, ma uno sferragliare di stoviglie da dietro la porta della cucina le fece capire che la cameriera era occupata.

Indossando gli abiti presi in prestito, Morwen uscì nella mattina grigia: il sole sorgeva a malapena sopra la catena di colline, tra cui l'ampia altura che aveva dato a Mount Pleasant il suo nome originale. L'omnibus era un lungo veicolo, giallo con strisce rosse, montato su otto ruote gonfiabili alte quanto Morwen. Salì una serie di gradini che portavano al punto dove sedeva l'autista, pagò la tariffa richiesta e si sedette in fondo allo scompartimento.

Infilato nella cintura della gonna, il projac le irritava la schiena, quindi lo tirò fuori, se lo mise in grembo e ci appoggiò sopra lo zainetto. Nessuno degli altri passeggeri, le prestò un'attenzione particolare. Avevano tutti l'aria della gente di campagna, tranne un uomo che sedeva a metà del corridoio. Lo guardò per qualche minuto e alla fine decise che non aveva alcun interesse per lei. Rimise l'arma nella sacca.

Attesero un po', ma nessun altro della locanda salì a bordo. L'autista suonò due volte il clacson, attese un altro momento, quindi innestò la marcia e svoltò sulla strada.

L'omnibus procedeva piano, si sentiva solo il fruscio dei grandi pneumatici sul marciapiede. Mentre il giorno si faceva più luminoso, Morwen guardò i campi fuori dal finestrino. Provò un crescente senso di confusione: stava entrando in un paesaggio che conosceva, anche se non c'era mai stata. Le immagini che le erano state inculcate nella mente durante la sua infanzia stavano ora incontrando la realtà su cui si erano basate.

Laggiù c'era il crocevia, contrassegnato da un albero di horcanthria che si stagliava nel cielo, con il tronco di legno a forma di panca per far riposare i viaggiatori in attesa, nell'afa del giorno, e accanto una semplice pompa a mano che permetteva di prelevare una rinfrescante acqua fredda dal sottosuolo. Era tutto come gli era stato raccontato – come l'aveva immaginato – tranne un robusto randello appeso a una corda sospesa a un chiodo conficcato nel tronco, con l'estremità macchiata di rosso. Per gli hoppers, pensò Morwen.

Non molto oltre l'horcanthria, la strada cominciò a salire verso le colline, dominate dalla grande e ampia gobba del Mount Pleasant. Il padre di Morwen l'aveva disegnato per lei, insieme a molti altri paesaggi che aveva ricreato a memoria. Anch'esso era riconoscibile, nonostante la differenza tra lo schizzo e la realtà.

Qui la strada si spianava per un tratto, attraversando una sella tra due colli. Sulla destra, in fondo a una stradina sterrata, c'era la fattoria di Rolf Gersen, con il suo grande fienile, che sembrava proprio come le era stato descritto. Però c'era una differenza: un ampio tratto di terra che scendeva fino al fiume e che era stato pascolo per la mandria da latte dei Gersen, ora ospitava file su file di serre, i cui vetri luccicavano al sole.

Poi altri campi, separati dalla strada e l'uno dall'altro da muri di pietra altissimi. Sulla sinistra c'era il Bosco di Srivana, poi aceri, castagni e altri alberi rossi, dall'aspetto trascurato, incolto per molti anni. Quindi la strada scendeva nella Conca, con un ponte di legno alto e largo che attraversava il placido fiume Parmell: c'erano ancora delle chiatte abbandonate, tirate a riva o lasciate affondare, dove erano state ormeggiate il giorno in cui erano arrivati i pirati spaziali.

E ora la strada saliva per entrare nel paese, in un anfiteatro naturale circondato da sette colli, compreso la piccola montagna da cui il luogo aveva preso il nome. Morwen guardò i luoghi familiari che stava vedendo per la prima volta e ricordò ciò che le aveva detto suo padre: agli abitanti di Mount Pleasant non era mai venuto in mente che la geografia locale potesse creare una tale recinzione, ideale per uomini armati di projac, fruste neuroniche e tumblethrust, venuti a far sbarcare le loro navi ai margini della città e radunare gli abitanti nel centro. Uomini che avrebbero poi chiamato le navette per portarli via tutti per essere venduti nei mercati degli schiavi di Barrantroy, New Fogo e Interchange.

La strada principale di Mount Pleasant, Broadway, era come era stata descritta a Morwen, tranne per il fatto che molti negozi erano vuoti. Ma l'unico ristorante della città era aperto, anche se l'insegna sopra le finestre diceva che ora era conosciuto come il Eatery. E la sala della comunità era stata recentemente ridipinta. Nel piazzale antistante, appeso nel parco giochi recintato, un cartello diceva: *Ballo Sociale, Quintogiorno ore 19:00,* e sotto *Incontro Primogiorno ore 10:00, Sacramento ore 9:00.*

L'omnibus rallentò, poi con un sibilo dei freni si fermò a un incrocio fuori da quello che Morwen riconobbe come il municipio, costruito in mattoni rossi con il tetto in acciaio dipinto di verde. Una scalinata conduceva alle doppie porte di ganfo nero, col legno segnato da segni di armi a energia. La sala aveva anche ospitato la prigione e la polizia di Mount Pleasant, i cui membri erano tutti morti nel vano tentativo di difendere i loro concittadini.

Di fronte all'entrata della hall c'era l'hotel. Morwen fu sorpresa di vedere che l'insegna portava ancora la scritta *The Llanko Inn,* il nome che aveva al tempo in cui i suoi genitori vivevano lì. La porta d'ingresso dell'omnibus si aprì e Morwen fu l'unico passeggero a scendere dal veicolo. Entrò subito in albergo. L'area della reception era piccola, trascurata ma pulita, ed era sicura che ogni cosa che vedeva fosse lì dall'incursione. Dietro la scrivania c'era una donna dai capelli grigi, con una penna sollevata sopra il registro come se fosse stata in procinto di scrivere quando una persona inaspettata era apparsa all'improvviso. Un cartello davanti al registro diceva *Dedana Llanko.*

Le sopracciglia alzate della donna presero la forma di una V capovolta. Morwen attraversò il tappeto logoro, appoggiò lo zainetto contro il pannello impiallacciato davanti al banco della reception e disse: — Vorrei un camera con servizi propri, per favore.

All'inizio pensò che la donna l'avrebbe mandata via, poi la vide cambiare atteggiamento.

— Per quanto tempo? — fu la risposta.

— Non ho ancora un programma preciso — disse Morwen. — Almeno qualche giorno, forse di più.

Adesso veniva attentamente esaminata. — Che tipo di programma? — È importante?

— Me lo chiederanno gli scroot — disse la donna. — Probabilmente anche i Protettori. Cosa dirò loro?

— Puoi dire loro — disse Morwen, con una pausa di enfasi, — di chiederlo a me.

Questo provocò un grugnito. La donna si chinò sotto il bancone e tirò fuori un cartoncino di carta rigida.

— Nome? — chiese.

Morwen divenne ancora una volta Porfiria Ardcashin, dando l' indirizzo di una casa in cui aveva soggiornato per una settimana a Biddles Town, su Vladimir, mentre il *Festerlein* stava facendo fumigare le stive e liberava la cambusa da un'infestazione di artropodi arrivata a bordo con un carico di baccelli teetee. Osservò mentre le informazioni venivano registrate con cura.

— Pagherò una settimana in anticipo — disse.

— Poco ma sicuro — disse la vecchia, posando la penna e facendo scivolare la carta in una delle numerose aperture in una cornice di legno attaccata al muro accanto a lei. Dalle stesse fenditure, prese una chiave e rimase in attesa tenendola in mano.

— Sono ventun UVS.

Morwen tirò fuori il portafoglio e contò le banconote e una moneta. La chiave le fu consegnata e le fu detto di salire le scale e prendere la prima porta a destra. La donna tornò alle carte davanti a lei, come se l'ospite avesse cessato di esistere.

Morwen salì le scale; il tappeto era tenuto fermo da sbarre di ottone e c'era odore di disinfettante e lana vecchia. La porta della sua stanza era allentata nell'intelaiatura, come se si fosse ristretta nel corso degli anni. Il lucchetto era abbastanza robusto, ma probabilmente facile da scassinare.

Aprì l'armadio a muro che occupava la maggior parte di una parete e fu ricompensata con un soffio del profumo pungente del lucido per mobili. Il letto stretto era duro ma c'era una poltrona imbottita su cui riposarsi. Appese la tenuta da spaziale e ripose i vestiti nei cassetti in fondo all'armadio. Decise di tenere il projac a portata di mano.

La finestra dava su una stradina che incrociava la Broadway e proseguiva oltre il vecchio municipio. Ne ricordava il nome, Mallaby Lane, un vicolo che continuava dritto verso le basse colline a sud, passando tra due di esse, fino a incontrare la circonvallazione che circoscriveva Mount Pleasant. Più oltre c'erano campi e boschi, ma ancora una volta Morwen vide serre dove le era stato raccontato che avrebbe trovato spazi aperti.

Appoggiò la testa contro il lato della finestra in modo da poter scrutare a nord lungo la Mallaby. Il vetro distorceva la sua visuale, ma riusciva un po' a distinguere dove la strada diritta lasciava la città e diventava una serie di tornanti che si arrampicavano sull'altura da cui un tempo la città aveva preso il nome. A metà c'era una macchia bianca.

— Ed eccoli qui — si disse.

La porta era stata scossa come se qualcuno dall'altra parte l'avesse colpita con tre pugni, non con le nocche.

Morwen infilò il projac sotto il cuscino del letto.

— E ora si comincia — disse.

Aprì la porta ma rimase in piedi, appoggiata allo stipite, in un muto divieto di accesso.

Si aspettava dei Protettori, vestiti di nero e blu. Invece, vide due uomini con camicie scure e calzoni grigi. Intorno alla vita erano allacciate larghe cinture nere da cui pendevano gli accessori comuni agli agenti di polizia sia nell'Oikumene che nel Dilà.

Uno di loro, un po' più vecchio dell'altro e con una faccia spigolosa ma intelligente, teneva il cartellino che la vecchia aveva compilato al banco della reception. La guardò e chiese: — Porfiria Ardcashin? — come se fosse una raccolta comica di sillabe.

— Esatto — disse Morwen.

— Da... — Lesse dalla carta, — Biddles Town su Vladimir?

— Uh... sì. Chi sei?

— Il capo scrutatore Eldo Kronik. — La guardava nel modo in cui la polizia guarda coloro che sospettano di attività illecite – nel Dilà chiunque poteva esserlo – e spesso andavano a colpo sicuro. Morwen lo vide decidere di saltare i preliminari.

— Cosa sei venuta a fare a New Dispensation?

Morwen lasciò che il suo viso mostrasse una lieve perplessità. — Cosa si fa in una città come questa? — disse. — Ho intenzione di vedere i panorami, assorbire l'atmosfera, trarre profitto da nuove esperienze.

Lo scrutatore si avvicinò, finché la sua faccia non fu a meno di un palmo da quella di Morwen.

— Se doveva essere divertente, non ci sei riuscita. Ora ti chiederò ancora una volta: cosa ci fai qui?

Fece un passo indietro e mise una mano sull'arma nella fondina.

Morwen aveva una spiegazione pronta. Dichiarò che si era iscritta come normale spaziale su un mercantile da carico, il *Festerlein*. Poiché sapeva cucinare - i suoi genitori una volta gestivano un ristorante - le era stato assegnato il ruolo di assistente del cuoco della nave.

— Tutto andò bene per i primi viaggi. Ma il capitano, che era anche il proprietario, alla fine si rivelò essere un "uomo con il corno", se capisci cosa intendo. Mi stancai di essere inseguita per la cambusa. Decisi che avrei abbandonato la nave al primo scalo in cui ci fossimo fermati. Avrei trovato un posto in cui nascondermi fino a quando il *Festerlein* fosse ripartito, quindi sarei tornata allo spazioporto e avrei trovato un nuovo ingaggio.

— Sei una cuoca?

— Così ho detto, anche se sulla nave ero un lacchè del cuoco.

Lo scrutatore guardò di nuovo la carta, poi si rivolse a Morwen. — Vieni con noi.

— Mi state arrestando? Non ho fatto niente di male.

— Non arrestata — disse l'uomo, con un sorriso. — Messa alla prova. Andiamo al ristorante dall'altra parte della strada.

Non era più ora di colazione ed era ancora troppo presto per il pranzo. Un uomo muscoloso e dai capelli scuri con un grembiule lungo fino al polpaccio e un cappello di stoffa, entrambi un tempo bianchi ma ora macchiati in modo irrecuperabile, stava spazzando il pavimento. Una donna dai capelli rossi con un grembiule sopra un vestito di cotone stava pulendo un tavolo. Alzarono gli occhi leggermente sorpresi mentre i due scrutatori scortavano Morwen attraverso la porta.

— Kronik? — disse l'uomo. — Non è ancora ora di pranzo.

— Non siamo qui per mangiare — disse l'uomo più anziano. Spinse Morwen oltre il bancone e la fila di sgabelli e attraversarono la porta a battente della cucina, facendo cenno all'uomo col grembiule di seguirlo.

La cucina era ben fornita, nella lavastoviglie il detergente ronzava mentre lavava i piatti della colazione. I banconi erano puliti, con sopra solo i resti di una zampa di animale, che Morwen pensò fosse l'arrosto della notte precedente.

Lo scrutatore Kronik disse all'uomo con il grembiule: — Gisby, voglio che tu scelga alcune cose a caso, verdure, radici, qualunque cosa.

La faccia di Gisby era perplessa. — Perché?

— Il motivo non importa. Fallo e basta.

Il cuoco andò in una dispensa, entrò e ne uscì con manciate di roba verde.

— Metti tutto sul bancone.

Morwen vide dei banali porri, delle verdure che assomigliavano al prezzemolo, alcune piccole patate. Gisby fece un passo indietro, la sua espressione mostrava che stava aspettando una spiegazione.

Kronik disse a Morwen: — Va bene, sei una cuoca, ora cucina.

— Che cosa? — lei disse.

— Fai qualcosa con quello. Un bravo cuoco può ricavare qualcosa da qualunque cosa.

Morwen studiò gli ingredienti, sollevò la specie di prezzemolo e annusò. Odorava un po' di timo. Si rivolse a Gisby. — Quella carne è come l'agnello?

— Un po' più gradevole — fu la risposta. — Si chiama shumkin.

Morwen si ricordò il nome. Era una specie di erbivoro originario di Providence che i primi coloni avevano addomesticato.

Ci pensò per un minuto, poi disse: — Potrei fare uno stufato. Hai dell'aglio?

Gisby indicò una rastrelliera a parete che conteneva piccole bottiglie. — In polvere — disse. — Qui non cresce bene, ma lo importiamo da un mondo esterno.

— Nessun problema — disse Morwen. — Dammi un coltello.

Kronik fece un passo indietro, la sua mano andò alla sua arma nella fondina, sganciando il lembo.

Morwen non gli prestò attenzione. Prese i porri e li tagliò a pezzetti, con la lama che andava su e giù velocemente e con precisione. Poi fece lo stesso con l'erba. Affettò la carne dall'osso e la tagliuzzò a cubetti, quindi tagliò le patate a bocconcini.

Prese una ciotola d'acciaio, unì tutti gli ingredienti e insaporì il composto con aglio e pepe macinato presi dalla griglia delle spezie. Annusò il risultato e sbuffò.

Poi si rivolse a Gisby e disse: — Penso che questo diventerà uno stufato decente, ma sarebbe meglio se potessi farci una torta. Hai della pasta?

Gisby le prese la ciotola, la annusò e disse: — Nel frigorifero.

Aprì una porta smaltata e tirò fuori dei rotoli di pasta già pronta, spolverò un po' di farina su un tagliere di legno e consegnò la pasta a Morwen.

— Il mattarello è in quel cassetto.

— Accendi il forno.

Appena il forno fu alla giusta temperatura, Morwen ci mise dentro la torta ripiena, con la parte superiore scanalata lungo i bordi. A Gisby disse: — Conosci il tuo forno. Quanto tempo?

— Quaranta minuti?

Si voltò verso Kronik e vide il suo sguardo accigliato.

— Allora, sono o non sono una cuoca?

Gisby rispose prima dello scrutatore: — È davvero una cuoca.

Kronik grugnì riluttante.

— Non abbiamo finito. Non c'è motivo per cui una donnola non sappia cucinare.

Gisby gli rispose: — Beh, quando non hai più bisogno di lei, puoi rimandarla qui.

Quindi si rivolse a Morwen: — Hai un lavoro qui ogni volta che lo desideri.

— Grazie, forse accetterò.

Poi guardò lo scrutatore e disse: — Ora concludiamo.

Capitolo II

La stazione di polizia si trovava nel retro del municipio. Kronik si diresse per primo lungo il corridoio, con il suo vice alle retrovie. Mentre passavano davanti a una stanza, chiamò una poliziotta e le disse: — Toba, vieni nel mio ufficio.

Morwen procedette docilmente e fu condotta in una stanzetta con solo un tavolo e quattro sedie.

— Mani contro il muro — disse lo scrutatore, a cui seguì una rapida perquisizione da parte della poliziotta che non fu così invasiva come avrebbe potuto essere. A un cenno di Kronik, Morwen si sedette. Kronik si collocò di fronte a lei mentre la collega rimase indietro, fuori dal suo campo visivo.

— Quando stavi tagliando le verdure — disse Kronik, — ho notato un segno sul tuo polso. Tira su la manica.

Il momento doveva arrivare.

Morwen fece come le era stato ordinato e Kronik le chiese di allungare il braccio. Studiò il tatuaggio, poi lesse cosa c'era scritto sulla pelle: "Proprietà di Hacheem Belloch, Boregore, Blatcher's World. Ricompensa per il recupero."

— Immagino che il design circolare sia il suo sigillo.

— Infatti — disse Morwen.

— Non ho familiarità con Blatcher's World.

Morwen si tirò giù la manica, coprendo il tatuaggio e spiegò: — È nel profondo del Dilà. Belloch ne controlla gran parte e influenza i luoghi che non controlla.

— E suppongo che tu non sia stata emancipata da Belloch.

— No. Sono scappata.

Kronik la guardò per un momento. Era chiaro che stava aggiungendo quelle informazioni alla sua prima valutazione.

— Come sei diventata schiava?

— Ci sono nata.

— I tuoi genitori appartenevano a Hacheem Belloch?

Morwen annuì.

— E anche loro ci sono nati?

Lei scosse la testa.

— Sono stati resi schiavi durante un raid di pirati.

Kronik si appoggiò allo schienale della sedia. Il silenzio crebbe mentre lo scrutatore la studiava. Poi disse: — C'è stata un'incursione di pirati qui, quando questo luogo era chiamato Mount Pleasant.

Morwen incontrò il suo sguardo. — Lo so.

— Faccio l'ipotesi giusta?

Con gli occhi ancora fissi nei suoi, lei annuì di nuovo.

Il suo dito picchiettò pensieroso sul ripiano del tavolo.

— Tutte le proprietà in questo comune sono state dichiarate abbandonate e terra nulla dal governo regionale dieci anni dopo l'irruzione.

Morwen scrollò le spalle.

— I miei genitori erano arrivati pochi mesi prima del raid. Erano inquilini. Non possedevano terra. Non ci sono proprietà per me da reclamare.

— La Corporazione di New Dispensation detiene il titolo legale dell'intera città e delle fattorie circostanti — affermò Kronik.

— Non sono qui per fare richieste.

— Allora perché sei qui?

Si tirò su la manica e mostrò le parole scritte lì.

— Dove altro potrei andare?

Kronik si accarezzò pensieroso la punta del naso.

— Quindi la storia del "uomo con il corno" era falsa?

— Quella no — disse Morwen. — Avrei comunque abbandonato la nave, ma così ho la possibilità di vedere da dove venivano i miei genitori... — Lei allargò le mani.

— Uh — disse lo scrutatore.

• • •

Quando Morwen rientrò nel ristorante, l'aroma della carne condita riempiva l'aria. Gisby e sua moglie sedevano a uno dei tavoli sul retro, con la torta di Morwen in mezzo. Stavano mangiando pezzetti di pasta frolla con il ripieno.

— È proprio buona — disse il cuoco.

— Davvero buona — confermò sua moglie, a bocca piena. Masticò e deglutì, poi disse: — Mi chiamo Terelia.

— Morwen Sabine. — Non aveva senso tenere in gioco Porfiria dopo aver detto il nome vero agli scrutatori.

— Vuoi il lavoro? — chiese Gisby.

— Credo di sì. Rimarrò per un po' e devo pur fare qualcosa.

Con un piede Terelia spinse una sedia verso Morwen.

— Siediti e mangia un po' di torta.

Prese un'altra forchetta da un tavolo vicino e la porse a Morwen.

— Inoltre — disse Gisby, — non c'è molto da fare qui, se non crescere il maunch, e non lasceranno che un nuovo arrivato lo faccia.

— Questo è poco ma sicuro — disse la moglie. — Non è più come una volta.

Morwen prese un boccone della sua torta. *Era* buona. I sapori si erano fusi come lei sapeva che avrebbero fatto.

— Vecchia ricetta di famiglia? — chiese Terelia.

— No. Non avevo mai sentito parlare di... come si chiama la carne?

— Shumkin.

— Mai sentito parlare di shumkin prima. O di quell'erba.

— Si chiama pickmegreen — spiegò Gisby.

— Ma sapevo che sarebbero andati bene insieme. Mio padre diceva che ho un debole per i sapori.

— Era un cuoco? — domandò Terelia.

Morwen annuì, la bocca piena di un secondo pezzo di torta.

— Dove? — disse Gisby.

Masticando, Morwen mosse l'indice in cerchio, come se disegnasse un piccolo anello sui pannelli del soffitto. Poi concluse: — Qui.

Gis e Terelia si guardarono l'un l'altra e poi si rivolsero a Morwen.

— Proprio qui? — chiese Terelia.

— Questo ristorante era loro — disse Morwen.

Gisby parlò senza animosità: — È legalmente nostro.

— Lo so. Non sono qui per riprenderlo.

L'espressione di Terelia era diventata diffidente.

— Allora perché sei qui?

Morwen sospirò. — Perché è molto meglio di dove ero prima.

Si tirò su la manica e mostrò loro il marchio di proprietà di Hacheem Belloch.

— Possiede i miei genitori. Intendo guadagnare abbastanza soldi per riscattare loro e me stessa dalla schiavitù.

Di nuovo, Gisby e Terelia si scambiarono un'occhiata. L'uomo si schiarì la voce per dire qualcosa, ma a quel punto il campanello sopra la porta suonò e tre uomini in abiti da lavoro entrarono e salutarono i proprietari. Si avvicinarono a un tavolo vicino alla finestra, tirarono su le sedie e si sedettero con aria di familiarità.

Due di loro presero le carte del menu che si trovavano nel contenitore metallico contenente anche le bottiglie dei condimenti. Il terzo chiese: — Qual è il piatto del giorno?

Gisby disse a Morwen: — Ci sono altri shumkin avanzati. Ti va di fare un'altra torta? O forse addirittura tre torte?

— Va bene.

Si alzarono da tavola. Terelia andò dietro il bancone, dove su uno scaldino era posata una caraffa della bevanda calda e leggermente piccante chiamata punge, bevuta in tutto l'Oikumene e nel Diilà. La portò al tavolo dei clienti e la versò senza chiedere.

— Potete avere subito qualcosa di fritto — disse loro, — ma se siete disposti ad aspettare, potrete assaggiare un piatto davvero speciale.

Man mano che si faceva sera, l'Eatery si riempiva di gente. Le torte di Morwen erano state un successo, così come il condimento per l'insalata, dolce e piccante, che aveva montato da olio leggero, miele e un paio di spezie. Gisby e Terelia facevano avanti e indietro, servendo; l'uomo era anche occupato a scuotere il cesto dei whelks fritti, pescati nel fiume Parmell, e per preparare sottili gallette di grano nero in cui avvolgerli.

Morwen lavorò duramente, come non aveva mai fatto nella cucina del mercantile o nelle cucine di Hacheem Belloch. Quando gli ultimi piatti furono in lavastoviglie e tutti i ripiani ripuliti, era già il momento di andare a letto.

Mentre Morwen si dirigeva verso la porta, salutando con la mano, Terelia disse: — C'è un appartamentino al piano di sopra. Vivevamo qui prima di acquistare la nostra casa in Tybald Street. È un po' polveroso ma è tutto pronto. Sei la benvenuta. Vai a dare un'occhiata.

Mentre parlava, aveva preso un mazzo di chiavi appeso al muro accanto all'orologio. Quando Morwen si fermò, le lanciò le chiavi.

— La porta è dietro l'angolo.

Morwen le afferrò, la ringraziò e attraversò la strada per recuperare il suo zainetto. La Llanko le diede un'occhiata acida quando le disse che se ne andava e chiedeva il rimborso del deposito... e contò i soldi.

— Trattengo sei UVS per l'usura.

Morwen era troppo stanca per discutere. Salì le scale, aprì la porta e trovò Kronik seduto sulla poltrona, con il suo projac in grembo.

— Non mi hai detto di averlo.

— Non me l'hai chiesto.

— Non sono ammesse armi entro i confini della città.

Morwen scrollò le spalle. — Allora prendilo. Non mi aspetto di dover sparare a nessuno.

— Vieni alla stazione di polizia domani — disse Kronik. — Ti darò una ricevuta.

Durante l'interrogatorio precedente, aveva raccontato agli scrutatori di come era scappata da Blatcher's World rifugiandosi su una nave cargo quando aveva imbarcato un carico di legni duri pregiati e casse di argilla a grana fine, uniche per quel pianeta, prodotto che era apprezzato da vasai su una dozzina di mondi. Il capitano Izzich l'avrebbe rimandata indietro e reclamato la ricompensa, ma poi Morwen aveva dimostrato di saper cucinare e lui l'aveva ingaggiata a metà paga, in sostituzione dell'uomo che aveva degradato la cambusa del mercantile e ora costretto a fare il manovale.

Il cuoco deposto aveva promesso vendetta, ma il resto dell'equipaggio era stato conquistato dalla cucina di Morwen e aveva fatto sapere all'ex cuoco che se le fosse successo qualcosa, per lui ci sarebbe stata la "camminata fredda" – cioè l'essere messo fuori da un camera stagna senza tuta – nel gergo degli spaziali.

Più tardi, dopo aver acquisito documenti falsi, si era imbarcata sul

Festerlein, un'altra nave cargo che andava ovunque ci fosse un carico da trasportare.

Ora Kronik disse: — La tua è una bella storia e la controlleremo nel miglior modo possibile. Nel frattempo, come ho detto, sarai libera di girare in città. Non potrai andartene via senza autorizzazione. E non potrai avvicinarti alle serre del maunch, né ficcare il naso in quel commercio.

— Te l'ho detto, non sono una donnola. Non mi interessa il vostro contrabbando di maunch.

Lo scrutatore fece un sorriso cinico.

— Esattamente quello che direbbe una donnola. Ti consiglio anche di evitare il Manse.

— Non so cosa sia.

Kronik indicò la finestra.

— Quel grosso mucchio di pietre su per la collina. È da lì che Jerz Thanda e i suoi Protettori fanno i loro comodi.

Il pensiero la fece rabbrividire.

Ai tempi dei suoi genitori, il Manse era stato un hotel semi-lussuoso.

— Tutto quello che voglio è guadagnare abbastanza per andare a Interchange e riscattare i miei genitori dalla proprietà di Belloch.

— Ma sarebbero un sacco di UVS. Non è probabile che tu li possa guadagnare come cuoca nella caffetteria di una piccola città.

— Troverò un modo — disse Morwen. — Sono arrivata fin qui contro ogni previsione.

Kronik annuì, non per quello che lei aveva detto, ma per i pensieri che occupavano la sua mente. Si alzò e andò alla porta, si fermò e tornò indietro.

— Una cosa — disse. — Non abbiamo accordi con chi gestisce le cose su Blatcher's World. Ma se Belloch scopre che sei qui, potrebbe mandare qualcuno a riprenderti.

— Lo so — disse Morwen. — Vuol mantenere ciò che è suo. — Alzò una mano e la strinse a pugno, fino a che le nocche divennero bianche.

— Potremmo dover decidere se lasciare che ciò accada.

— Allora è meglio che io non diventi un vostro problema.

Kronik aprì la porta.

— È esattamente il mio pensiero. I bravi cuochi sono difficili da trovare.

• • •

La vita al Eatery non seguiva ritmi differenti da quelli del Dilà o dell'Oikumene, combinando cultura e metabolismo tipicamente umani. Il locale serviva tre pasti al giorno: colazione, pranzo e cena. I tavoli e gli spazi al banco erano solitamente pieni, segno che c'erano molti soldi in New Dispensation. Prima di ogni pasto c'erano i preparativi; dopo bisognava ripulire i locali.

Negli altri orari il portone era chiuso e Gisby, Terelia e Morwen potevano rilassarsi. Morwen trascorreva il tempo libero passeggiando per la città, come dovrebbe fare un nuovo cittadino, per conoscere il luogo e i suoi abitanti, acquistare abiti locali e un secondo paio di calzature. Conosceva già la struttura fisica di New Dispensation: quella conoscenza le era stata inculcata fin dall'infanzia. Le persone che incontrava non sembravano così strane come aveva previsto, quando Maddie le aveva parlato del culto a New Dispensation.

La religione – o la filosofia, non era ancora sicura di cosa fosse – non imponeva grandi obblighi ai Disper. Non dovevano indossare abiti distintivi o eseguire rituali più volte al giorno. I loro discorsi erano come quelli di chiunque altro, compresi le maledizioni e i modi di dire che pervadevano l'indole umana. Si radunavano in un tempio che chiamavano "il luogo di incontro", in un edificio che ai tempi dei genitori di Morwen era stato la sala della comunità, ma non sembrava che ci fossero sempre le stesse persone. Non c'era nemmeno uno stemma o un segno per denotare la funzione della struttura, a parte l'orario affisso fuori.

Il Primogiorno, la mattina dopo la colazione non veniva svolto alcun lavoro. I Disper si radunavano nella sala dalle alte travi e sedevano su file di panche, o stavano addossati alle pareti. Sul piccolo palco in fondo alla sala, alcuni membri della comunità prendevano posto su sedie di legno. Al raduno avevano ingerito il maunch e, mentre i loro percorsi neurali venivano attivati verso destinazioni insolite, rivelavano agli altri presenti qualsiasi intuizione fosse loro venuta in mente.

Per Morwen, invitata ma non costretta a partecipare, le rivelazioni andavano dal banale all'assurdo, ma i Disper le accettavano con cenni e mormorii di interesse, e talvolta con affermazioni pacate. Dopo un'ora o due, la sostanza iniziava a perdere la presa sulle menti dei celebranti, che si alzavano dalle sedie e se ne andavano. Il resto dell'assemblea faceva lo stesso, in mezzo a un brusio di commenti a bassa voce, punteggiati da risate e occasionali scoppi di ilarità.

Poi tutti tornavano alla loro normale routine. Di ritorno al ristorante, spazzando via i resti della colazione, Terelia chiese a Morwen cosa ne pensasse di quel suo primo contatto con la nuova dottrina.

Lei rispose onestamente: — Non sono sicura di cosa pensare. È stato come guardare la superficie di uno stagno, vedere qualche sfarfallio e talvolta una bolla che sbuca dalle profondità, ma senza sapere cosa c'è sotto.

— Commento onesto — disse Terelia. — Abbiamo tutti masticato il sacramento, quindi sappiamo in che modo agisce. Possiamo capire dove stanno andando gli esploratori, perché ci siamo stati tutti.

Sembrò pensierosa per un momento.

— In realtà, ora è diverso. Quando eravamo su Tantamount, perseguitati a causa delle nostre convinzioni, le cose erano più difficili. Ora che siamo qui da alcuni anni, nelle visioni c'è una sorta di dolcezza. Non ti pare, Gis?

Gisby ammise che era proprio così.

— Anche Eldo Kronik non è così rigido come una volta.

— Ha superato... sai chi — disse Terelia.

Morwen dedusse che gli "esploratori" erano le persone sul palco. Non venivano scelti. Erano compagni di congregazione che sentivano il bisogno, o forse solo l'impulso, di masticare la droga e riferire delle visioni o delle manifestazioni che aveva evocato in loro. Ogni membro adulto della comunità aveva svolto quel ruolo e alcuni di loro erano rinomati per il potere delle esperienze che raccontavano.

— Aspetta di sentire Palu Gurber — disse Gisby. — Lui va in posti... beh, avresti bisogno di vederli per poterlo capire.

— Vederli? — chiese Morwen. — Significa aver "masticato il maunch"?

— Sì. "Vedere i luoghi" è il modo in cui l'iniziatore lo disse per la prima volta. Quello era Porleth Armbruch, il profeta che ci ha condotti qui.

A quel nome, i volti di Gisby e di Terelia avevano assunto la stessa espressione che Morwen aveva visto in coloro che ricordavano con affetto qualcuno che era "andato avanti", il modo di dire usato su Blatcher's World.

— Non è più qui con voi?

— Ahimè, no — disse Terelia. — Un incidente con la sua macchina. Fu un giorno triste per la congregazione. Perdemmo la nostra grande guida. — Morwen la vide lasciarsi la questione alle spalle. — Jerz Thanda assunse la guida. Era quello che voleva Porleth, ci disse. Ma...

Gisby fece un gesto con la mano in un modo che diceva che il "ma" di sua moglie non doveva essere approfondito. Terelia prese fiato e disse: — Beh, basta fare discorsi inutili. Mettiamo in ordine questo posto.

Impilò alcuni piatti sporchi e li portò in cucina. Gisby la guardò allontanarsi, poi fece cenno a Morwen di seguirlo al bancone. Versò una tazza di punge, prese un cucchiaio e cominciò a mescolare il liquido, anche se non ci aveva messo alcun dolcificante. Il cucchiaio emise un forte tintinnio contro la tazza.

Disse, a bassa voce: — Ne saprai di più quando sarà passato un po' di tempo, ma chiacchierare a vanvera sull'incidente di Porleth o su Jerz Thanda...

Si voltò come per controllare se potesse esserci qualcuno in ascolto, anche se lui e Morwen erano soli al bancone. Fece un gesto che combinava la fine del discorso con un vago avvertimento.

— Ho detto fin troppo, capito?

— Capito — disse Morwen, e cominciò a pulire il bancone.

Quando non lavorava o non girava per la città, Morwen trascorreva il tempo nel piccolo appartamento sopra il ristorante. C'erano un soggiorno, una camera da letto, una piccola cucina e un bagno. Il soggiorno e la camera da letto avevano ciascuno una finestra che si affacciava a nord. Si sedeva su una sedia davanti alla prima finestra e studiava il paesaggio che rammentava fin dall'infanzia.

La casa di legno, dipinta di bianco molto tempo fa e ora sbiadita, sembrava essere abbandonata. Prima dell'incursione dei Principi Demoni e dei loro scagnozzi, Mount Pleasant aveva una popolazione di circa cinquemila abitanti, praticamente tutti portati nei mercati degli schiavi nel profondo del Dilà. I Disper non erano più di duemila e tendevano a stabilirsi nella parte edificata della città. Molte delle fattorie periferiche erano state lasciate disabitate, sebbene i pascoli e i terreni coltivati fossero usati come siti delle onnipresenti serre in cui veniva coltivato il maunch per Jerz Thanda.

I genitori di Morwen avevano vissuto nella casa bianca. Morwen conosceva la sua disposizione interna e i giardini che la circondavano fino all'ultimo dettaglio. Uno di quei dettagli era la quercia fulminata che si ergeva accanto al lungo vicolo sterrato che conduceva al cancello d'ingresso della proprietà. I suoi genitori erano preoccupati che qualcuno avesse potuto abbattere quell'albero e usarlo come legna da ardere.

Ma ciò non era accaduto, e quindi il piano di Morwen e dei suoi genitori era ancora fattibile. Il secondo "dettaglio" lo avrebbe verificato presto, sperava, una volta che lei fosse stata accettata come una caratteristica normale del paesaggio, i cui movimenti non avrebbero destato sospetti. Comunque avrebbe avuto bisogno di un paio di guanti pesanti.

Si stavano preparando per il pranzo del Quartogiorno. Durante la colazione era stata molto occupata. Le frittelle che Morwen aveva introdotto come contorno erano state ben accolte, così come il suo nuovo antipasto: torta di uova e pancetta. Era in cucina, a sbucciare e tagliare i kirstroot per il pranzo speciale e in parte ad ascoltare Gisby e Terelia che chiacchieravano, in mezzo a una serie di tintinnii musicali, indice che stavano apparecchiando la tavola con bicchieri e posate.

Morwen sentì il suono del campanello sopra la porta e si aspettava di sentire "Siamo chiusi" da uno o entrambi i proprietari. Invece sentì il silenzio, e ciò immediatamente la riportò a quei tempi in cui uno degli schiavi di Belloch aveva fatto qualcosa attirando l'attenzione di Vilch, il capo sorvegliante. Un piatto caduto, del vino rovesciato, persino uno starnuto nel momento sbagliato. Poi tutti si immobilizzavano e tacevano, aspettando la domanda a voce bassa, la risposta tremante, e poi un'improvvisa violenza. O peggio, un appuntamento con la frusta.

Quello era uno di quei silenzi. Coltello in mano, Morwen andò alla porta della cucina e l'aprì. Terelia e Gisby erano immobili, le mani piene di stoviglie. A chiudere la porta dietro di loro c'era un uomo vestito con una tunica nera da Protettore, con bordini blu e bottoni di giaietto lucido lungo tutto il davanti, calzoni blu, calze nere e stivali alti fino al polpaccio.

Si voltò verso Morwen quando lei apparve sulla soglia della cucina e lei sentì l'impatto del suo sguardo quasi come se l'avesse toccata. Il suo viso era pallido, la pelle tesa, il naso una lama uncinata e, sotto le folte sopracciglia, gli occhi erano duri e lucenti, come i bottoni sul vestito.

La sua voce era secca, quasi un sussurro, ma si sentiva bene nel silenzio:

— Io sono Thanda. Tu sei la nuova arrivata.

— Sì — disse. — Sono Morwen Sabine.

— Una fuggitiva, così ho sentito dire.

— Per la legge su Blatcher's World, se riesco a rimanere libera per un anno standard, sono legalmente autoemancipata.

Un sorriso incerto iluminò il suo viso per un istante, ma poi scomparve.

— Un concetto interessante. Succede spesso?

— No.

— Vieni qui e mostrami il tuo braccio.

Morwen posò il coltello e fece il giro del bancone, tirò su la manica e lasciò che vedesse il tatuaggio. Thanda le prese il braccio e strofinò un pollice freddo sui disegni.

— È autentico. Il colorante arriva fino alla fascia muscolare. Se si rimuove la pelle e si applica un innesto, il tatuaggio riappare gradualmente. Hacheem Belloch non prende mezze misure.

Le lasciò cadere il braccio e le fece cenno di indietreggiare. La studiò da capo a piedi.

— Cosa stai facendo qui? — Sottolineò l'ultima parola.

— È stato un caso. Il mercantile su cui mi trovavo è andato ovunque avesse un carico da consegnare. Quando ho sentito che ci saremmo trasferiti a Providence, mi è sembrato, beh, come...

— Destino? — disse l'uomo in nero. — Fato?

Morwen scrollò le spalle.

— Qualcosa del genere.

— E ora eccoti qui — disse. — E mi hanno detto che la tua famiglia viveva qui, prima dell'immolazione.

— La cosa?

La sua mano pallida fece un gesto indolente.

— Il rapimento di massa.

— I miei genitori vivevano qui. — Fece un gesto intorno a sè. — Questo era il loro lavoro.

— Una straordinaria coincidenza.

— Sì, suppongo di sì. A volte si verificano.

La sua faccia ora divenne quella di un uomo alle prese con un preoccupante teorema astratto. — E puoi provare qualcosa di tutto ciò?

— Non ho documenti — disse Morwen, — a parte la mia tessera da spaziale, e quella è falsa.

— Infatti? Un nome falso?

— Se mi fossi registrata con il mio vero nome, gli agenti di Hacheem Belloch mi avrebbero trovata alla svelta e riportata in schiavitù. O peggio, per scoraggiare gli altri a non scappare.

— Quindi "Porfiria Ardcashin" è un nome inventato.

— Si.

— E invece Morwen Sabine non lo è?

— È il mio vero nome.

Thanda alzò un dito come per annunciare un punto importante. — E sembra corrispondere a quello dell'uomo che aveva la licenza per questa struttura, prima del raid.

Morwen incrociò le braccia sul petto.

— Non "sembra". È così. Lui è mio padre.

— È? Vive ancora?

— Ho detto tutto questo allo Scrutatore Capo Kronik.

— E ora lo dirai a me.

Quindi, lei ripetè la storia. Il suo piano per fuggire dalla servitù, raggiungere l'Oikumene, guadagnare abbastanza per andare a Interchange e riscattare la sua famiglia e se stessa dalla prigionia.

Quando ebbe finito, Thanda disse: — Un racconto adatto a simulare un'azione audace.

Morwen non rispose, ma tenne lo sguardo fisso su quello di lui.

Dopo un momento, proseguì: — Ma *questa* parte del piano… guadagnare lo stipendio di un cuoco in un mondo lontano dall'Oikumene?

— Come ho detto, quando ho saputo che ci saremmo fermati a Providence, qualcosa mi ha spinto a venire dove vivevano i miei genitori.

— Come abbiamo accennato: fato, destino, wyrd. — Si accarezzò il mento. — Possibile — disse. — Hai camminato, toccato muri, osservato panorami, ti sei seduta su delle panchine.

Morwen prese fiato, sospirò. — Penso tra me e me: era qui che camminavano i miei genitori, qui si sedevano e si tenevano per mano, qui hanno scoperto che ero nel grembo di mia madre...

Thanda fece una smorfia scettica.

— Prima il destino, ora il romanticismo.

Morwen non disse nulla, mostrò uno sguardo neutrale come farebbero degli schiavi davanti a un potere che potrebbe colpirli impunemente.

Thanda aprì una nuova linea di indagine.

— Dove vivevano i tuoi genitori?

— Se hai consultato i registri, lo sai già.

— Io lo so. Ora voglio sapere se lo sai tu.

Morwen fece un gesto con la testa.

— La casa bianca, con l'albero fulminato.

Il cenno di Thanda lo confermò.

— È vuota, ma tu non l'hai visitata.

— Kronik mi ha detto di rimanere entro i confini della città.

Thanda mostrò il volto di un uomo che si trastulla in un gioco complesso dove l'avversario ha appena fatto la mossa che si aspettava.

— Obbedisci allo scrutatore, ma sei fuggita dal tuo padrone. Obbedisci ad alcune autorità, ma non ad altre.

— La "proprietà" di Belloch è illecita. Non è un'autorità, solo un potere.

— Ah, una sofista — disse Thanda. — Dovremmo stare insieme e sondare le profondità filosofiche.

Morwen gli rivolse un bel sorriso. — Non è quello che stiamo facendo?

Questo le valse uno sguardo freddo e un silenzio prolungato, rotto quando Thanda affermò: — Revoco le restrizioni di Kronik. Puoi visitare la casa dei tuoi genitori, sederti al tavolo dove hanno mangiato, sdraiarti sul letto in cui sei stata concepita.... sì, ho controllato i registri: tua madre era incinta quando è arrivata l'incursione.

— Grazie — disse Morwen.

Thanda ha detto: — Non sono privo di sentimenti. Fai la tua visita e parleremo ancora.

— La farò.

Aggiunse, in tono autoritario: — Ma stai lontana dai raccolti di maunch che crescono nelle vicinanze. Se mostri il minimo interesse per il raccolto, la sua logistica o coloro che lo gestiscono, ti considererò confermata come una donnola della CCPI.

Morwen fece per rispondere, ma Thanda parlò sopra di lei.

— Sarai torturata, uccisa e smembrata. Le parti del tuo corpo verranno liofilizzate e spedite all'ufficio CCPI più vicino.

— Capito — disse Morwen.

Thanda aveva un'ultima informazione da impartire.

— Come i due che sono venuti prima di te.

Detto questo, si voltò e lasciò il ristorante. Il campanello sopra la porta suonò. Anche dopo aver smesso, il rintocco della sua ultima nota risuonò nel silenzio, svanendo lentamente mentre Gisby, Terelia e Morwen restavano immobili.

Terelia portò una pentola di punge piccante sul tavolo dove sedevano suo marito e Morwen. Versò tre tazze piene e si sedette. Gisby prese la sua con una mano così tremante che un po' del liquido marrone colò sopra la tovaglia macchiandola. Usò l'altra mano per tenerla ferma e bevve un sorso. Poi posò la tazza e cominciò a mescolare rumorosamente con un cucchiaio.

Con calma Terelia sussurrò: — Ci sono alcune cose che devi sapere.

Morwen disse: — Ovunque vada, le persone mi fanno domande... da dove vengo e perché sono qui. Presumo che lo scrutatore Kronik abbia passato parola e che tutti gli riferiscano.

— È normale — disse Gisby. — Il fatto che Thanda sia venuto qui non lo è.

— Ha il suo cuoco al Manse — precisò Terelia. — È interessato a te.

Morwen prese la sua tazza. Quando la toccò, il suo calore le fece capire che aveva le mani gelate.

Morwen sapeva cosa fosse il luogo a cui si riferiva. Ai tempi dei suoi genitori era stato un albergo, gestito come fonte di reddito dall'aristocratico che aveva portato i primi coloni in quel mondo. Il nobiluomo era stato ucciso resistendo all'assalto. I suoi ospiti e il personale erano stati tutti portati via, ad eccezione di quelli uccisi mentre cercavano di difendere il loro datore di lavoro.

— Thanda voleva una camera blindata per conservare l'estratto — stava dicendo Gisby. Quando vide che il termine non aveva alcun significato per Morwen, aggiunse: — Mastichiamo il maunch come sacramento. Apre lentamente la strada alle visioni. Ma Thanda ha sviluppato un modo per condensare l'elemento sacro in un liquido. Le persone che lo assorbono... beh, sembra che sperimentino qualcosa di diverso. Nessuno di noi l'ha mai provato.

— Lo vende a criminali su altri pianeti — disse Terelia. — I proventi dovrebbero andare a beneficio della comunità – c'è un Patto formale – e in una certa misura lo fanno, ma...

Con la mano libera Gisby fece un gesto che fermò sua moglie mentre lui continuava a mescolare rumorosamente. Si chinò verso Morwen e sussurrò: — Ci sono dispositivi di ascolto. Qui non ne abbiamo mai trovato uno, ma non l'abbiamo mai veramente cercato. Questo è un luogo dove le persone si incontrano e parlano, quindi...

Morwen annuì. I sorveglianti di Hacheem Belloch avevano usato le stesse tecniche per controllare la sedizione tra i servi.

Gisby continuò ad agitarsi e sussurrò di nuovo: — Non sei il primo ospite a entrare a New Dispensation e ad attirare l'attenzione di Thanda. Sono stati portati al Manse e...

Il cucchiaio continuava a tintinnare, mentre il viso di Gisby terminava silenziosamente la frase.

Morwen abbassò la voce.

— Non mi interessano il maunch o l'estratto. Volevo solo venire dove erano vissuti i miei genitori.

Non era del tutto vero, ma a casa di Hacheem Belloch aveva imparato a mentire. L'onestà era un lusso che gli schiavi potevano raramente permettersi.

Terelia guardò il cronometro sul muro.

— Dobbiamo prepararci per il pranzo.

Terminarono di bere e Morwen portò le tazze in cucina. Mentre passava vicino a Terelia, la donna le bisbigliò: — Stai solo attenta.

• • •

Quel pomeriggio, nell'intervallo tra la pulizia del dopo pranzo e i preparativi per la cena, Morwen scese per la Broadway fino a Credasper Street ed entrò in un locale che vendeva merci per il lavoro agricolo. Chiese al proprietario, il Palu Gurber delle visioni coinvolgenti, se avesse dei guanti pesanti: — Qualcosa che potrei usare quando sforno i piatti caldi.

— Gisby non ne ha? — chiese Gurber.

— Sì, ma io sono una persona a cui piace ridurre al minimo i rischi.

L'uomo si avvicinò a un pensile di piccoli e medi cassetti, ciascuno con una maniglia smaltata. Fece scorrere un dito lungo una fila orizzontale, poi scese sotto altre due file e aprì un cassetto, da cui estrasse un paio di pesanti guanti di tela. I palmi erano rinforzati con strisce di cuoio spesso.

— Li usano i fabbri — disse l'uomo. — Potrebbero essere un po' grandi per te.

Morwen li provò, le sembrarono adatti e li pagò. Poi dovette fermarsi per qualche minuto a soddisfare la curiosità del negoziante che desiderava conoscere il suo passato e i suoi progetti futuri. Morwen replicò con la stessa storia blanda e le stesse prospettive che erano diventate la sua risposta standard agli interrogatori informali di Kronik.

Alla fine riuscì ad andarsene. Quando aprì la porta vide avvicinarsi un veicolo che passava lungo Credasper Street. Lo riconobbe e distinse anche l'autista: Tosh Hubbley, l'uomo che le aveva dato un passaggio fino all'hotel all'incrocio. Camminando sul marciapiede attirò il suo sguardo e lui girò la testa per guardarla. Ma la sua espressione le fece pensare che non l'aveva riconosciuta: si voltò di nuovo in avanti e proseguì fino alla traversa successiva, svoltò a sud e scomparve alla vista.

Di ritorno al ristorante, ripose i guanti nell'armadio della sua stanza. Poi si sdraiò sul letto e osservò la pittura sul soffitto, senza realmente vederla, mentre la sua mente soppesava e vagliava ciò che aveva appreso.

La visita di Thanda aveva messo in chiaro che era una persona sotto osservazione. Avendo avuto il permesso di visitare la vecchia casa dei suoi genitori, sarebbe sembrato strano se non ne avesse approfittato. Così, al Quintogiorno, dopo colazione, chiese ai suoi datori di lavoro il permesso di saltare le pulizie e di salire alla casa bianca con l'albero folgorato.

— Vai pure — disse Terelia, mentre Gisby faceva dei gesti verso la porta.

Era una mattina mite, la stella gialla riversava una luce soffusa attraverso una sottile foschia alta nel cielo. Una brezza vagante agitava la gonna leggera di Morwen intorno alle gambe mentre risaliva il dolce pendio del primo tornante. Pensò ai suoi genitori che avevano fatto quella salita, più e più volte – la casa era stata loro sin da quando erano arrivati a Mount Pleasant – andando e tornando dal ristorante.

Una stradina polverosa incontrava il quarto tornante più o meno a metà, dove il pendio si livellava in una terrazza che si allargava verso la casa. Morwen vide lo spazio piatto che era stato modificato con la costruzione di un muro di pietra grezza, e le tonnellate di terra portate per riempire il divario tra il muro e il pendio naturale. I suoi genitori le avevano detto che era stato eretto per costruire un Ufficio delle Entrate per uno dei coloni originali. Il vicolo proseguiva oltre la casa fino a un gruppo di serre, da cui Morwen sapeva bene di doversi tenere a distanza.

Mentre superava l'albero colpito dal fulmine, Morwen gli lanciò un'occhiata curiosa, ma non si fermò ad esaminarlo ulteriormente. Thanda l'aveva indirizzata qui e i suoi datori di lavoro le avevano parlato dei dispositivi di sorveglianza. Non era irragionevole presumere che sarebbe stata sotto osservazione. Ci si sarebbe aspettato che curiosità e sentimenti l'avrebbero condotta subito nella vecchia casa dei suoi genitori.

Notò un fabbricato annesso, del tipo che poteva ospitare un veicolo, ma lo oltrepassò fino a raggiungere i gradini della casa. Il legno era incrinato dal tempo e dagli agenti atmosferici, la sua vernice rossa era stata lavata via da vento, pioggia e grandine. Le pareti della casa mostravano macchie scrostate nella vernice bianca, e sotto si intravvedeva il grigiore dei muri. Le finestre erano intatte, ma piene di sudiciume.

La solida porta d'ingresso non era chiusa a chiave, ma i cardini erano rigidi per la ruggine. Morwen entrò in un soggiorno poco illuminato: vide un tappeto ingrigito per l'accumulo di polvere di vent'anni e dei mobili opacizzati dal tempo. C'erano ragnatele negli angoli del soffitto e negli infissi delle finestre.

Scorse qualcosa di indistinto sul cuscino di una poltrona in un angolo. Morwen pensò che fosse un capo di abbigliamento scartato, ma quando si avvicinò comprese che era il cadavere mummificato di un gatto.

"Mumpsimus", si disse. Sua madre si era spesso chiesta se l'animale fosse sopravvissuto alla perdita dei suoi padroncini. Ora quel mistero era stato risolto.

— Povera micia — disse Morwen, sia perché la vista della povera reliquia affamata aveva suscitato un'ondata di tristezza, sia perché pensava che Thanda avesse una sorta di sorveglianza – almeno sonora, e forse anche visiva – all'interno della casa.

Passò in cucina. C'era ancora più polvere. Se i Disper, al loro arrivo, erano venuti a indagare sulla casa, non si erano disturbati molto. Alcuni cassetti erano stati aperti e c'erano segni di impronte nella polvere del pavimento. Sul davanzale c'era un piccolo fiore giallo di ceramica infilato in un vaso blu scuro. Il padre di Morwen, corteggiando sua madre, l'aveva vinto per lei allo stand di una fiera itinerante che si fermava ogni autunno nella città in cui vivevano nel mondo Oikumene di New Bruges, prima di venire a Providence e a Mount Pleasant.

Morwen lo raccolse, lo spolverò con un panno che trovò infilato nella maniglia di un cassetto e lo avvicinò per guardarlo meglio. Lottò contro l'emozione – un misto di tristezza e disperazione – che cercava di sopraffarla.

Ricordò quello che le aveva detto suo padre: "*Non cedere mai. Spingi e resisti*", parole che aveva sentito fin dall'infanzia. Si infilò il piccolo oggetto nella tasca della gonna, diede un'ultima occhiata alla cucina e poi si diresse sul retro dove trovò le scale che portavano al piano superiore.

La camera da letto dei suoi genitori era semplice: un letto matrimoniale coperto da una trapunta a motivi geometrici, un armadio con pochi cambi di vestiti, due comodini, uno con l'orologio fermo da tempo, l'altro con una lampada e un libro ricoperto di carta. Morwen lo raccolse, vide un segnalibro e lo aprì alla pagina contrassegnata.

Veddo scese dalle colline al villaggio, lesse in silenzio, *portando la spada e lo scudo che aveva strappato a Garjan il Crudele. Gli abitanti del villaggio si riunirono per vederlo, ma lui andò dritto alla casa del capo di Brodo, dove la figlia di Brodo, la bella Morwen, lo stava aspettando.*

Morwen rilesse l'ultima frase. Ora sapeva da dove veniva il suo nome. Le scesero le lacrime, ma lei le combattè. Cadere vittima del sentimento non avrebbe aiutato. Ripose il libro, uscì nel corridoio e si diresse verso la seconda camera da letto. Questa non era arredata, ad eccezione di una culla per bambini, in legno dipinto e adornato con rappresentazioni di animali antropomorfi impegnati in attività comiche.

Nella stanza non c'era nient'altro che poteva essere stato per Morwen. La gravidanza di sua madre era stata confermata solo pochi giorni prima che i Principi Demoni scendessero per trasformare la felice aspettativa in decenni di miseria.

Non disperare, si disse Morwen. *Non cedere mai. Spingi e resisti.*

Tornò al piano di sotto e uscì dalla porta d'ingresso. La dependance attirò la sua attenzione. Le sue porte, una grande e una piccola, erano chiuse, ma lei ripulì la sporcizia da una finestra e sbirciò dentro. Non vide nessun veicolo; i suoi genitori avevano risparmiato per il parto e la distanza tra casa e lavoro non era eccessiva.

Ma sembrava ci fosse qualcosa in un angolo. Morwen cercò in giro e vide una linea di pietre a lato della casa. Disegnavano un'aiuola, ora ricoperta di erbacce. Prese un sasso e ritornò alla dependance. Aveva la scelta tra rompere la finestra o la serratura, e si rese conto che quest'ultima, arrugginita fino a essere inutile, era la scelta più ovvia. Picchiò sul buco della serratura della porta più piccola finché il vecchio legno dello stipite non cedette. Poi spinse la porta dischiusa ed entrò.

Con la porta aperta, penetrava più luce e Morwen vide che la cosa nell'angolo era una bicicletta a pedalata assistita. I suoi genitori non ne avevano mai parlato. Quando la esaminò meglio ne capì il motivo: aveva i fili allentati e mancava una fotocellula. Era inutilizzabile.

Però la si sarebbe potuta riparare. C'era un uomo in città, Bod Hipple, che riparava macchinari agricoli rotti. Avrebbe potuto essere in grado di aggiustarla. Ed era piuttosto goloso delle frittelle di Morwen. O forse di Morwen stessa. Aveva visto come i suoi occhi continuavano a seguirla da quando era arrivata al Eatery.

Portò fuori la bici, con le ruote a terra, e chiuse la porta, poi si fermò per un pensiero. Tornò nel capannone, raccolse una pala che aveva visto appoggiata in un angolo e scavò una buca in quella che era stata l'aiuola di sua madre. Entrò in casa, avvolse il gatto mummificato in un asciugamano, lo portò fuori e lo seppellì.

Poi riportò la pala nel capannone, tirò su la bicicletta e la portò in città.

Dopo il pranzo e le pulizie, Morwen salì nella sua stanza, si sdraiò sul letto e pensò alla casa dei suoi genitori. Considerò le cose che aveva visto – i segni di graffi sui pavimenti, una ragnatela strappata in un angolo del soggiorno – e cosa significavano. Era stata attenta a non sbirciare direttamente, ma era ragionevolmente sicura che Jerz Thanda avesse mandato i suoi uomini nella casa per piazzare i dispositivi di sorveglianza che avrebbero potuto rivelarla come una donnola della CCPI. Avevano lasciato tracce.

Il fatto che non fosse affatto un agente segreto della polizia non la rassicurava. Thanda avrebbe preferito sbagliare per eccesso di cautela. Se il suo sospetto fosse andato troppo oltre, non avrebbe aspettato la certezza. Avrebbe agito in base alle probabilità. Andò nella sua piccola cucina e bevve un bicchiere d'acqua, lo sorseggiò mentre si guardava intorno con la coda dell'occhio. Individuò un piccolo foro nel muro appena sotto il soffitto. Quando tornò in camera da letto, ne vide un altro.

Doveva accettare quella mancanza di privacy. Gli agenti di Thanda la guardavano spogliarsi, stare sotto la doccia, usare il gabinetto. E non avrebbe dovuto dare la minima idea di sapere di essere osservata. Lasciando passare un po' di tempo senza aumentare il livello di sospetto, forse il livello di sorveglianza sarebbe diminuito. Nel frattempo, avrebbe messo da parte il suo piano e avrebbe continuato a fare la cuoca in un ristorante di una piccola città.

Lei poteva farlo. Per anni aveva aspettato l'opportunità di fuggire dalla prigione di Belloch a Boregore, di attraversare il mare e nascondersi su un mercantile spaziale. E quando si era presentata l'occasione, era stata pronta.

Si sdraiò sul letto e guardò la piccola ceramica che aveva portato dalla cucina di sua madre. Era rimasta laggiù per più di venticinque anni prima che lei fosse arrivata a prenderla. Quel piccolo oggetto le avrebbe insegnato la pazienza.

Dopo un po' chiuse gli occhi e si addormentò.

Capitolo III

Le operazioni di estrazione e spedizione della droga di Jerz Thanda avvenivano in bella vista. Le prime serre dove si coltivava il maunch erano state create dai Disper non appena si erano stabiliti nella città fantasma di Mount Pleasant. Erano stati piccoli vivai, sufficienti per coltivare abbastanza erba da soddisfare i requisiti per i sacramenti della congregazione.

A quei tempi, e per alcuni anni successivi, prendersi cura del maunch era stata un'attività marginale nella vita della nuova comunità. La maggior parte dei Disper era impegnata nei lavori caratteristici di una società agricola. Coltivavano prodotti, si prendevano cura del bestiame, facevano manutenzione sui macchinari, sparavano agli hoppers quando arrivavano nei loro terreni e facevano tutto quanto necessario per un'esistenza ragionevolmente civile. I bambini andavano a scuola, il ristorante serviva i pasti, i terreni venivano coltivati d'estate e protetti d'inverno, la gente metteva in comune i propri talenti e organizzava concerti e rappresentazioni teatrali.

Non era una democrazia. Il loro Fondatore, Porleth Armbruch, chiamato Il Profeta, era un leader indiscusso che tuttavia non prendeva da solo le decisioni più importanti. Se una questione doveva essere affrontata, l'avrebbe condivisa. Le persone discutevano di pro e contro in dibattiti improvvisati nella vecchia sala della comunità, dopo gli incontri, o durante i pasti al ristorante, o ovunque i Disper potessero riunirsi. Alla fine, sarebbe sorto un punto di vista comune, lasciando da parte le poche opinioni contrarie, e Armbruch avrebbe fatto una dichiarazione.

Così fu fino al fatidico giorno in cui il veicolo del Fondatore urtò un albero caduto, posto sulla strada da un temporale primaverile. In qualche modo l'impatto aveva rotto il collo di Armbruch e Jerz Thanda era subentrato al suo posto. Era un uomo da poco convertito alla dottrina della New Dispensation, arrivato da Crickle, una città di medie dimensioni governata da bande criminali sulla sponda meridionale del continente settentrionale. La sua vita a Crickle, quando fu verificata da Eldo Kronik, non sembrava degna di nota, ma Thanda aveva rapidamente dimostrato di essere utile al Profeta, incoraggiando l'espansione delle colture di maunch e così poter venderne l'eccedenza a stranieri di altri mondi.

Prima della morte del Profeta, le idee di Thanda non erano state accettate con il consenso comune. Una volta che ebbe il controllo tutto cambiò. Thanda vedeva la crescita del maunch come un'occasione persa. Era sicuro che lo psicostimolante potesse essere estratto e concentrato. Avrebbe avuto un'enorme valore su molti mondi nel Dilà e persino nell'Oikumene. La comunità dei Disper doveva essere riorganizzata, in modo che la produzione e la vendita di estratto diventassero l'obiettivo principale.

Quando questa nuova strategia venne annunciata, iniziò il normale processo di dibattito e discussione. Ma fu rapidamente troncato da un gruppo di uomini che Thanda aveva raggruppato, alcuni dei quali arrivati di recente da Crickle. Si vedevano raramente agli incontri e si pensava che partecipassero solo per tenere d'occhio la comunità.

Nessuno di loro prendeva il sacramento, quindi non acquisivano gli aspetti della personalità stimolati dalla masticazione regolare: placidità, equanimità, spiritualismo e tendenza a non preoccuparsi delle vicissitudini della vita.

Gli uomini di Thanda – i Protettori, come venivano chiamati – chiudevano i dibattiti urlando e provocando tumulti. Non si facevano problemi a spintonare i presenti con ginocchia e gomiti, facendoli inciampare. I modesti agricoltori, insegnanti di scuola e riparatori di trattori se ne andavano con varie contusioni e la minaccia implicita di qualcosa di peggio.

Alcuni individui si opposero e ricevettero visite private dai Protettori nelle loro case. Un contadino particolarmente combattivo, Lock Guysek, riuscì in qualche modo a cadere dal suo fienile su un erpice a dischi. Morì per la perdita di sangue prima che sua moglie lo trovasse.

Dopodiché, la vita di New Dispensation continuò più o meno come prima, tranne per il fatto che furono arruolate squadre di uomini per costruire un mulino di estrazione vicino alla grande casa di pietra dove si erano installati Thanda e i suoi Protettori. Vennero costruite e seminate diverse nuove serre, e poi molte altre ancora. Gli agricoltori che in precedenza si erano occupati dei propri raccolti e dell'allevamento di animali, ora si trovavano a lavorare sotto un sistema di corvee, un giorno su sette, per curare, raccogliere e trasportare le nuove enormi quantità di maunch al mulino.

Passarono due giorni, poi tre. Al mulino compravano tutto il maunch che i contadini potevano coltivare, e a buon prezzo. Dopo le prime vendite di estratto, su altri pianeti, Thanda iniziò a pagare ai coscritti un generoso stipendio. Dallo spazioporto di Hambledon iniziarono ad affluire nella comunità i fasti che in precedenza erano stati fuori dalla portata di New Dispensation. Ci furono ancora delle lamentele, ma la maggior parte dei Disper accettò la situazione come un cambiamento in meglio.

La produzione del mulino, in piccole fiale strettamente imballate in casse piene di paglia, non fu più gestita dalla comunità. In precedenza gli agricoltori locali erano soliti spedire il maunch crudo ad Hambledon, per il venti per cento dei proventi. L'incarico di trasportare le fiale venne revocato: da quel momento solo i Protettori di Thanda poterono scortare l'estratto ad Hambledon, sorvegliandolo da vicino fino a quando non fosse stato caricato sulle navi con transponder disabilitati che lo avrebbero portato nell'immenso circondario di mondi.

Thanda spese buona parte delle entrate generate dal commercio di estratto in benefici per la comunità, ma si ipotizzò che la maggior parte dei fondi rimanesse sotto il controllo di Thanda. Non era noto con certezza, perché chiunque avesse sollevato l'argomento veniva subito scoraggiato. La sorte di Lock Guysek non era stata dimenticata.

Morwen apprese tutto questo a New Dispensation, mentre le settimane passavano. Ebbe tranquille conversazioni con Gisby e Terelia, fuori dal ristorante, quando visitavano varie fattorie per acquistare prodotti e carne. Parlò anche con Bod Hipple, l'uomo che aveva riparato la sua bici elettrica rifiutando di prendere più di cinque UVS per il suo lavoro. Morwen aveva la sensazione crescente che il meccanico scapolo stesse sviluppando "dolciumi" per lei, come i Disper chiamavano tali emozioni. Un invito a un incontro più intimo sembrava essere in vista.

Morwen non era attratta da Bod Hipple. Era grosso e goffo, la faccia larga e rossa e aveva le orecchie sporgenti come due bandierine. Credeva che si fosse interessato a lei per la prima volta quando Kronik aveva diffuso alla comunità la storia di Morwen, ma ora si era fissato su di lei come una potenziale "destinata", come i Disper chiamavano una relazione del genere.

Morwen provava qualche scrupolo a dargli corda: a Providence aveva da svolgere un compito che le era stato assegnato dai suoi genitori quando era una bambina. Voleva farcela. Avrebbe affrontato qualsiasi rimpianto e rimorso una volta che sua madre e suo padre fossero stati liberi.

Ogni giorno Morwen ricordava a se stessa che la situazione richiedeva pazienza. Si immerse nella routine di ogni giorno e si lasciò convincere dai suoi datori di lavoro a partecipare agli incontri del Primogiorno al tempio dei Disper. Andò anche a un concerto serale di musica vocale, applaudendo educatamente le interpretazioni più o meno melodiose di un duetto femminile. Un complesso di quattro uomini ottenne alcuni effetti interessanti con armonie contrastanti e un canto finale che coinvolse tutti i presenti, compresa lei.

Si lasciò persino accompagnare a un ballo, in occasione della visita di un quartetto venuto da Hambledon. Per lei i passi erano una novità, ma venne istruita dalla sua scorta, il Bod Hipple appena rasato e col colletto inamidato. Sudacchiata e un po' senza fiato dopo le fatiche della serata, permise all'uomo di riaccompagnarla a casa. Arrivati in fondo alle scale lo ricompensò con un bacio sulla guancia.

Morwen non aveva molta esperienza nei corteggiamenti. Il suo padrone aveva scoraggiato gli schiavi dal formare le proprie relazioni. Li allevava secondo i propri interessi, vendendo spesso i bambini ad altri schiavisti. Anche i genitori a cui aveva privato i figli venivano scoraggiati dal chiedere cosa fosse loro successo. Morwen non era quindi capace di comprendere le ambizioni di un corteggiatore. Quando Hipple ricambiò il bacio sulla guancia, lei si ritrasse e vide le pupille dell'uomo allargarsi nonostante fossero illuminate solo dal debole bagliore di un lampione lontano. Per un momento pensò di vedere lo stesso bagliore selvaggio che aveva visto negli occhi del capitano del *Festerlein*.

Salì le scale, entrò e chiuse a chiave la porta.

Fino a quel giorno non aveva mai utilizzato molto la bicicletta: la usava solo per pedalare fino a casa dei suoi genitori, col motore elettrico che diminuiva lo sforzo sui tornanti. Aveva aperto gli armadi dei suoi genitori, scoprendo che gran parte dei vestiti era diventata cibo per gli insetti. Ma trovò diversi indumenti di cotone di sua madre ancora in buono stato e li caricò nel cesto che Bod aveva fissato alla parte anteriore della bici e li portò giù nel suo appartamento. Prese anche il libro che sua madre stava leggendo.

Passarono altre settimane. Quando Morwen ritenne che fosse venuto il momento, decise di andare alla polizia dopo pranzo e chiedere di vedere lo Scrutatore Senior Kronik. Lui la ricevette nel suo ufficio al secondo piano, scarsamente arredato, sul retro dell'edificio, con vista sulla casa dei suoi genitori e sul grande mucchio di pietra del Manse di Jerz Thanda situato in un'altura sopra di essa. Con uno sguardo interrogativo la invitò a dichiarare cosa volesse.

— La vecchia casa dei miei genitori — domandò Morwen. — Appartiene a qualcuno?

— Appartiene alla comunità di New Dispensation. Perché?

Aveva risposto alla domanda con un'altra.

— A qualcuno dispiacerebbe se vivessi lì?

L'esressione di Kronik era scettica.

— Senza elettricità?

— Non potrebbe essere ricollegata?

Era possibile.

— Perché desideri vivere lì?

— Mi mancano mio padre e mia madre. Lì mi sento più vicino a loro.

Lui guardò il vestito a fiori che indossava.

— Era di tua madre?

— Sì.

— Non ti dà fastidio che sia fuori moda da anni?

— Ovviamente no.

La studiò in silenzio per diversi istanti.

— Non essendo un membro della comunità non puoi possedere la proprietà. Ma puoi affittarla come ospite. Dovrai pagare per l'elettricità e per l'acqua.

— Ci sono un pozzo e una pompa — disse Morwen.

— È sempre acqua del comune.

Alzò le mani per mostrare che la sua parte della discussione era finita.

— Chi stabilirà le tariffe?

— Il comune. In pratica io. — Tirò verso di sé un blocco di carta sulla scrivania e prese uno stilo. — Farò i calcoli e ti farò sapere.

Lo ringraziò e se ne andò. Più tardi quel giorno, uno scrutatore venne al ristorante e le presentò un documento che la definiva come inquilina della proprietà. C'erano specificati l'importo dell'affitto e le tasse per l'acqua e l'energia. C'era anche una tassa nominale per l'uso della bicicletta, datata al giorno in cui l'aveva portata giù per la collina.

La scopa che si trovava in casa era stata consumata da muffe e marciume, ma il resto degli attrezzi per la pulizia era ancora utilizzabile. Morwen aveva cominciato a dedicare le sue serate a rendere la casa vivibile, spazzando, spolverando, sbattendo tappeti e pulendo i mobiletti nel cortile anteriore, sollevando nuvole di polvere grigia che volavano via nella brezza. La seconda volta, Terelia era venuta con lei e insieme avevano spogliato il vecchio letto per lavare le lenzuola e la trapunta. Generazioni di topi avevano colonizzato il materasso, quindi l'avevano portato fuori, avevano scacciato i piccoli e grigi invasori e bruciato il cuscino bucato.

Una volta ristabilita la sua fonte di alimentazione, la macchina che puliva i tessuti funzionava ancora, ma durante il primo test su una federa non erano comparse le scintille blu che originalmente ne accompagnavano il funzionamento. Dopo un po' di tempo aveva però ripreso a funzionare regolarmente e quindi avevano caricato le lenzuola, mettendo da parte la trapunta per un lavaggio successivo.

Mentre il dispositivo crepitava e ronzava, Terelia disse: — A me e a Gisby dispiace molto che tu te ne vada. Ci piaceva sentirti andare in giro lassù. Era come avere una figlia.

Morwen non sapeva come rispondere, ma la donna riempì l'imbarazzato silenzio.

— Suppongo che ora sarai in grado di intrattenere Bod Hipple... come si deve...

La risposta di Morwen fu molto attenta.

— Non sono sicura di voler "intrattenere" Bod.

Terelia inclinò la testa.

— È abbastanza sicuro di voler essere "intrattenuto". Ha detto ad alcuni dei suoi compari che intende fare di te lo scopo della sua vita.

Ancora una volta, Morwen ritenne saggio rimanere in silenzio. Bod Hipple non figurava nei suoi progetti a lungo termine. Tenne per sé i suoi piani sebbene i costumi dei Disper fossero indulgenti riguardo alle relazioni tra i sessi.

Ci vollero diversi giorni per pulire a fondo la casa: alla fine i pavimenti in legno risplendevano di cera e le finestre sembravano di puro cristallo. Le tende, una volta scosse e pulite, erano di un azzurro allegro e brillante. Morwen comprò la pittura da Palu Gurber e colorò le pareti della cucina in una calda tonalità di giallo oro, con del bianco per le rifiniture, cosa che a Terelia diede la sensazione di trovarsi in mezzo a uova strapazzate.

Bod passò per esaminare tutti i macchinari domestici, in particolare la pompa del pozzo. Apportò alcune modifiche e mise dei lubrificanti in modo da ridurre alcuni dei rumori di sottofondo. Morwen lo ricompensò aprendo una bottiglia di meadwine portato da Hambledon, e si sedettero sul bordo del portico a guardare la stella di Providence che scendeva dietro le colline occidentali.

La conversazione era scarsa, Bod non era un tipo loquace, ma i silenzi non erano scomodi. Morwen aveva la sensazione che il timido meccanico si stesse facendo strada verso una maggiore intimità. Lo prevenne indicando un veicolo pesante che stava transitando sui tornanti, oltre la sua casa verso la struttura di pietra dove vivevano Jerz Thanda e i suoi Protettori.

— Questo è il quarto o quinto camion del genere che ho visto salire negli ultimi giorni.

Sebbene li ci fossero solo loro due, Bod Hipple si guardò intorno, poi parlò a bassa voce.

— Stanno costruendo qualcosa lassù.

— Che cosa?

Sospirò e lasciò che le sue spalle si alzassero e si abbassassero.

— Nessuno me l'ha detto e ho avuto la sensazione che fosse meglio non chiedere. Ho potuto solo aggiustare il compressore e tornarmene giù per la collina.

— Ma non c'era bisogno che tu lo chiedessi, vero?

Lui scosse la testa.

— È una piattaforma di cemento, larga e spessa, con canali rivestiti di ceramica ad alta temperatura che vanno dal centro ai bordi.

Morwen ne aveva visti molti. Tenne la voce bassa.

— Stanno per atterrare navi spaziali.

— Uh Huh.

— Ma lo spazioporto di Hambledon è solo a un paio d'ore di distanza e non ha controlli di import-export.

Bod si guardò di nuovo intorno, poi avvicinò le labbra al suo orecchio e sussurrò: — Donnole.

Da quel momento in poi si mostrò a disagio e le chiese di non dire nulla a nessuno, nemmeno a Gisby e Terelia.

— Se dovesse... — inclinò la testa per indicare in alto — ...tu-sai-chi... venire a sapere... che ho detto qualcosa... beh, sai...

— Lo so — disse Morwen. — Thanda non saprà nulla da me.

Il primo del mese di Cinquomese, Morwen andò al municipio per pagare l'affitto e le tariffe, contando gli UVS a un impiegato annoiato. Fatto ciò, andò sul retro dell'edificio e salì le scale fino all'ufficio di Kronik. La sua porta era aperta e lei lo vide in piedi alla finestra, i pugni sui fianchi, a fissare la residenza di Thanda.

Tossì sulla soglia per attirare la sua attenzione e lui si voltò con un'espressione dura sul viso che però si addolcì vedendola, fino a diventare normale.

— Cosa vuoi?

— Volevo ringraziarti per avermi concesso la casa. Significa molto per me.

Lui ricambiò il suo sguardo con un'espressione vuota.

— Prego, ma la tua felicità non è certo una mia preoccupazione.

— Va bene. — Si voltò per andarsene, poi tornò a guardarlo. — Hai deciso che non sono una donnola?

Mostrò un mezzo sorriso.

— Nel Dilà, ogni viaggiatore è potenzialmente una donnola — disse — ma diciamo che i sospetti su di te sono diminuiti.

— Allora continuerò a camminare piano piano — disse Morwen.

Kronik distolse lo sguardo da lei guardando la grande casa di pietra in cima alla collina.

— Te lo consiglio vivamente.

Durante le pulizie, Morwen aveva controllato se i rilevatori di sorveglianza fossero ancora al loro posto. Quelli che aveva inizialmente identificato non lo erano più, ma era possibile che altri fossero stati installati, ora che il luogo era abitabile. Con i vari dispositivi della casa ripristinati e funzionanti, c'erano tutte le possibilità che Kronik la stesse tenendo d'occhio per Jerz Thanda.

La sua presenza sulla collina che porta al quartier generale dei Protettori era sicuramente motivo di sospetto, ma non poteva essere evitato. Era lì che si trovava la quercia colpita dal fulmine, e lei aveva percorso anni luce nello spazio per trovare quell'albero.

Alla sera aveva preso l'abitudine di uscire e stare vicino all'albero, dopo aver inventato una scusa plausibile per farlo. A Providence non c'erano uccelli di nessuna specie e nessuna di quelle trasportate lì era sopravvissuta. Erano cadute preda di svolazzanti creature delle dimensioni di un topo, con ali come di ragnatela, con denti aguzzi e artigli che si nutrivano di insettoidi volanti e di qualsiasi piccola cosa che strisciasse in bella vista. Avevano mangiato i nidi di uccelli trapiantati da diversi mondi.

Quindi, a Providence non c'era il canto degli uccelli, ma quei flitter-bye erano apprezzati per il loro lavoro nel tenere a bada sciami di esseri a forma di spine e cacciatrici di sangue, esseri volanti con quattro ali, lunghe l'articolazione di un dito, i cui morsi causavano dolore e potevano portare malattie da una persona ad un'altra.

Per incoraggiare i flitter-bye a controllare i parassiti insettoidi intorno alle abitazioni umane, le persone appendevano delle casette di legno alle travi del portico e agli alberi vicini. Morwen ne aveva comprata una e l'aveva appesa ai rami più bassi della quercia bruciata, abbastanza vicino a un buco nel tronco. Ogni sera, al calare del buio, andava verso l'albero e si fermava vicino a un grosso ramo che spuntava dal tronco. Lasciava nell'incavo degli avanzi di cibo per attirare gli svolazzanti all'albero, in modo che potessero decidere di farne la loro casa .

Divenne un rito. Chiunque la stesse osservando non avrebbe trovato nulla di strano nel fatto che facesse ciò che molti abitanti di New Dispensation - e in effetti tutta Providence durante il clima temperato - facevano ogni giorno.

— Bod — disse lei, piano, mentre allo stesso tempo gli stava mescolando la tazza di infuso, — conosci un uomo di nome Hubbley?

Alzò lo sguardo su di lei, in piedi dietro il bancone.

— Il rappresentante di Traffard per la vendita? Sicuro. Compro rifornimenti da lui.

Le sue sopracciglia si abbassarono.

— Lo conosci?

— Mi ha dato un passaggio dallo spazioporto di Hambledon quando sono arrivata qui. Pensavo di averlo visto di nuovo, l'altro giorno.

La faccia di Bod si schiarì.

— Passa di qui ogni dieci giorni. Sembra piuttosto "croccante", per essere un estraneo — disse Bod, usando la parola locale per accettabile.

Morwen non ne chiese il significato e immaginò che provenisse dai vari tipi di maunch quando veniva masticato per gli incontri. Un boccone frizzante e croccante era sempre preferito.

Smise di mescolare e mise da parte il cucchiaio.

— Che dicono di me? — lei chiese. — Sono considerata "croccante"?

Fece una mezza risatina.

— Ci sei quasi.

Poi portò avanti la conversazione, menzionando il ballo previsto per il Quintogiorno in un modo da permettere a lui di invitarla. Cosa che Bod fece.

Il ballo arrivò e passò, l'unico elemento degno di nota fu che Maddie, la cameriera del Brumble's, arrivò insieme a dei giovani delle fattorie intorno a New Dispensation. Furono ben accolti e ballarono amabilmente con i Disper, sebbene i passi dei loro balli fossero diversi da quelli che i Disper avevano portato dal loro mondo originario.

Durante un intervallo, quando la band scese dal palco per bere birra e stare fuori nell'aria fresca della sera, Morwen si avvicinò a Maddie.

— Vestito interessante — le disse Maddie, osservando la stampa di cotone.

— Era di mia madre.

Le sopracciglia della giovane donna si inarcarono.

— E dovrebbe bloccare le chiacchiere su di te.

Morwen le raccontò quello che aveva detto agli altri.

Maddie ascoltò, poi disse: — L'avevo sospettato che avessi in mente qualcosa più che una vana curiosità.

— Vuoi indietro i tuoi vestiti?

— Solo il giubbotto.

Maddie indicò l'abbigliamento che indossava: un vestito dorato fino al ginocchio sopra le calze a maglia e le décolleté di vernice. — Va bene con quello che indosso stasera.

— Potrei andare a prenderlo.

— Non adesso, portamelo al prossimo ballo.

Passò un'altra settimana. Morwen era sempre più sicura che i dispositivi di sorveglianza fossero stati rimossi. Forse Kronik aveva cose migliori da fare con i suoi poliziotti. Continuò comunque la sua routine, anche se una sera portò i guanti da fabbro alla casetta dei flitter-bye in modo che le sue mani fossero protette nel sollevarla dalla sua gruccia: ne aprì il coperchio e ripulì lo spazio interno.

In seguito, lasciò i guanti ai piedi dell'albero, riappese il rifugio e tornò alla casa dei suoi genitori. Si sedette in veranda e bevve un bicchiere di meadwine, un altro elemento della sua routine quotidiana. Poi andò a letto.

Passarono altri giorni, senza inconvenienti. Morwen teneva d'occhio la Broadway ogni volta che il lavoro al ristorante le permetteva di guardare i veicoli di passaggio. Venne il giorno in cui vide passare il veicolo di Tosh Hubbley e annotò mentalmente la data e l'ora. Dieci giorni dopo, più o meno alla stessa ora del pomeriggio, vide di nuovo passare il suo furgoncino.

Nel frattempo lavorò, ripulì la casa, andò agli incontri del Primogiorno con Gisby e Terelia, anche se non acconsentì ai loro gentili suggerimenti di masticare il maunch, e partecipò a un altro ballo del Quintogiorno, scortata da Bod Hipple. Percepì che Bod si sentiva più a suo agio in sua presenza, ma quel senso di sicurezza sembrava essersi trasformato in un'aria di possessività.

Quando portò con sé il panciotto di broccato di Maddie, lui le chiese cosa fosse mentre camminavano lungo la Broadway verso la casa delle riunioni.

— Appartiene a un'amica — disse Morwen. — Lo sto restituendo.

— Quale amica? — chiese. — Non conosci nessuno qui.

— Una che ho incontrato sulla strada per New Diss. Mi ha prestato dei vestiti per non farmi notare come un dente cariato.

La faccia di Hipple mostrò una lotta tra confusione e disapprovazione. Poi la rimproverò.

— Non va bene avvicinarsi agli estranei.

— Davvero? — disse Morwen. — Tu l'hai fatto.

Detto ciò, accelerò il passo e si allontanò da lui.

— Aspetta! — la chiamò, ma lei non si fermò.

Morwen attraversò le attrezzature del parco giochi, fuori dalla sala della comunità, e si incamminò su per le scale di cemento entrando nel locale del ballo proprio nel momento in cui la band aveva finito di sintonizzarsi e cominciato a suonare Shanker's Trot, una vivace melodia.

Morwen si infilò il giubbotto di Maddie, si avvicinò al più vicino gruppo di giovani Disper maschi e scelse il primo che incrociò il suo sguardo. Pochi istanti dopo, erano sul pavimento, ballando il kickstep. Mentre si girava, vide Hipple che dalla soglia la guardava infastidito. Poi vide Maddie con i suoi amici di fuori città. Morwen picchiettò sul bavero del giubbotto per attirarne l'attenzione, e l'altra donna annuì.

Quando Shanker's Trot si concluse con un forte rumore di tamburelli, Morwen andò da Maddie e si tolse il giubbotto che Maddie indossò lasciando i passanti slacciati.

— Hai ragione — disse Morwen. — Sta bene con quel vestito.

Si voltò e vide Hipple dall'altra parte della stanza. Era ancora irritato.

• • •

Passarono i giorni. Dopo la loro separazione al ballo, per un po' di tempo Bod Hipple non venne al ristorante. Morwen si chiese se fosse il caso di cercarlo e addolcirlo. Chiese consiglio a Terelia.

— Lascia stare — disse la donna più anziana. — Bod Hipple ha manie di autostima. Gli farà bene sgonfiarsi un po'.

Passò altro tempo e Morwen rimase ad aspettare Tosh Hubbley. *Pazienza*, si disse.

Dieci giorni dopo la sua ultima apparizione, l'attesa di Morwen fu ricompensata.

Nove giorni più tardi, nell'oscurità sempre più profonda della sera, Morwen andò di nuovo alla casetta per i flitter-bye, indossò i guanti che aveva lasciato per terra, pulì il piccolo rifugio e vi mise dentro qualche pezzo di carne avanzato dalla cena.

Riappese la casa, poi fece un giro intorno all'albero e infilò la mano guantata in un buco nel tronco. Sentì qualcosa muoversi contro il palmo coperto e ci chiuse sopra le dita. Sollevò la mano dalla cavità e nella fioca luce del crepuscolo vide qualcosa che si contorceva per liberarsi dalla sua presa.

Stingtails, le ricordò la voce di suo padre. C'è sempre un loro nido. Indossa guanti pesanti.

Morwen si voltò e lanciò quella creatura segmentata oltre la terrazza, dove iniziava il pendio. Infilò di nuovo la mano nel buco e tastò intorno senza però incontrare altre creature. Sapeva che quegli animali uscivano al tramonto, per cacciare nell'erba seguendo le tracce odorose di piccole creature a sangue caldo. Erano particolarmente attratti dall'odore delle femmine che allattavano; le seguivano nelle loro tane, dove le pungevano e portavano via i piccoli.

Morwen scavò in profondità, arrivando sul fondo del buco pieno di minuscoli teschi e gabbie toraciche, e gli stessi esoscheletri delle creature che si erano nutrite dei prigionieri. I guanti rendevano difficile determinare cosa stesse toccando e non voleva spargere i detriti intorno alla base dell'albero.

Alla fine fu sicura che nel nido non fosse rimasto alcun abitante. Si tolse il guanto e allungò di nuovo la mano, con le dita che scavavano attraverso le ossa e la chitina. Il buco era profondo e dovette inserire tutto il braccio prima che le punte delle dita sfiorassero qualcosa di piccolo, duro e rotondo. Spinse più a fondo, nonostante un dolore all'ascella, e riuscì finalmente a raccogliere l'oggetto nel palmo della mano.

Ci chiuse sopra le dita e lo tirò fuori, infilandolo immediatamente in una tasca sul davanti del vestito. Poi si voltò verso la casa. Calcolò che ci erano voluti solo pochi istanti per completare la manovra e che aveva fatto tutto con il tronco di quercia tra lei e la casa. Anche se ci fossero stati dei dispositivi spia, avrebbe dovuto essere al sicuro. E forse l'osservatore seduto davanti agli schermi aveva distolto lo sguardo, allungando la mano per prendere una tazza di infuso, per quei pochi secondi in cui aveva recitato la sua normale routine serale.

Il tempo le avrebbe dato la risposta. Riprese il suo posto in veranda e prese un bicchiere di idromele. Sperava che nessun sensore stesse misurando la sua frequenza cardiaca, con il battito che le batteva forte fin nelle orecchie.

Dopo un po' portò il bicchiere in casa, lo sciacquò e lo mise via. Andò nella camera da letto che era stata dei suoi genitori, si spogliò e si mise sotto le coperte. Aveva tirato fuori l'oggetto dall'albero nascondendolo con il palmo della mano, e ora ne sentiva la superficie sferica, attraversata da linee debolmente incise.

Aveva fatto molta strada per trovarlo. Aveva ancora molta strada da fare.

Tosh Hubbley passava ogni dieci giorni. Il giorno dopo aver recuperato l'oggetto dall'albero fulminato, Morwen riempì lo zainetto con alcuni piccoli vestiti, il suo abito da spaziale e il soprammobile a fiori del corteggiamento dei suoi genitori. Mise la borsa nel cestino della bici schiacciandola in modo che non si notasse troppo. Poi pedalò lungo i tornanti fino in città e si presentò al lavoro.

Era stata una delle solite mattinate, seguita dal consueto pranzo. Pochi giorni prima, Bod Hipple aveva ripreso a venire a mangiare. Oggi si era soffermato su una tazza di punge, parlando con lei mentre aiutava a sgombrare i tavoli. Gli aveva chiesto cosa avrebbe fatto nel pomeriggio e lui le aveva risposto descrivendo un lavoro su un paio di mietitrebbie maunch, ormai quasi da rottamare.

— E quel rappresentante di Traffard mi sta portando alcune parti di cui ho bisogno.

Morwen non disse nulla. Bod continuò, in tono di diffidente speranza: — Potremmo fare una passeggiata insieme dopo cena?

— Credo di sì.

— Voglio chiederti qualcosa.

Sentì una fitta al cuore, ma la respinse.

— Va bene.

Finite le pulizie del dopo pranzo, Gisby e Terelia decisero di tornare a casa per un pisolino. Dal modo in cui lui le posò la mano sulla parte bassa della schiena mentre uscivano dalla porta, Morwen pensò che ci potesse essere qualcosa di più del semplice dormire.

Dopodiché aspettò vicino alla finestra, guardando la strada. Le sembrò che passasse molto tempo prima che il veicolo di Tosh Hubbley fosse in vista. Poi si costrinse ad aspettare ancora un po' e dovette resistere alla tentazione di infilare la mano nella tasca del vestito per sentire la piccola cosa rotonda dentro il fazzoletto spiegazzato.

Alla fine lasciò il ristorante, chiudendosi la porta alle spalle, e montò in bicicletta. Pedalò con calma lungo la Broadway, quindi svoltò su Credasper Street. Il carryall era fermo a lato del marciapiede davanti ai locali di Bod. Si fermò, mise la bicicletta sul marciapiede e attese.

Le sembrò di dover attendere per sempre, ma poi vide Hubbley uscire dall'officina, piegare un pezzo di carta, infilarselo in tasca ed entrare nel veicolo. Avviato il motore e fatto manovra, Tosh diresse il veicolo in discesa verso la tangenziale e l'ampia arteria che portava fuori città.

Morwen spinse la bici sulla strada, dapprima pedalò, quindi innestò il motore elettrico che ne amplificava la potenza. La bici prese velocità, i capelli le svolazzavano all'indietro.

Mentre superava i locali di Bod Hipple, lui uscì dalla porta. Vide la sorpresa sul suo volto e lo sentì chiamare il suo nome, ma non si voltò indietro. Il veicolo di Hubbley era quasi alla svolta per la tangenziale. Morwen pedalò più velocemente e il circuito elettrico della bici ne aumentò ancora di più la velocità. Adesso stava andando davvero veloce.

Hubbley rallentò mentre si avvicinava alla svolta, prima del segnale di stop. Morwen lo raggiunse proprio mentre si fermava e si dirigeva verso la strada che portava al ponte e all'autostrada che conduceva a Hambledon. Lo sorpassò, gli tagliò la strada e strinse forte le leve dei freni della bici, facendola oscillare di lato e bloccandola sul percorso.

Vide la faccia di Tosh scioccata mentre premeva forte sul pedale del freno del carryall e girava bruscamente il volante. Per un momento temette che il veicolo si rovesciasse di lato e la schiacciasse, ma il furgoncino si fermò traballante, oscillando sulle sospensioni.

Passò un lungo momento, poi Hubbley aprì la portiera del conducente ed uscì, guardandola con stupore.

— Che cosa stai facendo?

— Ho bisogno di un passaggio. Fuori città.

Aveva ancora difficoltà a capire cosa stesse succedendo.

— Puoi prendere l'omnibus.

— Non posso. Lo sorvegliano. Ho bisogno di andare, e devo andare ora.

— Cos'hai fatto?

Lei respinse la domanda.

— Non ho tempo per spiegarti.

La studiò e lei vide lo shock svanire mentre la sua mente ricominciava a funzionare.

— Sei una donnola.

— No.

— Allora perché tutta questa fretta?

— Un'altra ragione. Andiamo.

Dalla città risuonò una sirena.

— Troppo tardi — disse Tosh.

Morwen sentì un'ondata di disperazione.

— No.

Guardò la sua bicicletta, le sue mani ancora strette sulle maniglie, poi la vettura di Hubbley.

Chiuse la portiera del conducente e vi si appoggiò contro.

— No. Ti cattureranno. — Tosh diede un'occhiata ai campi. — Se gli hoppers non ti prendono.

Una nera auto da terra stava scendendo la collina verso di loro, con la sirena che ululava e le luci lampeggianti sul tetto e sulla griglia.

Rallentò quando raggiunse il carryall, superò Hubbley e Morwen, quindi sterzò per bloccare la strada.

Kronik si alzò dal sedile del passeggero. Tre dei suoi agenti uscirono dalle altre porte. Uno portava un disorganizzatore a canna lunga. Kronik e gli altri misero ciascuno una mano sulle armi nelle fondine laterali.

— Cosa sta succedendo? — chiese Kronik.

Morwen rimase in silenzio, lo sguardo sulla strada. Hubbley mostrò le mani lontane dal corpo e disse: — Non lo so davvero.

Lo scrutatore guardò da Hubbley a Morwen e viceversa.

— Qual è il tuo rapporto con questa donna?

— Le ho dato un passaggio una volta, da Hambledon all'hotel di Brumble.

— Questo è tutto?

— Questo è tutto. Non l'ho più vista da allora.

Una seconda macchina nera si fermò dietro il carryall. Uscirono due dei Protettori di Thanda. Quello grosso con i capelli color carota e le orecchie rosse disse: — La prendiamo noi.

Kronik si irrigidì. I suoi tre vice spostarono la loro attenzione sui nuovi arrivati.

— Questa è la mia giurisdizione — disse Kronik. — Me ne occuperò io.

— È una donnola — disse il Protettore.

— No — disse Kronik, — non lo è. — Lanciò a Morwen uno sguardo ponderato. — Cosa sia, non lo so ancora. Ma voglio scoprirlo.

— Dalla a noi — disse il Protettore dalle grandi orecchie. La sua faccia lentigginosa era arrossata.

— No — disse Kronik. Slacciò il lembo della fondina. Due dei suoi vice fecero lo stesso, mentre il terzo puntò il disorganizzatore. Mentre veniva attivato emise un forte ronzio in quel silenzio.

— Te ne pentirai — disse il Protettore.

— Lo aggiungerò all'elenco delle cose di cui mi pento — disse Kronik.

L'uomo di Thanda disse qualcosa sottovoce, poi lui e l'altro Protettore salirono in macchina, in tre manovre invertirono la marcia e tornarono indietro verso la città.

— Verrai con noi — disse Kronik a Morwen. Diede un'occhiata all'auto in partenza. — L'alternativa non ti piacerebbe.

Lasciarono andare Hubbley. Avevano messo la bici nel bagagliaio e Morwen viaggiò nella parte posteriore dell'auto degli scrutatori, incastrata tra due dei vice. Parcheggiarono dietro il municipio e salirono una scala esterna agli uffici della polizia. Kronik e uno degli agenti la condussero nella stanza degli interrogatori e le imposero di sedersi. Era una ripetizione della sua prima intervista, ma oggi l'atmosfera era diversa. Strinse le mani in grembo per mascherare il loro tremore.

— Perché non hai preso l'omnibus? — chiese Kronik.

— I tuoi uomini lo sorvegliano. Mi avrebbero fermata.

Kronik scosse la testa.

— Avremmo potuto chiederti dove stavi andando, ma non avevamo motivo per trattenerti.

La risposta confuse Morwen.

— Avreste pensato che fossi una donnola.

— So che non lo sei — disse Kronik. — Quello che sei e quello che fai è esattamente un piccolo mistero.

Si fermò per permettere a Morwen di dire qualcosa. Lei tacque.

Così continuò: — Ma non ho visto nulla che mi faccia pensare che tu sia un pericolo per le persone che proteggo — Si fermò di nuovo, poi aggiunse: — Tranne che per il cuore sentimentale di Bod Hipple.

— Ti ha chiamato lui?

— Sì. Temo che non sia contento di te.

Un altro agente entrò nella stanza e posò sul tavolo lo zainetto di Morwen. Kronik lo tirò verso di sé, allentò il cordino e cominciò a svuotarne il contenuto.

Tirò fuori la tuta da spaziale di Morwen.

— Beh... — disse, — questo risponde alla domanda su dove stavi andando. Stavi pianificando di bighellonare intorno allo spazioporto finché non avresti ottenuto un ingaggio?

Morwen annuì.

Aprì una canottiera avvolta attorno a qualcosa di solido e trovò il vasetto di ceramica con i fiori gialli. Girò l'oggetto tra le mani e lo studiò da vicino.

— Ah... ah... — disse piano, poi le rivolse uno sguardo divertito. — Questa è una prova.

La voce di Morwen era acuta e sulla difensiva. — Era di mia madre!

— Ti credo — disse Kronik. — Infatti, conferma quello che abbiamo potuto scoprire su di te.

Ora aveva spiazzato Morwen.

— Di cosa stai parlando?

Kronik posò la ceramica sul tavolo e si appoggiò allo schienale della sedia.

— I tuoi genitori erano Chaffe ed Elva Sabine — disse. — I loro documenti sono ancora qui nell'edificio. È così che abbiamo saputo che quella casa era loro. Anche la bici, tra l'altro.

Allungò un dito e toccò uno dei boccioli.

— Abbiamo le loro cartelle cliniche, compresi i risultati del test di gravidanza. Abbiamo la licenza che hanno acquisito per gestire un ristorante e i rapporti dell'ispettore sanitario, molto encomiabili.

Kronik le mostrò un sorriso d'intesa. Morwen sapeva che stava congegnando qualcosa. Prima o poi doveva accadere.

— Abbiamo anche i moduli che hanno compilato quando sono arrivati per la prima volta a Mount Pleasant, annotando il loro luogo di origine e il nome della nave che li aveva portati a Providence.

Prese la ceramica e la rigirò, mostrandole una piccola losanga dipinta sulla base.

— Questo è il marchio della Voorheft Pottery, situata nella città di Loomers nel mondo di New Bruges.

Si fermò di nuovo.

— New Bruges è nell'Oikumene. Ecco da dove vengono i tuoi genitori. E suppongo che fossero in fuga. Nell'Oikumene considerano noi del Dilà una marmaglia di barbari. Nessuno lascia l'Oikumene per il Dilà a meno che non stia fuggendo dai guai. O che vada a cercarli.

Morwen non disse nulla.

— Ho inviato lo Scrutatore Toba a Loomers — disse Kronik. — Lei è brava a scoprire le cose. Infatti è la nostra "versione" di donnola.

— Ha trovato una storia interessante in una pubblicazione chiamata Extant. Due famiglie criminali si contendevano il diritto – no, meglio chiamarlo potere – di controllare le attività illecite a Loomers.

— Dopo le prime rappresaglie in vicoli bui e squallidi ristoranti, la famiglia Horth ha organizzato un'irruzione su vasta scala nella casa in cui viveva Purpuram Gratz, capo della famiglia criminale Gratz. Ci furono sangue e violenza, e mastro Purpuram e i suoi scagnozzi più anziani ebbero la peggio.

Si fermò di nuovo e disse: — Qualcosa di tutto questo ti suona familiare?

Morwen capì che non aveva senso negarlo. Kronik e il suo vice vagliatore di fatti erano bravi nella loro professione. Quindi disse: — I miei genitori non erano gangster. Erano solo servitori nel castello dei Gratz. Lui era lo chef di famiglia e lei era una cuoca semplice, la sua aiutante. Fuggirono quando gli Horth arrivarono.

La faccia di Kronik mostrò che aveva un punto da sottolineare. — Fuggiti nel Dilà, anche se nessuno avrebbe fatto del male ai servitori.

Aspettò che lei rispondesse, e quando non successe, aggiunse: — A meno che, in tutto il caos e in tutto il trambusto, alcuni servitori non si fossero appropriati di qualcosa che non avrebbero dovuto.

Fissò Morwen con uno sguardo curioso.

— Qualcosa di piccolo e prezioso che, e sto solo cercando di indovinare, hanno nascosto da qualche parte nella loro proprietà in affitto nel tranquillo ristagno di Mount Pleasant.

Aspettò di nuovo, poi fece una smorfia e disse: — Avevano intenzione di continuare col loro piano una volta che il trambusto su New Bruges si fosse placato. Ma i loro progetti sono stati vanificati quando i Principi Demoni sono scesi in città a rapire gli abitanti.

— Chaffe ed Elva Sabine si sono ritrovati nei recinti degli schiavi di Interchange, dove hanno avuto la fortuna di essere comprati in coppia da... Come si chiama?

Morwen disse: — Hacheem Belloch. E non la definirei fortuna.

— Non lo contesto — disse Kronik. Poi riprese il racconto. — Nella casa di Belloch hanno dato alla luce una figlia, che hanno addestrato a farsi strada attraverso lo spazio fino alla loro vecchia casa in affitto per riprendere quello che avevano rubato alla famiglia Gratz.

Morwen sospirò.

— Ma non c'era niente lì.

Kronik fece un gesto di derisione.

— Sì che c'era... e appena l'hai trovato, hai cercato di scappare. La domanda ora è: che cos'è? E cosa ne faremo?

— Noi? — lei disse.

— Qualunque cosa sia, è stata abbandonata dai tuoi genitori... — alzò una mano per prevenire la sua obiezione — ... certo, abbandonata a malincuore. Ma, prima, esserne proprietari era qualcosa di lecito o di illecito?

A Morwen scappò una breve parola, fuori dal contesto della situazione attuale, ma che riassumeva succintamente il suo stato emotivo.

— Non è qui dentro — disse Kronik, toccando lo zainetto. — Ciò significa che ce l'hai addosso. Devo chiamare Toba per perquisirti di nuovo, o rinuncerai alla finzione e ci risparmierai tutta le spiacevolezze?

Intrecciò le dita e posò le mani sul tavolo, la sua espressione diceva che si aspettava una risposta.

Morwen considerò le sue opzioni, ma scoprì che in realtà non ce n'erano. Infilò una mano nella tasca del vestito, estrasse il fazzoletto accartocciato da cui tirò fuori un globo scuro, delle dimensioni dell'unghia di un pollice.

Posò il fazzoletto spiegazzato sul tavolo e vi sistemò l'oggetto in modo che non potesse rotolare via.

Kronik si sporse in avanti, studiò l'oggetto per un po', poi lo raccolse e lo esaminò più da vicino.

— Che cos'è?

Morwen rispose: — Non lo so.

Questo provocò un ringhio di esasperazione da parte dello scrutatore.

— Davvero — disse. — Nemmeno mamma e papà sapevano cosa fosse. Avevano saputo che era il bene più prezioso di Mastro Gratz. Lo teneva in un'ambiente blindato, chiuso nella sua custodia speciale. Tutti i servitori avevano fatto ipotesi su cosa potesse essere. In quei locali c'era anche una piscina.

— Mio padre non sarebbe mai potuto entrare lì, ma gli Horth si erano infiltrati nelle difese del castello e avevano fatto esplodere il sistema di alimentazione, compresi i backup, prima che cominciassero a sparare.

— Mio padre corse di sopra, riuscì a prenderlo... qualunque cosa sia, poi lui e mia madre uscirono dal tunnel di servizio posteriore e scapparono per salvarsi la vita.

Kronik la guardò. Alla fine decise di accettare quella storia come verità. E lo era. Diede un'altra occhiata al piccolo globo, lo sfregò tra indice e pollice, poi disse al suo vice: — Portami una lente d'ingrandimento elettronica.

Appena arrivò il dispositivo, Kronik posizionò la sfera dentro l'apertura del congegno, lo accese, aggiustò un controllo, poi un altro. Sullo schermo apparve un'immagine simile alla superficie di un'oscuro pianeta visto da un'orbita vicina. L'oscurità era attraversata da sottili linee di luce: argento, bianco e blu elettrico, che formavano intricati motivi, volute e arabeschi, eliche e spirali.

— Eh — disse Kronik. Il suo viso assunse un'espressione pensierosa. — Credo di sapere di cosa si tratta — disse. — Un dispositivo di memorizzazione delle informazioni. Lo metti nel lettore giusto e riproduce ciò che sa. — Esaminò le linee e i colori. — Ma..."

— Ma cosa? — domandò Morwen.

La guardò.

— Sarà crittografato in più livelli e formati. L'integratore più potente dell'Istituto potrebbe essere in grado di svelare le sue difese senza conoscerne la chiave, ma ci vorrebbero decenni per elaborare tutte le permutazioni e trovare quella che lo sblocchi. — Spense la lente d'ingrandimento. — Ma questo lo sapevi già.

Morwen non rispose.

Kronik aspettò ancora un po', poi disse: — Potrebbe essere una chiave, ma devi trovare la serratura che si adatta. Oppure potrebbe essere una mappa di un posto che qualcuno voleva nascondere. Oppure potrebbe essere un certificato al portatore per un miliardo di UVS, o l'atto che conferisce la proprietà di qualcosa che vale la pena possedere.

— Qualunque cosa sia, un criminale serio dell'Oikumene pensava che fosse la cosa più preziosa che possedeva.

Prese di nuovo la sfera, lasciandola riposare nel palmo della sua mano. — Dobbiamo solo scoprire cosa sia.

— Ti dirò io di cosa si tratta — disse Morwen. — È la cosa che riscatterà i miei genitori dalla schiavitù.

Kronik si accigliò e aprì la bocca per rispondere. Ma in quel momento, la porta della stanza si aprì e Jerz Thanda rimase sulla soglia. Guardò da Kronik a Morwen e poi di nuovo allo scrutatore.

— Cosa sta succedendo? — domandò. Poi il suo sguardo si spostò sull'oggetto nella mano aperta di Kronik. — E quello che cos'è?

Capitolo IV

Jerz Thanda non era contento della spiegazione che stava ascoltando da Kronik. Continuava a scuotere la testa mentre lo scrutatore raccontava ciò che aveva appreso fino a quel momento sulla perlina crittografata. Infine, fece un gesto più energico.

— È un diversivo! — urlò. — È una donnola! È stata mandata per distogliere la nostra attenzione. Come potrebbe non esserlo... e... proprio oggi?

— Non è una donnola — rispose Kronik. — L'abbiamo investigata a fondo. Abbiamo persino raccolto campioni del suo DNA e li abbiamo confrontati con i dati di sua madre e di suo padre. Abbiamo quindi inviato un uomo a Interchange per verificare il destino dei suoi genitori. Abbiamo scoperto che erano stati venduti a Hacheem Belloch, quando sua madre era indubbiamente incinta. — Puntò un dito verso Morwen. — Di lei.

Le mani di Thanda fecero dei movimenti a scatti. La sua bocca si aprì e si chiuse anche se non ne uscì alcun suono, mentre guardava da Morwen a Kronik. Poi fece un lungo e rumoroso respiro e disse: — Dalla a me. Le faremo cacciar fuori la verità.

Ora fu il turno di Kronik di scuotere la testa.

— No, non lo farai. Inoltre, è un membro registrato di questa comunità...

— Da cui è stata catturata, mentre cercava di fuggire! — disse Thanda.

— Anche se fosse. Lei è coperta dal Patto. Ho giurisdizione su di lei e intendo esercitarla.

Il viso di Thanda divenne pallido, a parte due macchie rosse sugli zigomi prominenti. Disse a Kronik che poteva farci qualcosa di anatomicamente impossibile con il Patto, poi disse: — La prendo e basta.

Mentre Thanda stava parlando, Kronik aveva estratto con calma la sua arma dalla fondina. L'altro vice nella stanza aveva messo in mostra la propria.

Kronik disse: — Noi siamo più numerosi dei tuoi Protettori, e non siamo contadini e cittadini disarmati. In questo momento, i miei due poliziotti che hai corrotto sono stati disarmati e confinati nelle celle.

"Insisti, e per te non andrà bene. Ti arresterò subito e ti rinchiuderò. — Smise di parlare per far intendere bene il fatto, poi aggiunse: — E non lo vorresti... proprio... non oggi.

Il silenzio regnava indisturbato.

La tensione crebbe fino a quando Morwen non ruppe quella finta quiete.

— Ho una domanda.

Thanda e Kronik si girarono entrambi verso di lei.

— Chiedi — disse lo scrutatore.

— Tutto quello che so di Interchange è ciò che i miei genitori e gli altri schiavi hanno potuto dirmi. So che gli schiavi possono essere riscattati dalla schiavitù, a un prezzo prefissato.

— Non mi sembra una domanda — disse Thanda.

— Quello che non so — disse Morwen, — è quanto costerebbe liberarli.

— Nemmeno io — disse Kronik, — ma posso mandare qualcuno a scoprirlo.

Thanda stava osservando Morwen con lo sguardo duro dell' uomo che pensa ancora sia tutto un trucco. Lei ricambiò il suo sguardo nel modo più innocente possibile. Dopo una lunga attesa, Thanda disse: — Potrei saperlo io. Che razza di schiavi sono?

— Uno chef e una semplice cuoca.

— La loro età?

Morwen glielo disse, in anni standard.

Thanda guardò la parete di fronte. Si mordicchiò l'interno della bocca mentre calcolava. Infine disse: — A seconda di quanto il loro padrone apprezza le loro abilità culinarie, stimerei almeno 20.000 UVS per lui, 10.000 per lei. Al massimo, 40.000 e 20.000.

— Quindi, al massimo sarebbero 60.000 UVS — disse Morwen.

— Il padrone potrebbe anche estorcere un bonus — ipotizzò Thanda. — Forse altri 10.000.

Morwen annuì, accettando il calcolo.

— Quindi, 70.000 UVS libererebbero i miei genitori. E qualche centinaio in più li potrebbe far trasportare qui e li farebbe reinsediare.

— Qui? — disse Kronik.

— È una comunità vivibile — disse, poi lanciando un'occhiata a Thanda, aggiunse, — in generale.

Thanda si schiarì la gola, ma avrebbe potuto essere un ringhio.

— Che ne sappiamo di quello?

Morwen indicò la perlina nella mano di Kronik. — Quello era il bene più prezioso del capo di una grande famiglia criminale in un mondo ricco nell'Oikumene. Vale molto di più di 70.000 UVS.

— Ma è altamente crittografato — disse Kronik. — Non sappiamo quanto valga, o come accedere alla ricchezza.

— Non lo sai — disse Morwen, con un sorriso di scusa. — Ma io si. I miei genitori credono che Interchange abbia un dispositivo in grado di leggerlo.

— Ho già sentito parlare di queste cose — disse Thanda. — Molte navi spaziali private hanno questi lettori come parte della loro attrezzatura per l'astronavigazione. Ma senza la password che lo sblocca...

— Conosco la password — disse Morwen.

In quel momento, un rintocco risuonò dalla tasca dell'indumento di Thanda. Tirò fuori un piccolo comunicatore e se lo portò all'orecchio. Mentre ascoltava, un misto di espressioni gli attraversò il viso: eccitazione, esitazione, sospetto, speranza.

Optò per la determinazione.

— Continua — disse nel dispositivo, poi lo ripose e parlò a Kronik. — Sta arrivando ora.

Lo scrutatore fece un cenno verso Morwen.

— Qualsiasi cosa pensi che lei possa fare, non può farlo da qui.

Thanda guardò di nuovo l'uno e l'altra e disse: — Se qualcosa va storto...

— Non sarà opera nostra — disse Kronik. — Non ci sono donnole a New Dispensation.

— Ho solo la tua parola su questo — disse Thanda, e se ne andò.

Kronik mise via la sua arma, incrociò le mani e guardò Morwen aspettando che intervenisse.

Morwen chiese: — Proprio oggi? Cosa voleva dire?

Lui sorrise. — Non l'hai capito? Ti avevo scambiato per una donna intelligente.

— So che sta costruendo una piattaforma di atterraggio — iniziò, poi fu colpita dall'ovvio. — Ma sì, certo! Ecco dove sono finiti tutti i soldi.

— Esattamente — disse Kronik. Mise in tasca la perlina e disse: — Se prometti di non scappare, andiamo a guardare.

— Non vado da nessuna parte senza di quella.

— Proprio così — disse Kronik. Si alzò e aprì la porta.

Iniziò come un piccolo punto scuro in alto a ovest, che discendeva e volava verso la città. Kronik condusse Morwen sul tetto del municipio, dove una piattaforma per aeroplani faceva parte del progetto originale. Impiegati e poliziotti si erano già radunati lì, a guardare e a scambiare mormorii, mentre coloro che già sapevano informavano gli altri.

Morwen strizzò gli occhi e li schermò dalla luce. Accanto a lei, Kronik disse: — Sai di che tipo è?

Aspettò che l'oggetto si fosse avvicinato e disse. — Non è un'astronave commerciale, sembra uno yacht spaziale privato. — Sbirciò di nuovo. — Da quella forma direi che è una classe Itinerator, Mark III o IV.

— Molto bene — disse Kronik. — Un Mark III, usato ma rimontato presso i Fitzwen Yards a New Chilliwhack.

— Un mondo dell'Oikumene — disse Morwen. — Non è... beh, rischioso acquistare un vascello in cui la CCPI potrebbe essere coinvolta?

— Un po', ma Thanda lo esaminerà con molta attenzione. Uno dei suoi Protettori ha il background tecnico.

— Supponendo — disse Morwen, — che il tecnico non sia lui stesso una donnola.

— Improbabile — disse Kronik. — Ed eccolo che atterra.

Lo yacht era nero, con rilievi cremisi sul davanti e sulla parte posteriore, e una sottile striscia bianca da prua a poppa. Discese in una spirale, rallentando mentre scendeva, fino a posarsi con leggerezza sul blocco di cemento accanto al Manse.

— Qualcuno sa volare — disse Morwen.

— Lech Macrine. È il pilota di Thanda — disse Kronik. Si voltò verso la scala per scendere. — Thanda sarà impegnato per un po'. Io e te dobbiamo parlare.

Morwen lo guardò dritto negli occhi. — Non dirò quello che so finché non saremo a Interchange.

— Questa — disse lo scrutatore, — è solo una delle cose di cui dobbiamo parlare.

Gran parte della città era uscita per assistere alla discesa dell'Itinerator III ed era in piedi in strada e sui marciapiedi a discutere dell'evento, quando Morwen lasciò il municipio. Notò la confusione e poi vide Gisby e Terelia fuori dal ristorante, e le preoccupazioni sui loro volti quando videro Kronik scendere i gradini dietro di lei, prenderle il gomito e porgere a Morwen il suo zainetto. Un agente arrivò dal retro dell'edificio, portandole la bicicletta che era stata conservata nella stanza delle prove nel seminterrato.

Morwen fece un cenno ai suoi datori di lavoro, mise la borsa nel cestino e montò in sella. Era l'ora dei preparativi prima della cena, quindi si diresse dove Gisby e Terelia l'aspettavano.

— È una lunga storia — disse, prima che potessero chiedere. — Ve lo racconto dopo.

Accettarono quella semplice risposta, e si scambiarono uno di quegli sguardi tipici delle coppie sposate da tempo. Morwen parcheggiò la bici, portò dentro lo zainetto e andò in cucina. Trovò un coltello e iniziò a tagliare le verdure.

All'ora di cena, uscì dalla cucina portando due piatti di torta di shumkin e trovò Bod Hipple seduto al bancone.

La guardò con un'espressione acida.

— Mi avevi detto — disse, — che non c'era niente tra te e quell'Hubbley.

Portò i piatti a un tavolo dove un contadino e sua moglie mostravano più interesse per ciò che aveva detto il meccanico che per il cibo davanti a loro. Poi tornò dove sedeva Bod.

— So che sei stato tu.

Per un momento lui rimase imbarazzato, poi il suo atteggiamento divenne di nuovo accusatorio.

— Eldo Kronik mi ha chiesto di tenerti d'occhio. Quando hai iniziato ad usare la bici.

Si mise i pugni sui fianchi.

— Quindi quel tuo corteggiamento era solo per confermare a Kronik che fossi o meno una donnola.

Il suo labbro inferiore si protese. — No, ma... — Si fermò e tornò su un terreno più sicuro. — Come spieghi il tuo modo di fare? Cosa c'è tra te e Hubbley?

— Niente. Te l'avevo già detto, mi ha dato un passaggio da Hambledon all'hotel all'incrocio.

Bod sogghignò. — E quell'esperienza ha significato così tanto per te che hai dovuto inseguirlo come una cheechee innamorata.

Il riferimento colse Morwen alla sprovvista. — Cos'è una cheechee?

La contadina al tavolo vicino disse: — È un'adolescente shumkin femmina. — Indicò la torta davanti a sé.

Bod si strinse a lei.

— Ti spiace?

Gli diede una scrollata di spalle, ma non distolse lo sguardo.

— Dovevo lasciare New Dispensation. Non volevo che Kronik, o chiunque altro, sapesse che me ne ero andata. Hubbley sembrava la mia unica risorsa.

Ora confusione e sospetto combattevano sul volto di Bod Hipple.

— Perché? Dopo tutto saresti davvero una donnola? Kronik ha detto...

— Se lo fossi, pensi che cucinerei cene e litigherei con i clienti?

Un campanello suonò dalla cucina. Morwen si voltò di riflesso verso la porta a battente.

Bod disse: — Non capisco.

— No — disse Morwen, — non puoi. Quindi ti spiegherò. Fino a non molto tempo fa ero schiava di qualcuno. Non sarò mai più la proprietà di nessuno. E di certo non la tua.

La moglie del contadino attirò la sua attenzione e fece un deciso cenno del capo a Morwen. Poi il campanello suonò di nuovo e lei andò in cucina.

• • •

Kronik l'aveva rilasciata dalla custodia. Thanda non era stato contento, ma alla fine aveva accettato il fatto che Morwen non potesse andare da nessuna parte senza quel globo crittografato. Kronik gli aveva fatto capire che Morwen aveva passato tutta la vita a prepararsi per recuperare l'oggetto, aveva corso grandi rischi per fuggire da Hacheem Belloch e attraversare un'immensa distanza siderale per trovarlo.

Inoltre, Thanda aveva altri obiettivi da perseguire. Seduti insieme nel suo ufficio, lo scrutatore senior lo aveva spiegato a Morwen: i proventi di due anni di produzione e vendita di estratto di maunch erano andati nell'acquisto dell'Itinerator III. Ora l'operazione di Thanda non sarebbe più dipesa dalle navi che operavano dallo spazioporto di Hambledon.

— Il contrabbando è costoso — disse Kronik. — Coloro che rischiano l'arresto e l'incarcerazione chiedono di essere ben pagati per i loro rischi. Ora Thanda può incamerare quei fondi, alcuni dei quali verranno utilizzati per migliorare le condizioni in New Dispensation. Avrai notato che il sistema di distribuzione dell'acqua è antiquato. Ora potrà essere rimodernato.

Quindi Thanda e i suoi Protettori avrebbero eliminato i costi dovuti agli intermediari. Avrebbero portato il loro estratto direttamente ai mercati nei ricchi mondi dell'Oikumene, dove i loschi abitanti erano disposti a pagare bene per i piaceri di quelle sostanze liberatorie proibite dalle autorità locali.

Lo scrutatore continuò a riflettere ad alta voce: — Ironia della sorte, gli Horth di New Bruges erano clienti abituali. Ora, Thanda può offrire loro un prezzo scontato se prendono più prodotto.

La notizia allarmò Morwen.

— Offrirà loro la perlina? — chiese.

— Non può farlo. Ce l'ho io e lui non l'avrà. La porteremo a Interchange, scopriremo il suo vero valore e useremo parte di quel valore per emancipare i tuoi genitori.

— Perché dovresti farlo per me?

La sua espressione cambiò.

— Lo farò principalmente per me stesso. Significa che non dovrò torturarti per avere la password, cosa che troverei spiacevole nonostante sia stato accuratamente addestrato dal Deweaseling Corp.

— Sarebbe spiacevole anche per me.

Kronik pensò che valesse la pena di sorridere appena appena.

— Inoltre, io qui sono in uno stato di conflitto. Aderisco ancora alle idee della Società della New Dispensation. Il maunch ha aperto nuove realtà. Tuttavia le cose sono come sono: Thanda ha il potere che ha, e devo fare dei compromessi.

Si spostò sulla sedia e guardò fuori dalla finestra la casa di pietra dove i Protettori stavano caricando lo yacht con piccole casse di estratto.

— Thanda è un vantaggio per la comunità. Io e i miei poliziotti possiamo frenare le sue peggiori inclinazioni, e lui sa che il suo mandato di paura e intimidazione vale solo fino a un certo punto.

"Quindi esistiamo in equilibrio. Non mi piace, ma quando trovo un modo per vivere più da vicino la filosofia che ci ha portato tutti qui, ne approfitto.

— Capisco — disse Morwen. Studiò il suo viso e riconobbe l'onestà sotto l'apparente durezza. — Grazie.

Kronik respinse la gratitudine, come facevano di solito i Disper.

— Inoltre — disse, — sono arrivato ad accettarti. A modo tuo sei una persona ammirevole.

La mattina dopo la conversazione tra Morwen e Bod, la città sentì il rumore dello yacht spaziale che decollava. Molti uscirono in strada o andarono alle finestre per guardare la nave alzarsi dalla piattaforma e iniziare a salire. In poco tempo era tornata a essere un puntino nel cielo, poi scomparve.

Kronik le aveva detto che usando l'intersplit Jarnell ci sarebbero voluti tre giorni per raggiungere l'Oikumene. Successivamente l'astronave avrebbe visitato un certo numero di mondi prima di tornare a Providence. Sarebbe ricomparsa dopo una decina di giorni, con la stiva vuota di estratto ma piena di pacchi di valuta.

La questione di un viaggio a Interchange sarebbe stata discussa e risolta successivamente.

Morwen continuò a lavorare al ristorante. Ebbe una conversazione con Gisby e Terelia, addolorate per la sua improvvisa partenza. Ma quando spiegò loro il perché, la coppia si allontanò parlottando.

Al loro ritorno, Gisby disse: — Il tuo intento è liberare i tuoi genitori e poi tornare qui?

— Sì.

— Con loro?

— Era la loro casa.

Gisby annuì e poi passò al punto successivo. Indicò il ristorante intorno a loro: — E questo era il loro sostentamento.

— È stato molto tempo fa — disse Morwen. — Credo che possiamo risolvere la cosa.

Allora parlò Terelia. — Non vorremmo perderti, cara. E nemmeno i tuoi genitori.

— La schiavitù — disse Morwen, — cambia il modo in cui si pensa, il modo in cui ci si sente. I miei genitori saranno felici ovunque si trovino, qualunque cosa facciano, purché sia senza l'incubo di una frusta.

Così tutto si risolse.

Passarono undici giorni prima che l'Itinerator tornasse. Quando atterrò sulla piattaforma, Eldo Kronik arrivò al ristorante, dove erano in corso le pulizie del dopo pranzo.

— È ora — disse. — Vai a casa e cambiati, poi raggiungimi alla sede della polizia.

Morwen fece quanto richiesto. Quando entrò nell'ufficio di Kronik, indossando i suoi abiti da spaziale, lui le consegnò il suo projac. — È completamente carico — disse. — Però è meglio non farlo vedere in giro.

Morwen mise l'arma nella parte superiore dello zainetto.

— Sono pronta a partire.

Salirono a bordo dell'auto da terra degli scrutatori insieme a due altri agenti. Il percorso li portò sui tornanti. Morwen guardò la casetta bianca mentre ci passavano davanti e provò un misto di emozioni. Quando raggiunsero il terreno pianeggiante dove sorgeva l'enorme casa di pietra, Thanda e uno dei suoi Protettori li stavano aspettando.

— Quello è Lech Macrine — disse Kronik, — il pilota.

Il veicolo degli scrutatori si fermò accanto alla piattaforma dello yacht. Ne uscirono Kronik, Morwen e uno degli agenti. Kronik rispedì l'auto e l'autista giù per la collina.

Thanda rivolse a loro un'occhiata acida.

— Noi ci troviamo in inferiorità numerica.

La risposta di Kronik fu contenuta.

— Lei non è con me. Considerala una terza parte, neutrale, con i propri interessi da perseguire. Potrebbe anche finire per schierarsi con te.

Thanda sbuffò, incredulo per una cosa simile.

— Saliamo a bordo.

L'Itinerator aveva chiaramente avuto una vita prima di diventare il luogo di ritrovo di un trafficante di droga, ma era ben tenuto e pulito. C'erano alloggi per i proprietari e cabine più piccole per l'equipaggio e la servitù. Morwen scelse una di queste, il più possibile a poppa, nel corridoio centrale dello yacht. Depose lo zainetto sulla cuccetta, poi estrasse il projac e lo infilò nella cintura dei pantaloni, sotto il risvolto della tuta da spaziale. Poi modificò la serratura della porta inserendo una combinazione a sette cifre e uscì a raggiungere gli altri riuniti nel salone.

Tutti i locali erano lussuosi, anche se il tessuto sui mobili mostrava qualche segno di usura. I quattro uomini erano in piedi sullo sbiadito tappeto Arakh, rosso e oro, e Macrine stava dicendo a Kronik che avrebbero avuto bisogno di quasi un'intera giornata di viaggio attraverso lo spazio normale prima di poter innestare l'intersplit Jarnell che li avrebbe trasportati istantaneamente in un punto distante poche ore dal pianeta Sasani, orbitante attorno a una stella chiamata Aquila negli angoli più remoti del Dilà.

— Interchange è più lontano, in un deserto chiamato Da'ar-Rizm, ma non possiamo atterrarci.

— Perchè no? — chiese Kronik.

— Si presume che qualsiasi veicolo spaziale privato in avvicinamento al luogo possa essere un raid della CCPI. Saremmo presi di mira da un anello di cannoni ison e... — il pilota agitò le dita di entrambe le mani in un movimento discendente —...ridotti a una pioggia di frammenti luminosi.

"Atterreremo invece in uno spazioporto a Nichae, sulle rive di un mare poco profondo, e saliremo a bordo di un dirigibile che ci porterà in una stazione nel deserto chiamata Sul Arsam. Poi viaggeremo sul veicolo di superficie che conduce a Interchange, a circa un'ora di viaggio.

Kronik si rivolse a Thanda.

— Qualcos'altro che dovremmo sapere?

Thanda disse: — Ho acquistato un lettore per perline come quella e l'ho fatto installare nella cabina di pilotaggio.

Kronik disse: — Allora dovremmo provare a vedere se può dirci qualcosa.

I cinque si intrufolarono nello spazio ristretto, dove il lettore era montato su uno dei pannelli di controllo. Kronik tirò fuori la perlina e l'appoggiò in uno spazio circolare sulla parte superiore del dispositivo.

Una spia si illuminò di rosso e una voce parlò dal lettore: — Password.

Gli uomini guardarono Morwen

— Niente da fare.

Fece un passo indietro rispetto a loro e lasciò che la sua mano trovasse il calcio del projac che aveva infilato nella cintura dei pantaloni all'altezza della schiena.

Kronik alzò la mano per avvalorare che gli accordi non erano cambiati.

— Aspetteremo fino a quando non saremo a Interchange.

Lech Macrine disse: — Il fatto che si adatti a un dispositivo utilizzato per l'astronavigazione e che appartenesse al capo di una famiglia criminale dell'Oikumene... — Inclinò la testa per indicare che la conclusione era ovvia.

Non era ovvio per Jerz Thanda.

— Che cosa vuoi dire?

— Una mappa del tesoro — disse Macrine, — una ricchezza nascosta da qualche parte nel Dilà.

La risposta immediata di Thanda fu uno sbuffo di incredulità. Poi la sua espressione cambiò e toccò la perlina con un dito. Guardò Morwen.

— Quando arriveremo a Interchange — lei dichiarò. — Questo è ciò che abbiamo concordato.

Thanda continuò a fissarla.

Lei lo vide valutare le sue opzioni.

Alla fine, disse: — Come concordato.

Kronik recuperò la perlina e se la mise in tasca.

Tornarono al salone. Morwen stava per rientrare nella sua cabina quando si ricordò di qualcosa che le avevano detto i suoi genitori.

— A Interchange, ci sono insetti alati nel deserto. Mangiatori di carne. Le guardie hanno protezione. Trovano divertenti le contorsioni degli schiavi.

Kronik guardò Thanda.

— Sei già stato a Interchange, vero?

L'alzata di spalle dell'uomo era una confessione.

— E hai qualcosa per tenere lontani gli insetti?

Thanda ammise di aver portato un paio di inibitori a ultrasuoni.

— Settati al massimo, terranno le creature lontane da tutti noi.

— Va bene — disse Kronik. — Sarei devastato se, mentre puntassi il mio projac su qualche insetto carnivoro, dovessi aprire accidentalmente un buco su di te — Agitò una mano indicandolo. — Forse in una parte a cui sei particolarmente affezionato.

Il tempo passò e alla sera si scoprì che nessuno dei compagni di viaggio di Morwen era un buon cuoco. Lei si offrì volontaria per preparare la cena. Qualunque cosa avesse cucinato avrebbe avuto un sapore migliore ed eliminato la possibilità che Thanda, esperto nell'uso di sostanze chimiche psicoattive, potesse adulterare il cibo con qualche sostanza per indebolire la volontà e poterle ordinare di rivelare la password. La cucina era ben attrezzata – il precedente proprietario aveva assunto uno chef – e la dispensa era rifornita di cibi preconfezionati e di altre sostanze di base.

Sfornò degli involtini e fece uno stufato con carne e verdure liofilizzate. Il portaspezie conteneva alcune fiale semipiene di sapori interessanti, e fu quindi in grado di migliorare quello che altrimenti sarebbe stato un pasto insipido. Preparò una tazza di tè nero e servì focaccine per i "dopo".

Thanda e il Protettore mangiarono senza commentare e poi si ritirarono. Kronik mandò il suo vice per tenerli d'occhio, poi aiutò Morwen a sparecchiare la tavola e sistemare i piatti nella lavastoviglie.

Si tirò indietro e lo guardò caricare gli ultimi piatti e posate.

— Non mi sembri il tipo di uomo che si trova a proprio agio con persone come Thanda.

Non si volse verso di lei.

— Agio? — La sua testa si mosse da una parte all'altra in un gesto equivoco. — Non sono "a mio agio". Ma ci sono aspetti pratici da considerare.

— Ad esempio?

Si voltò verso di lei ed elencò i punti sulle dita.

— Lui è il legittimo successore del Profeta. O almeno una buona parte della nostra popolazione lo ha accettato come tale.

"Non è un tiranno capriccioso. Se viene lasciato libero di fare ciò che fa, ci permette di fare ciò che facciamo noi.

"In base al Patto che abbiamo negoziato dopo che ha ampliato la produzione di maunch, ha contribuito in modo sostanziale alla borsa comune, in modo che la nostra gente non sia tassata oltre i propri mezzi nelle forniture di beni di prima necessità come elettricità, acqua, riparazione delle strade.

Toccò l'ultimo dito.

— Mentre il liberarci di lui e dei suoi Protettori provocherebbe l'uccisione di alcuni di noi.

Morwen annuì.

— Hacheem Belloch offre vantaggi simili alle persone tra cui si nasconde. Stranamente, le prosperità che offre non sono più così tante come una volta, mentre il suo appetito per l'opulenza è aumentato.

Kronik assentì.

— È un vecchio schema. A New Dispensation sto attento a vedere come le cose si evolvono e faccio le mie scelte di conseguenza.

Dormirono chiudendosi a chiave nelle cabine. In mattinata, Thanda fece attivare l'intersplit e sperimentarono lo strano cambiamento che solleticava la pelle, mentre la guida della nave riorganizzava la rotta a loro vantaggio. Dopo il salto, il motore Jarnell si spense e rientrarono nello spazio normale. Ora la stella gialla Aquila era al centro dello schermo anteriore del salone: era grande quanto un pisello ma si ingrandiva ogni momento sempre di più.

Atterrarono allo spazioporto di Nichae, sigillarono i portelli dello yacht e passarono attraverso il terminal fino a giungere nel luogo dove, ogni ora, partiva il dirigibile. Quando si imbarcarono era mezzogiorno in quella parte di Sasani e metà pomeriggio quando l'areonave si allineò all'apposito palo di ancoraggio. Fuori c'erano delle stutture dal tetto piatto, fatte di mattoni di fango e pietra bianca, che il pilota annunciò come Sul Arsam. A una certa distanza, poggiato su quattro grosse ruote, li attendeva un lungo veicolo malandato. Il guidatore era appoggiato alla fiancata polverosa, con un sorriso di aspettativa stampato in faccia.

Thanda attivò il suo repellente sonoro e Macrine fece lo stesso. Scesero dalla cabinovia del dirigibile e si fermarono in modo che Morwen e i due scrutatori potessero avvicinarsi, poi marciarono come un quintetto verso il vecchio autobus poco raccomandabile.

Gli altri passeggeri, inavvertiti, si trovarono assaliti da una nuvola di insetti neri che usciva dalle tane del terreno e attaccava ogni carne scoperta, mordendo un minuscolo ma doloroso boccone e volando via per consegnarlo alle loro larve. Le vittime urlavano, imprecavano e agitavano le mani sul viso e sul collo, mentre correvano incespicando fino all'autobus. Morwen e i Disper marciarono impassibili finché non superarono l'autista sorridente e salirono a bordo del veicolo.

La corsa fino a Interchange fu addirittura meno comoda della corsa per sfuggire agli animaletti addentatori. Le sospensioni dell'autobus erano sfasciate e non c'era una parvenza di strada, ma solo un nudo terreno desertico, dissestato da buche e fossi dovuti alle inondazioni stagionali provocate dalle rare ma torrenziali piogge. Il sedile del conducente era imbottito, mentre i passeggeri sedevano su panche di metallo nudo.

La prima cosa che videro di Interchange fu la sgretolata parete di arenaria color ocra che si ergeva sopra l'orizzonte piatto del deserto, con sulla sommità un boschetto di alberi dalle foglie a forma di piuma. Man mano che si avvicinavano, Morwen riuscì a distinguere le basse strutture di cemento sparpagliate alla base del grande tumulo rossastro. Erano grigie e dall'aspetto funzionale, e immaginò come dovevano essere apparse ai suoi genitori mentre il trasporto degli schiavi si avvicinava rombando.

L'autobus rallentò ed entrò in uno spazio chiuso da pareti su tre lati, quindi si fermò su un piazzale lastricato. Sorridendo di nuovo, l'autista aprì la portiera. Un altro sciame di carnivori si alzò mentre i passeggeri seguivano una serie di frecce gialle sull'asfalto fino all'anonima porta che portava la scritta: *Reception.*

All'interno, i nuovi arrivati si trovarono di fronte a un bancone dietro il quale un minuscolo impiegato con in testa lo zucchetto simbolo di Interchange, scriveva annotazioni in un libro mastro, come se non avesse notato la loro presenza. Un cartello istruiva i viaggiatori: *Sedetevi e aspettate.*

La maggior parte delle persone dell'autobus si trascinò sul pavimento piastrellato e si sedette. Thanda fissò il funzionario per un lungo momento, poi avanzò verso la barriera. L'impiegato lo ignorò. Thanda aspettò ancora un po', poi batté le nocche sul ripiano del bancone.

L'ometto si fermò nelle sue annotazioni, poi tornò al lavoro.

Thanda parlò a bassa voce.

— Probabilmente sei abituato a persone che si insinuano qui, intimidite dalle circostanze, per pagare il riscatto che libera i loro cari dalla schiavitù.

L'impiegato non guardò nella direzione di Thanda, ma Morwen vide che ora aveva l'attenzione dell'ometto. Lo vide anche guardare verso un bottone vicino al ripiano.

— Non sono una persona del genere — disse Thanda. — Ma sono il tipo di persona che non dimentica mai un insulto, non importa quanto sia lieve. Inoltre, sono del tipo che può aspettare molto tempo per ripagare l'affronto, e durante quel periodo posso essere molto inventivo nel decidere esattamente quale sarà la punizione adeguata.

L'impiegato ora ignorava il pulsante. Posò lo stilo e mostrò a Thanda un viso attento.

— Come posso aiutarti?

— Il mio nome non ha importanza. Puoi aiutarmi fornendomi informazioni su questa struttura.

— Al tuo servizio.

Thanda si appoggiò al bancone.

— È vero che Interchange trattiene i fondi finché non possono essere spesi come riscatto e gli ostaggi rilasciati?

L'impiegato disse che la terminologia corretta era "commissioni" per la "rescissione" di "ospiti". Il modo in cui gli ospiti arrivavano presso la struttura era al di fuori delle competenze di Interchange.

— Non mi interessa quale sia la terminologia — disse Thanda. — La mia ipotesi è corretta?

— Si.

— Quindi siete una specie di banca.

Il primo istinto del funzionario sembrava essere l'inclinazione a litigare, ma uno sguardo al viso di Thanda troncò l'energia da cui era derivato l'impulso.

— Più o meno, suppongo.

— Bene — disse Thanda. — Stiamo facendo progressi.

Thanda indicò il gruppo schierato dietro di lui.

— Vogliamo aprire un conto e depositarvi fondi. Quindi desideriamo utilizzare alcuni di quei fondi per acquistare la libertà di alcune persone che sono state svendute qui più di vent'anni standard fa.

L'impiegato si scusò.

— Non sono i nostri affari normali. Una volta che le tasse degli ospiti sono state pagate, vengono scaricate e non è più una nostra preoccupazione.

— Con riferimento al mio grado di pazienza — disse Thanda, — aumento il tuo concetto di "preoccupazione"... È vero che siete abituati ad addebitare commissioni di gestione per determinati servizi?

— Corretto.

— Uno di questi servizi potrebbe essere quello di consultare i tuoi registri in merito agli onorari per la "rescissione" di due persone?

— Sì.

— E ciò identificherebbe anche il nome e le informazioni di contatto della parte che ha pagato tali commissioni?

L'impiegato deglutì visibilmente.

— Quelle informazioni sono mantenute riservate.

— Giusta procedura — disse Thanda. — Ma nulla impedirebbe a Interchange di contattare quella parte e fare un'offerta per conto di terzi e portare qui quelle persone per un compenso sostanzioso, o no?

L'omino ci pensò.

— Non è convenzionale — disse dopo un po', — ma possibile. Certo, dovremmo addebitare una commissione.

— In quale percentuale?

Congiunse le mani e aggrottò le rughe sulla fronte.

— Dovrei consultare il mio manager.

— Fai un preventivo — disse Thanda. — senza impegno.

Le spalle strette dell'impiegato si alzarono e si abbassarono.

— Dodici e mezzo per cento? — tirò a indovinare. — Quindici, forse?

— Non sarebbe insormontabile. Per favore, consulta il tuo superiore.

L'uomo attraversò una porta nel muro di fondo, chiudendola dietro di sé.

Uno degli altri passeggeri dell'autobus parlò dalla fila di sedie.

— Alcuni di noi hanno affari importanti da trattare.

Un altro disse: — I nostri cari da riscattare.

Thanda si voltò e incontrò lo sguardo di ogni oratore, a turno, finché ciascuno non si placò. Si voltò di nuovo al bancone mentre l'impiegato rientrava.

— Il mio manager dice che consentiremo il deposito di fondi in attesa di una rescissione delle commissioni. Non verranno pagati interessi. E raccoglieremo una commissione del quindici percento sulla transazione.

— D'accordo — disse Thanda. — Prepara un documento.

— L'ho già fatto — disse l'impiegato, tirando fuori un pezzo di carta con uno svolazzo.

Thanda scansionò il documento, poi si rivolse a Morwen.

— Ti soddisfa?

Lei si avvicinò e lo lesse. Era una semplice interpretazione dei termini di cui aveva sentito parlare.

— Si.

C'erano spazi per le firme. Mise la sua e Thanda fece lo stesso. L'impiegato prese un francobollo da un cassetto e appose il sigillo di Interchange sul documento.

— Ora potete depositare i fondi.

Thanda si rivolse a Morwen con un'espressione che diceva che era il suo turno di agire. Porse la mano. Kronik si fece avanti e vi mise la perlina. Chiese all'impiegato un dispositivo di lettura e lui ne portò uno da uno scaffale sul retro. Posò la perlina nel ricettacolo e premette il pulsante di attivazione. Il lettore ronzò per un momento, poi la sua voce disse: — Password.

Morwen mantenne una calma esteriore, ma quello era il momento della verità. Nella casa di Purpuram Gratz, sua madre era stata spesso obbligata a portare dei rinfreschi nel suo studio. Per due volte era arrivata con un vassoio di liquori ed essenze mentre lui era seduto con le spalle alla porta, la perlina in mano, a mormorare dolcemente una parola insolita.

Morwen e i suoi genitori avevano discusso la questione ed erano giunti alla conclusione che la strana stringa di sillabe era il codice che sbloccava la crittografia. Ma non erano mai stati in grado di verificarne la teoria; l'attivazione richiedeva un dispositivo in grado di leggere la perlina. Nessun dispositivo del genere esisteva a Mount Pleasant. Poi erano arrivati i Principi Demoni.

Quindi, la password era stata a lungo un articolo di fede per Morwen e i suoi genitori. E ora quella fede sarebbe stata messa alla prova. Si chinò per avvicinare la bocca al lettore, mise le mani a coppa attorno al ricettore del suono e sussurrò la serie di sillabe senza senso che conosceva fin dall'infanzia: "Noxxifloxxibohintafedang".

La macchina fece due clic e uno schermo apparve nell'aria sopra di essa. Lo schermo si riempì dall'alto verso il basso di una serie di lettere e numeri. L'impiegato e le persone di New Dispensation studiarono il display.

L'impiegato fu il primo a parlare.

— Non è un documento finanziario.

— No — disse Thanda, con il viso incupito, — non lo è.

Lech Macrine si avvicinò e studiò le figure.

— È un luogo. Nello spazio. Da qualche parte nel Dilà.

L'impiegato emise un suono irritato.

— Mi avete fatto perdere tempo.

Prese il pezzo di carta in un gesto teatrale con l'intenzione di strapparlo in due.

Thanda lo afferrò e l'uomo lo lasciò andare.

— Torneremo — disse. — Stesso accordo.

L'impiegato fece un piccolo rumore che esprimeva dubbio. Nel frattempo Thanda raccolse la perlina dal lettore, prese Morwen per un braccio e la spinse verso la porta. Kronik e gli altri due li seguirono.

— Mi hai preso in giro — disse Thanda mentre spingeva Morwen verso il punto in cui si trovava l'autobus, il cui autista era visibile attraverso il finestrino laterale mentre mangiava il pranzo. Gli insetti si alzarono e poi si allontanarono vorticosamente a causa degli ultrasuoni.

— No — disse Morwen. Lei tirò via il braccio dalla sua presa, la sua mente lavorava furiosamente. — Mi sbagliavo su ciò che la crittografia nasconde. Ma non mi sbaglio sul suo valore.

Avevano raggiunto l'autobus. — Sali a bordo — disse Thanda.

Morwen salì a bordo, seguito dagli scrutatori e dal Protettore. Thanda salì per ultimo.

Disse all'autista: — Parleremo tra di noi. Faresti bene a non ascoltare.

Per sottolineare quanto detto, aprì la parte anteriore del suo indumento per mostrare il calcio di un projac.

I cinque andarono sul retro del veicolo e Kronik parlò per primo.

— Di cosa si tratta?

Thanda stava per parlare ma Morwen lo interruppe.

— È un "indirizzo" di astronavigazione, in fondo al braccio galattico, quasi fino alla Grande Oscurità. Un mondo.

Kronik disse: — Dovremmo tornare sulla nave e cercarlo nello Star Record.

Macrine espresse il proprio dubbio: — Non lo troveremo.

Thanda fu d'accordo.

— Ovvio. Non crittografi un indirizzo che chiunque può ricercare.

— Un mondo nascosto — disse Kronik.

Morwen stava pensando.

— Qualche esploratore l'ha trovato, ma non ci è tornato e l'ha offerto all'asta. Forse aveva un contratto stretto con un singolo investitore, o forse il primo a sapere della scoperta ha preso provvedimenti per assicurarsi che nessun altro ne potesse venire a conoscenza.

— Ad ogni modo, ci sono persone che pagherebbero una fortuna per possedere un mondo di cui nessuno ne conosce l'esistenza.

Thanda sorrise.

— E solo noi sappiamo dove si trova.

Kronik era d'accordo.

— Dobbiamo andare lì e assicurarci di sapere cosa vendiamo.

Di ritorno sull'Itinerator III, Thanda fece strada alla cabina di pilotaggio, dove il lettore di perline era ancora in cima al sistema di astronavigazione dello yacht. Posò la sfera nel ricettacolo.

— Pronuncia la password — ordinò a Morwen.

— Non finché non uscite tutti.

Vide la rabbia ardere sul viso di Thanda, poi lo vide reprimerla. Li fece uscire tutti dal piccolo spazio e chiuse la porta. Morwen sussurrò quella serie di strane sillabe e vide lo schermo riempirsi di caratteri che rappresentavano complessi vettori tripli. Trasferì l'immagine sul pannello per l'astronavigazione, quindi si rimise la perlina in tasca.

— Entrate pure.

Quando la porta si aprì, premette il comando del sistema per preparare l'astronave alla partenza. Una serie di letture prese vita e un segnale lampeggiò: *Pronto a partire.*

Macrine si fece avanti e diede un'occhiata alle letture.

— Abbiamo molta strada da fare — disse. — Raccomando di tornare allo spazio normale qui... — toccò uno dei display che stavano lentamente evidenziando dei punti su una collana di puntini — ... e proseguire per il resto del percorso con calma e attenzione.

— Concordo — disse Kronik. — Non sappiamo a cosa dovremo far fronte.

— Andiamo — disse Thanda.

Non c'erano formalità per lasciare Sasani. Lo yacht decollò, uscì dall'atmosfera e si orientò verso il basso rispetto al braccio galattico. Viaggiarono alla massima velocità abbastanza a lungo da lasciare il sistema dell'Aquila, quindi innestarono lo Jarnell.

Per un periodo senza tempo provarono la solita strana sensazione, poi i sistemi della nave li riportarono nell'universo normale. Si radunarono nel salone di prua e studiarono sull'ampio schermo ciò che si trovava davanti a loro: una grande fascia di oscurità, non illuminata dalle stelle.

— Una nuvola di gas — disse Morwen. — Una bella grossa.

— Abbastanza grande da nascondere una stella e i suoi pianeti? — chiese Thanda.

— Sì — disse il pilota. — Dovremmo andarci cauti.

Misero a punto i sensori di prua dello yacht, posizionandoli sul massimo, ed entrarono nella nuvola a velocità modesta. Il sibilo delle molecole di idrogeno scarsamente disseminate che scorrevano contro lo scafo divenne uno sfondo costante della loro conversazione. Dopo un po', la conversazione svanì completamente.

Fino a quando Macrine, studiando le letture, disse: — Qualcosa sta cambiando.

Si riunirono ancora davanti allo schermo. Il sibilo svanì e poi si fermò quando lo yacht emerse dal gas. Nel profondo dell'immensa nuvola, erano entrati in un'enorme spaccatura. Nello spazio aperto videro una piccola stella bianca circondata da un certo numero di pianeti, uno dei quali era una vasta sfera di gas condensato e gli altri erano fatti di roccia e ghiaccio. Osservato al macroscopio, il secondo dalla stella mostrava la presenza di aria e acqua e di una rudimentale vegetazione.

Era più piccolo della maggior parte dei mondi praticabili, invecchiato e logorato dal tempo. C'era un unico continente che occupava gran parte dell'emisfero settentrionale, per lo più piatto e delimitato su tutti i lati da mari grigi e senza marea, che riflettevano debolmente la debole luce del sole.

Lo yacht perse velocità e si stabilì in un'orbita ravvicinata. Il macroscopio mostrava licheni e muschi, niente che potesse essere descritto come un albero o anche solo come un arbusto. La fauna terrestre era composta da creature striscianti, nessuna più grande della mano di un uomo, anche se nelle profondità dell'oceano potevano esserci creature più consistenti. L'aria era respirabile anche se la nana bianca non la riscaldava molto.

Dove il confine meridionale del singolo continente incontrava il mare c'era l'unica caratteristica geografica evidente: un'alta parete, a strapiombo, con un piccolo spazio piatto sulla sommità. Thanda disse a Macrine di far atterrare lì lo yacht.

Uscirono nell'aria fredda e umida. La stella bianca, un punto in alto che brillava attraverso il grigiore nuvoloso, diffondeva abbastanza luce ma poco calore. Potevano sentire l'odore della vegetazione in decomposizione, trascinata sulla riva sottostante. Il mondo aveva anche un suo proprio odore acre, come se nell'atmosfera ci fosse dell'acido corrosivo.

— Un posto desolato — disse Kronik. — Non ha l'idea di un paradiso per le vacanze.

— Ma se vuoi che un posto sia indisturbato... — disse Thanda.

Morwen rabbrividì, e non solo per il freddo umido.

— Probabilmente era per quello che Gratz lo riteneva di gran valore.

Non voleva pensare all'uso che il suo eventuale acquirente avrebbe potuto fare di quel mondo. Il suo obiettivo era quello di liberare i suoi genitori. Se, dopo, avesse dovuto convivere con qualche colpa, non sarebbe stato un problema.

— Prendiamo alcune immagini — disse. — I potenziali acquirenti vorranno vedere cosa stiamo offrendo.

— Un'asta? — chieseKronik.

— L'idea è quella — disse Thanda, — ma con un selezionato elenco di invitati.

Capitolo V

Il ritorno a Providence fu un lungo viaggio per Morwen. Il piano che aveva occupato tutta la sua vita, il progetto per salvare i suoi genitori, si era frantumato a causa di una falsa supposizione: la perlina crittografata non conteneva una grande ricchezza. Trascorse la maggior parte del tempo nella piccola cabina, ripensando a quanto era successo nella sala di ricevimento di Interchange, dove tutte le sue speranze erano crollate a zero.

Una parte di lei le pensava che ci potesse essere ancora una strada per raggiungere i suoi obiettivi, ma il piccolo barlume alla fine di quel percorso era continuamente offuscato dalle ombre che la circondavano e consumavano le sue certezze di essere una donna capace.

Gli uomini smisero di chiederle di preparare i pasti e semplicemente riscaldarono ciò che c'era a bordo. Kronik e Thanda parlavano spesso al tavolo del refettorio o nel salone, vagliando i meccanismi di quella probabile asta, i potenziali invitati e i modi per avvicinarli, senza che l'evento fosse considerato un'operazione della CCPI intesa ad attirarli in una trappola .

Fra gli evasori della legge del Dilà, Thanda aveva una certa reputazione in quanto era entrato in contatto con organizzazioni criminali su diversi pianeti. Aveva anche stabilito contatti con metà dei mondi dell'Oikumene. Menzionò nomi, alcuni dei quali erano sconosciuti a Kronik, mentre altri erano ampiamente conosciuti da tutti.

Esisteva tuttavia un problema: erano principalmente contatti con capi di gang di medio livello e con operatori delle reti di distribuzione per il suo prodotto psichedelico. Non aveva contatti con le grandi organizzazioni criminali. Ci sarebbero voluti tempo e sforzi costanti per risalire in sicurezza lungo le gerarchie e raggiungere i criminali dotati della ricchezza necessaria e dall'appetito di possedere un mondo segreto e nascosto.

Kronik disse: — E i cinque che hanno trasformato New Dispensation in una città fantasma? I cosiddetti Principi Demoni?

Thanda scrollò le spalle. — Di alcuni di loro non si sa più niente. Questo probabilmente significa che stanno pianificando nuove aggressioni. Ma si vocifera che ci sia in gioco qualche forza a loro danno. — Diede a Kronik uno sguardo intenso. — A loro danno finale, se capisci cosa voglio dire.

Kronik era in bilico tra lo scetticismo e l'essere impressionato.

— La cosa mi sembra un po' esagerata — disse. — Ognuno di loro è in cima alla lista degli "sparare a vista" della CCPI.

Thanda emise un mormorio sprezzante.

— È solo una voce, e forse deriva dal desiderio della gente, rispettosa della legge, di veder messi a tacere quegli stravaganti esseri malvagi.

— Una speranza che spesso non si realizza — disse Kronik.

Quindi la conversazione riprese a toccare aspetti più urgenti.

Quando Providence apparve come un punto blu e bianco sullo schermo anteriore, Kronik bussò alla porta della cabina di Morwen. Lei svogliata, gli disse di entrare.

Chiuse la porta dietro di sé e disse: — Conosci le navi spaziali più di me. Sai se esiste un sistema che dica dov'è stata una nave?

Lei annuì.

— C'è un monitor. Registra tutto su un filamento e crea una striscia di codifica metallica che crittografa le informazioni.

I suoi occhi si spalancarono quando si rese conto delle implicazioni di ciò che stava dicendo.

— Esattamente — disse Kronik. — Abbiamo bisogno di quella striscia. Sai come accedervi?

— Non l'ho mai fatto, ma so dove dovrebbe essere.

Andarono verso la parte della nave dove si trovavano i controlli. Era chiamata con l'antico termine di "cabina di pilotaggio", la cui derivazione si perdeva nell'ombra di un lontano passato, tanto lontano che nessuno ne conosceva l'origine. A Morwen avevano raccontato un paio di storie per spiegarne l'etimologia, ma le aveva liquidate entrambe come ridicole.

Thanda e Macrine erano nel refettorio, a bere punge, testa a testa a conversare a bassa voce. Kronik e Morwen oltrepassarono la soglia senza dire una parola. Il vice scrutatore era all'ingresso della cabina di pilotaggio, dove lo aveva appostato Kronik. Si fece da parte mentre Morwen entrava nella stanzetta.

Thanda e il suo pilota percorsero il corridoio. Kronik e il vice sbarrarono loro la strada. Nel frattempo, Morwen si avvicinò al piccolo portello, ben segnalato, dietro il quale si trovavano i comandi del monitor. Lo aprì, poi sganciò una copertura più piccola per rivelare una bobina di filamento di metallo brillante fissata nel suo scomparto. Bastarono due scatti per liberare la striscia di codifica dal suo alloggiamento. Si voltò per vedere i quattro uomini che lottavano sulla soglia.

La cabina di pilotaggio aveva un portello in comunicazione con l'esterno. Aprì il lato interno del cubicolo, gettò la striscia di metallo nell'apertura, la chiuse e premette il comando che apriva il lato opposto della camera di equilibrio. Nello spazio l'aria tremolava come una nebbia di scintillanti cristalli di ghiaccio, portandosi via la striscia di codifica.

La lotta sulla soglia finì.

Kronik disse: — Questo è quanto.

L'espressione di Thanda era acida, ma non c'era più niente da fare.

Tornata a New Dispensation, Morwen riprese a lavorare al ristorante, anche se ora era diventata nuovamente un oggetto di curiosità, come lo era stata al momento del suo primo arrivo. Ma sia Kronik che Thanda, ciascuno a modo suo, avevano sparso la voce che, qualunque cosa stessero combinando, non dovevano essere disturbati. Thanda venne all'incontro del Primogiorno e si rivolse alla congregazione.

— L'aggiunta di uno yacht spaziale alla nostra comunità potrebbe attirare una rinnovata attenzione da parte della CCPI — disse loro. — Come sempre, fate attenzione agli estranei. Segnalate eventuali sospetti alla polizia. Ma il modo più sicuro per impedire loro di sentire ciò che non vogliamo che sentano è non dirsi nulla.

— E vi assicuro che tutto ciò che viene detto a New Dispensation arriva alle mie orecchie.

• • •

Bod Hipple aveva smesso di venire al ristorante per pranzo. Ma non molto tempo dopo il ritorno di Morwen da Interchange, Tosh Hubbley parcheggiò il suo carryall fuori e varcò la porta. Si sedette al bancone e ordinò del punge e un po' di torta.

— Ero preoccupato per te — disse a Morwen, — preoccupato che potessi essere presa per una donnola.

— Potresti avere la stessa paura per te stesso — gli disse, abbassando la voce. — Lassù succedono cose imprevedibili... — inclinò la testa verso la montagna — ... hai cambiato le tue abitudini all'improvviso. Cose del genere si notano.

— Sono stato ben controllato dal Deweaseling Corp — rispose. — I miei antenati sono accuratamente documentati. Erano contadini vicino a Worstead. È un villaggio a due giorni a piedi da Hambledon. Gli Hubbley originali sono arrivati sulla seconda nave colonia, generazioni fa. I miei genitori vendettero la fattoria a dei cugini, misero tutti i loro beni in un carro trainato da cavalli e si trasferirono a Hambledon per aprire un'attività. Sono nato nel carro su quella strada. Se sono una donnola, devo essere stata reclutata nel grembo materno.

— In città ci sono dei membri del Deweaseling Corp chiamati da Jerz Thanda. Sono seri e spietati.

Hubbley rise a metà. — Starò attento. Inoltre, ora che hai placato le mie paure, posso tornare alle mie vecchie innocue abitudini.

L'omnibus arrivò da Hambledon. Dalla finestra del caffè, Morwen lo vide fermarsi e poi ripartire, lasciando Dedana Llanko sul marciapiede, con in mano due borse della spesa piene di roba. Morwen aveva aspettato una buona occasione per parlare con la vecchia e ora disse a Terelia che sarebbe tornata subito e si precipitò attraverso la Broadway per avvicinarsi alla proprietaria dell'hotel prima che finisse di salire faticosamente i gradini d'ingresso.

Arrivandole dietro, prese una delle borse della Llanko. La donna si voltò allarmata ma Morwen l'assicurò che stava solo cercando di aiutarla.

Le sopracciglia della Llanko formarono l'abituale "V".

— Perché?

— Perché sei una dei coloni originari. Conoscevi i miei genitori quando avevano la caffetteria.

La donna spinse la porta d'ingresso dell'hotel, entrò, depositò la borsa sul vecchio tappeto all'interno e si girò a guardare Morwen che l'aveva seguita.

— E allora?

— Quindi puoi parlarmi di loro. A proposito del raid.

— No, non posso. Non ero qui.

Indicò le borse.

— Allora come adesso, avevamo bisogno di articoli da toeletta da Hambledon — Sospirò. — Ero via, a prendere saponi e prodotti per la depilazione. L'omnibus stava salendo da Brumble's Corners quando abbiamo visto le navi decollare e alzarsi in cielo.

— Quando siamo arrivati in città, abbiamo visto i corpi nelle strade, i poliziotti morti. Entrai gridando, chiamando Watto, mio marito. Non ci fu risposta. L'avevano preso.

Il suo sguardo cedette.

— Mi dispiace — disse Morwen. — Non avrei dovuto...

Dedana Llanko era ormai persa nel passato.

— Quel giorno nessuno in città era sopravvissuto. Uscii in strada. Pensai che avrei dovuto spostare i corpi.

"Era sconveniente lasciarli lì per terra, tutti bruciati e tagliati a pezzi. Ma era troppo orribile. L'autista dell'omnibus e gli altri passeggeri non mi avrebbero aiutato. Volevano solo scappare.

"Poi il vecchio Rolf Gersen venne su dal fiume col suo veicolo, insieme a suo nipote Kirth. Avevano portato una chiatta piena di prodotti ad Hambledon ed erano appena tornati. Seppellimmo insieme i morti. Fu una cosa terribile. I genitori di Kirth erano stati uccisi.

"Subito dopo, i Gersen si lasciarono tutto alle spalle. Quel vecchio giurò vendetta sui Principi Demoni. — Lei sbuffò. — Che possibilità avrebbero avuto, un barbagrigia e un ragazzino? Tuttavia andarono ad Hambledon e salirono su un'astronave, presumibilmente diretta verso la Terra, da dove eravamo venuti. Non so cosa sia successo a loro.

— Mi dispiace — disse di nuovo Morwen. — Volevo solo sapere com'erano i miei genitori prima che...

La vecchia scrollò le spalle.

— Cosa importa? Siamo quello che siamo adesso, e quello che eravamo… — Aprì le mani come per far volare via un uccello. — È tutto finito. Per sempre.

Gli agenti del Deweaseling Corp si riversarono in città, decisi a garantire che l'asta proposta non fosse un complotto della CCPI. Si distinguevano dai Disper e dai Protettori. Indossavano i conosciuti costumi dei loro vari mondi natii: frac di stoffa scura, attillati sulle spalle ma svasati sui fianchi sopra i calzoni al ginocchio e le calze decorate; gilet ricamati sopra camicie con maniche a sbuffo con sotto ampi pantaloni di seta; tuniche attillate su pantaloni di twill, larghi al ginocchio ma agganciati alle caviglie; abiti fluenti e alti copricapi.

Si erano fermati all'albergo, ma su invito di Thanda si erano trasferiti al Manse. Trascorsero molto tempo in municipio a setacciare i documenti di nascita e residenza, e intercettarono i pochi estranei che arrivavano attraverso New Dispensation, inclusi Tosh Hubbley e l'autista dell'omnibus.

Erano severi e rigorosi, e la possibilità di una violenza improvvisa e conclusiva era implicita in ogni loro parola e gesto.

Un giorno, a pranzo, stava portando quattro piatti della sua torta di uova e formaggio dalla cucina a un gruppo di contadini, quando si rese conto che l'argomento della loro conversazione era Bod Hipple. Dopo aver appoggiato il cibo sul tavolo si soffermò ad ascoltare quello che stavano dicendo.

Si avvicinò e domandò: — Avete detto che ha chiuso l'officina?

Gli uomini alzarono lo sguardo e uno di loro disse: — Per sempre, dicono.

Un altro aggiunse: — Dobbiamo trovare un nuovo meccanico.

Morwen chiese: — Sta lasciando la città?

Le dissero che non era andato via, che Hipple era andato "su per la collina", il termine locale che si riferiva al Manse di Jerz Thanda. Vedendo che il riferimento non era stato compreso da Morwen, il contadino la informò che Bod Hipple si era unito ai Protettori.

— Ora che Thanda ha un'astronave — continuò l'uomo, — ha bisogno di qualcuno che si occupi della manutenzione dei suoi sistemi. Bod si è offerto volontario.

— Lo vedrai al prossimo incontro — intervenne un altro, — stivali neri, projac e tutto il resto.

— Non dovrebbero venire a una riunione portando i projac — disse un terzo uomo. — Non è giusto.

Gli altri lo guardarono.

— Vai tu a dirglielo — disse uno di loro.

L'uomo che aveva parlato a Morwen di Hipple precisò: — Prima fai testamento e lasciami quel pezzo di pascolo nell'ansa del fiume.

Morwen non era felice di pensare al suo ex corteggiatore nella sua nuova veste. Non l'aveva visto molto da quando l'aveva fatta arrestare, e dopo, quando le loro strade si erano incrociate, si era rifiutato di salutarla. Terelia aveva detto di aver sentito persone deriderlo alle sue spalle. Parte di ciò era inevitabilmente dovuto alle sue orecchie fuori misura. Quando lasciò i quattro contadini, vide nello specchio dietro il bancone che i loro occhi la seguivano, poi le loro teste si avvicinarono mentre abbassavano la voce.

Arrivò il giorno in cui uno dei Protettori venne al ristorante, incaricato di scortare Morwen a un colloquio con il Deweaseling Corp. Venne condotta fino al Manse in un'auto da terra, con un autista silenzioso. Quando arrivarono vide l'Itinerator sulla piattaforma. Un portello di servizio era aperto e c'era un uomo in tuta macchiata a metà della cavità. Al rumore del veicolo in arrivo, si mosse e la guardò uscire dall'auto.

Era Bod Hipple. Il suo viso aveva assunto la durezza degli altri Protettori. Alzò una mano per salutarlo, ma lui non aspettò che lei completasse il gesto. Prese uno strumento da una cassetta degli attrezzi e tornò a fare qualsiasi cosa stesse facendo all'interno dello yacht spaziale.

Venne intervistata da un uomo corpulento e calvo che indossava una giacca di velluto a coste verdi, dei pantaloni e un gilet a cinque bottoni, indumenti tipici di un corsaro di medio rango di Mardey's World. Hacheem Belloch aveva avuto a che fare con queste persone. Li aveva visti visitare la tenuta fuori Boregore e sapeva di trovarsi di fronte a qualcuno dal cuore duro come qualsiasi abitante del Dilà.

La interrogò mentre sfogliava un fascicolo che lei riconobbe come quello assemblato da Eldo Kronik.

L'interrogante voleva in particolare esaminare il suo tatuaggio. Dopo averlo studiato per quasi un minuto, disse: — Non sei stata liberata da Hacheem Belloch.

Non era una domanda, ma Morwen lo confermò.

— È passato più di un anno.

L'uomo scrollò le spalle e disse: — Questa è la convenzione. Potrebbe non avere molta influenza su Hacheem Belloch. La fissò con uno sguardo diretto. — Quali sono i tuoi sentimenti verso di lui?

— Lo vedrei volentieri morto.

— Per mano tua?

Lei scrollò le spalle.

— Improbabile. Non sono particolarmente abile con le armi ed è sempre ben custodito. Inoltre, non servirebbe al mio obiettivo, che è quello di liberare i miei genitori. E me stessa.

Il deweaseler la studiò.

— E se fosse uno di quelli invitati all'asta?

La domanda colse Morwen di sorpresa.

— Lo è?

— L'elenco è ancora in discussione. Ma ha sia la ricchezza che, forse, l'interesse.

Un brivido di paura attraversò Morwen, ma lei lo represse.

— Ho vissuto tutta la mia vita sotto la sua tirannia. Era un fattore costante, come la gravità, come il tempo. Non ha rapito i miei genitori. Altri lo hanno fatto. Li ha solo acquistati e non li ha maltrattati. Nemmeno me, del resto.

Non menzionò ciò che aveva visto fare ad altri schiavi per ordine di Belloch.

— E se uno di quelli che hanno rapito i tuoi genitori fosse presente?

Era un problema che Morwen non aveva mai considerato.

— I Principi Demoni? Onestamente non lo so — disse dopo una lunga pausa. — Dovrei pensarci.

— Collaboreresti con una donnola della CCPI contro uomini simili?

Ciò comportò una risposta negativa da parte di Morwen.

— Ho vissuto tutta la mia vita nel Dilà — disse. — So cosa succede a coloro che collaborano con la CCPI.

Era ancora studiata, valutata.

— Non vorresti vendicarti? — chiese il deweaseler.

Morwen si guardò dentro e trovò la verità.

— Dovrà farlo qualcun altro. Gli schiavi scoprono presto che tali ambizioni sono al di là delle loro possibilità. Le cose futili sprofondano nell'animo. La mia preoccupazione è per i miei genitori.

L'uomo continuò a guardarla per diversi minuti. Poi chiuse il fascicolo e disse: — Puoi andare.

Non le fu offerto un passaggio in città. Percorse i primi passi sulla strada consapevole che Bod Hipple la stava guardando andarsene. A metà strada si fermò a casa sua. Il projac era in una scatola chiusa a chiave nella sua camera da letto. Trovò la chiave, recuperò l'arma e la infilò nella cintura della gonna, abbottonandovi sopra il cardigan.

Passarono altri giorni. Morwen si recò all'incontro del Primogiorno con Gisby e Terelia. Gisby aveva intenzione di consumare il sacramento. Mentre saliva per sedersi sul palco, Terelia suggerì a Morwen di provare l'esperienza.

Morwen fu quasi tentata, ma disse: — Non ancora. Forse, quando avrò completato la missione della mia vita in questo mondo, sarò pronta per visitare il regno intangibile.

La risposta soddisfece i suoi datori di lavoro.

— Tutte le cose a tempo debito — disse la donna. — Lo stesso sacramento te lo insegna.

— Anche la vita — disse Morwen.

Il servizio stava per iniziare. Morwen si guardò intorno e vide Bod Hipple in piedi contro il muro in fondo al corridoio. Non la stava guardando, ma lei aveva la forte impressione l'avesse fatto, proprio prima che i suoi occhi lo individuassero.

Si sistemò il projac sotto la giacca di lana. Probabilmente, non sarebbe stato necessario. Ma se lo fosse stato? Si chiese se avrebbe avuto il coraggio di usare l'arma su un altro essere umano. Forse era giunto il momento per lei di immaginare scenari in cui si sarebbe presentata tale necessità e cercare di determinare cosa avrebbe fatto.

L'elenco di invitati all'asta venne ultimato. Poi si dovette decidere su dove tenere l'asta. Dopo una breve discussione tra Thanda e Kronik, con un energico contributo di Bao Ip, il deweaseler che aveva interrogato Morwen, fu deciso che Interchange fosse l'unico posto sicuro dove riunire così tante persone di interesse per la CCPI. Il deweaseler venne inviato a prendere accordi, viaggiando con la nave che aveva portato lui e i suoi colleghi.

Morwen andò a trovare Kronik dopo l'incontro. Gli disse che Ip aveva ipotizzato la possibile partecipazione all'asta di Hacheem Belloch.

— Ci sarà, se accetta l'invito — disse lo scrutatore. — Forse dovrei riavere quel projac.

— Ho detto a Ip che non sono un pericolo per Belloch. Tutto quello che voglio sono i miei genitori liberi e qui con me — Aspettò che lui dicesse qualcosa, poi aggiunse: — Inoltre, c'è la questione di Bod Hipple.

— Ah, sì — disse Kronik, — l'amante abbandonato.

— Non è divertente — disse Morwen. — E non siamo mai stati amanti.

— I pettegolezzi dicono diversamente — disse Kronik, — anche se l'origine dei pettegolezzi potrebbe essere stata... — Mosse una mano, con il palmo in su, in un piccolo cerchio.

Morwen terminò il pensiero per lui.

— Bod Hipple. Disse a tutti che dovevo essere il suo destino.

Kronik le rivolse il suo solito mezzo sorriso.

— Tieni pure il projac — disse. — Potresti averne bisogno a Interchange.

Fu una dura attesa. Kronik la tenne aggiornata sulla consegna degli inviti, tutti gestiti tramite Interchange. Thanda si era recato lì diverse volte, tra una spedizione e l'altra alla sua rete di distribuzione di estratto di maunch, rete che si stava espandendo ora che aveva una propria astronave.

Belloch fu uno di quelli invitati a fare un'offerta. E anche Begby Horth, che avrebbe già posseduto la chiave crittografata decenni fa, se i genitori di Morwen non l'avessero rubata durante l'assalto al maniero dei Gratz. Kronik le aveva detto che apparentemente non portava rancore e che stava pensando di accettare, se i suoi affari l'avessero permesso.

— È rischioso fidarsi della parola di un vecchio criminale quando la sua vanità è stata toccata — aggiunse lo scroot a Morwen. — Tuttavia, Horth sembra un tipo freddo e calcolatore, non portato a fingere o a lasciarsi trasportare dalle emozioni.

Kronik aveva preso l'abitudine di pranzare al ristorante, dicendo che preferiva la sua cucina a quella di Gisby. Chiacchierava spesso con Morwen, dicendo che trovava la sua compagnia più piacevole di quella dei colleghi della polizia.

— I poliziotti tendono a non essere conversatori interessanti.

— Ci vorrà ancora molto tempo? — gli chiese Morwen.

— Non posso dirlo. Thanda ne ha invitati dieci, dicendo loro che solo i primi sette "risponditori positivi" saranno ammessi all'asta. Devono anche accettarne i termini, che alcuni di loro hanno trovato problematici.

I termini erano i seguenti: ogni offerente sarebbe venuto a New Dispensation, con al seguito solo due servitori. Ognuno avrebbe portato un assegno circolare di valore pari al proprio limite di spesa. Le armi sarebbero state conservate in un contenitore sicuro sullo stesso Itinerator III, quando avrebbe trasportato tutti a visitare il mondo in vendita.

Sarebbero rimasti in orbita in modo da avere una visione generale, per poi atterrare e fare un'ispezione più ravvicinata. Lo yacht li avrebbe quindi portati a Sasani, con la striscia di codifica della nave rimossa dal monitor e gettata in mare durante il viaggio. Interchange aveva accettato di rinunciare alla solita procedura, il volo in dirigibile e il viaggio attraverso il deserto sul vecchio autobus sferragliante. Un capiente aeroplano, sotto il controllo del personale di Interchange, li avrebbe raccolti allo spazioporto e li avrebbe portati direttamente all'asta.

Quindi l'asta avrebbe avuto luogo. Il miglior offerente avrebbe versato il suo assegno bancario nel sistema fiduciario di Interchange. Sarebbero stati detratti sia la commissione del quindici percento dovuta alla struttura, sia i 100.000 UVS richiesti per la rescissione di Chaffe ed Elva Sabine. Era possibile che Hacheem Belloch avesse già portato sul posto la coppia di schiavi, insieme ai documenti di riscatto per loro e per la stessa Morwen.

— E se rinnega? — chiese Morwen.

— Ha dovuto dare la sua parola agli altri offerenti. Lo considererebbero un affronto alla loro autostima se non onorasse l'impegno — Kronik sorrise con il suo mezzo sorriso. — Quella gentaglia considera la dignità in uno strano modo.

— Se sono come Belloch... — disse Morwen, — è davvero uno strano modo.

— Dovrebbe andare tutto liscio — disse Kronik da sopra la tazza di punge, — a patto che tutto sia concordato in anticipo. Stabilire i dettagli è ciò che richiede tempo.

— Per me l'attesa è difficile — disse Morwen.

Il commissario ribadì che doveva aspettarselo.

— Hai lavorato tutta la vita per questo obiettivo. Hai corso dei rischi, ti sei messa in grave pericolo. Poi, quando tutto sarebbe dovuto andare per il verso giusto... non è stato così. Ti sei trovata in una nuova situazione, con nuovi giocatori e nuovi fattori fuori dal tuo controllo, per non parlare dei ritardi significativi.

"Dovresti essere un'eroina di quelle storie temerarie, per non sentirti ostacolata dalle circostanze.

— Sì — disse Morwen. Sospirò, poi raddrizzò le spalle. — Ma lo sopporterò. Non c'è nient'altro da fare.

Kronik posò la tazza.

— Se posso dare un suggerimento...

Morwen indicò con entrambe le mani che era pronta ad ascoltare qualsiasi consiglio.

Kronik disse: — Il prossimo Primogiorno vai all'incontro e prendi il sacramento. È un buon modo per cambiare i canali lungo i quali scorrono i pensieri. Puoi vedere te stessa e la tua situazione da una nuova prospettiva.

— Una migliore?

— Di certo non peggiore.

Rispose che ci avrebbe pensato. Poi dalla cucina risuonò il campanello e lei tornò al lavoro.

Terelia le aveva consigliato: — Indossa qualcosa di caldo, ma qualcosa che puoi togliere se ti senti accaldata. Il maunch può fare cose strane alla temperatura corporea.

— Dà brividi e febbre? — chiese Morwen. — Non sembra che...

— La temperatura del tuo corpo non cambia — disse la donna. — È solo una sensazione. E fai una buona colazione, per tenere alto il livello di zuccheri nel sangue.

Morwen arrivò all'incontro un po' prima del solito Si era ben nutrita e teneva piegato in mano un poncho di lana, un indumento rimasto in un cassettone, protetto dagli insetti da piccole sfere bianche dall'odore strano. Una donna premurosa la prese per mano, le chiese formalmente se era disposta a "vedere quello che c'era da vedere" e la accompagnò alla fila di sedie sul palco.

Altre tre persone avrebbero preso il sacramento: un vecchio con il collo raggrinzito e le mani arrossate per lavori all'aperto; una giovane donna con una gonna blu e una camicetta bianca, con uno scialle di maglia sulle spalle; un giovane che sembrava appena uscito dalla sua adolescenza e che, in apparenza, sembrava stesse per prendere il sacramento per la prima volta. La gamba destra sobbalzava veloce su e giù mentre sedeva sulla sedia, con il tallone che batteva sulle assi.

La donna gli si avvicinò, gli mise una mano sulla spalla e gli parlò piano all'orecchio. Il movimento si fermò e il giovane iniziò a inspirare ed espirare lentamente e regolarmente. La donna poi si avvicinò a Morwen.

— Mi hanno detto che è la tua prima apertura mentale.

Morwen deglutì.

— Sì.

La donna le rivolse un sorriso rassicurante e posò una calda mano grassoccia sulla spalla di Morwen.

— Sarò qui per guidarti se ne avrai bisogno. Non c'è niente da temere. Ricorda... tutto ciò che sperimenti è solo una parte di te. Non può farti del male.

Morwen rabbrividì un po'. La mano la accarezzò e in qualche modo la pressione le tolse un po' di nervosismo.

— Ecco, vedi — disse la guida. — Già meglio.

La congregazione non aveva un capo. Un uomo che Morwen aveva visto spesso tra i Disper riuniti, e di tanto in tanto al ristorante, salì sul palco portando un grosso sacchetto di carta. Percorse la fila dei celebranti tenendo una mano dentro al sacco. Si fermò davanti a ciascuno dei quattro seduti lì, tirò fuori una manciata di roba vegetale e la fece arrotolare tra le mani, comprimendola in una palla. Ciascun celebrante ricevette il sacramento nel palmo della propria mano.

Morwen guardò ciò che le era stato dato: una sfera verde di steli e foglie. Le ricordava la perlina crittografata, sebbene fosse leggera come l'aria. Aveva un profumo delicato, in parte agrumato e in parte qualcosa di indefinito, ma non sgradevole. Guardò i Disper seduti vicino a lei e vide ognuno di loro prendere e rilasciare un lungo respiro, per poi infilarsi il maunch in bocca e iniziare a masticare.

Morwen fece lo stesso. Quella roba era croccante e il gusto iniziale era come un misto di salvia e menta. Iniziò a masticare lentamente e metodicamente, sentendo i gusti contrastanti sbocciare all'improvviso per poi placarsi quando il maunch divenne una pasta e lei si abituò al suo sapore.

Stava masticando e pensando a come potesse essere buono il sapore di una salsiccia quando si accorse che la stanza era diventata più luminosa, come se le tende fossero state tirate via dalle finestre. Ma non c'erano tende nella casa di riunione. Terelia le aveva detto che le sue pupille si sarebbero allargate per far entrare più luce, ma non aveva precisato che tutte le cose visibili avrebbero sviluppato contorni più nitidi, distaccando un oggetto da un altro, una persona dall'altra, con una netta separazione.

Morwen si stava guardando intorno, testando questa nuova percezione quando si accorse di un flusso di calda energia dalla sua spina dorsale fino alla parte posteriore del cranio. La sensazione la fece inalare, attirando l'effluvio del maunch nei suoi polmoni, e sembrò riempirle tutto il petto con una deliziosa sensazione di galleggiamento. Si sentiva come se potesse fluttuare fino al soffitto.

Mi piace questo, pensò. *Vorrei sentirmi così molto più spesso.*

Continuò a masticare, sentendo la pasta come un velo di velluto sulla lingua. Chiuse gli occhi per concentrarsi sulla sua consistenza e la sua mente iniziò a riempirsi di immagini. Si rese conto che erano ricordi che aveva dimenticato da tempo, compresi molti della sua prima infanzia. Vide sua madre adolescente, suo padre molto più giovane, entrambi giganteschi, come erano sembrati a Morwen da bambina.

Soprattutto sperimentò il loro eterno amore per lei. Ciò le fece venire le lacrime agli occhi, ma poi una voce parlò nella sua coscienza:

l'amore non è mai perduto; si trova dentro di te e sarà lì ogni volta che lo invocherai.

Riconobbe la voce come la propria narratrice interiore, e fu colpita dalla sua assoluta aura di fiducia, dalla certezza che tutto sarebbe andato bene. Aprì gli occhi e vide la congregazione, la stanza, le finestre con la luce del sole che filtrava. Era tutto bellissimo. Era tutto come doveva essere e sarebbe sempre stato.

Ingoiò l'ultimo boccone della pasta di maunch che si dissolse. La donna premurosa le venne vicino e la guardò negli occhi. Sorrise e disse: — Se vuoi parlare, parla.

Morwen prese un altro respiro, i suoi polmoni si riempirono di un quieto splendore. Guardò la congregazione e disse chiaramente: — Va tutto benissimo.

Vide Eldo Kronik in mezzo alla folla, che la osservava. Stava annuendo e sorridendo con quel suo mezzo sorriso. Le venne un pensiero: è bellissim*o!*

L'effetto completo svanì rapidamente, ma Morwen rimase con un profondo senso di benessere, sebbene le immagini e le intuizioni avvincenti diminuissero insieme alle ultime sensazioni portate dalla droga. Indossando il suo poncho, con Terelia e Gisby che camminavano ai suoi lati, si fece strada lungo la Broadway. Era piacevolmente stanca. Terelia le aveva parlato di un effetto soporifero che l'avrebbe spinta a fare un bel pisolino. Invece di salire fino a casa sua, decise di fermarsi nell'appartamento vuoto in cui aveva abitato sopra il ristorante, per poter dormire un paio d'ore.

Le diedero di nuovo le chiavi. Le sentì nella tasca della gonna, confusa dalla rigorosa solidità del metallo.

— Stai bene? — le chiese Terelia quando giunsero al Mallaby Lane dove l'avrebbero lasciata per recarsi a casa loro, per la siesta pomeridiana del Primogiorno – e anche, pensò Morwen, per avere un po' di intimità e rendere il sonno ancora più riposante.

— Sto bene — rispose.

La coppia l'abbracciò e si diresse verso casa. Morwen proseguì, notando che la strada sembrava più ampia e in qualche modo più diritta, un effetto persistente del maunch.

Poco più avanti due uomini uscirono da un vicolo tra due edifici. La sua prima impressione fu che fossero vestiti in modo strano, entrambi con abiti attillati di bordeaux e ocra. *Deweaseling Corp*, pensò. Fu solo quando si avvicinarono, muovendosi a passi rapidi e decisi, che realizzò l'ovvia connessione: i colori erano la livrea di Hacheem Belloch. In effetti, riconobbe uno di loro come un membro anziano della sua ciurma di pirati.

Non aveva portato il projac all'incontro. Il maunch stava rallentando il suo tempo di risposta, ma si rese subito conto che aveva bisogno di correre via. Si voltò e vide un'auto da terra fermarsi sul marciapiede accanto a lei con un altro uomo vestito di bordeaux e ocra che scendeva dal sedile del passeggero.

Più indietro, lungo la strada, poteva vedere altri membri della congregazione. Alcuni stavano camminando verso di lei, ma erano ancora distanti. Come al solito la maggior parte dei partecipanti si era radunata sopra e sotto i gradini principali per parlare. Credeva di aver visto Eldo Kronik tra di loro. Ma lui l'aveva vista?

Non c'era nessun posto dove Morwen potesse andare. Adesso due erano dietro di lei, uno davanti, la strada sbarrata dalla macchina e la porta di un negozio chiusa nell'unica direzione rimasta. Cercò di spingere via quello che era sceso dall'auto, ma subito i due dietro l'afferrarono per i gomiti. Le sue braccia furono tirate indietro e sentì il metallo freddo delle manette strette sui suoi polsi. Un sacco di stoffa ruvida scese sopra la sua testa e si sentì alzare e trasportare per un breve tratto.

Si trovò depositata su una superficie dura. La penombra all'interno del veicolo divenne completamente scura quando qualcosa si chiuse con un clic sopra di lei. Poi sentì il rumore delle portiere del veicolo che si chiudevano e venne spinta indietro verso il retro del bagagliaio mentre l'auto si staccava dal marciapiede. Dopo qualche istante venne fatta rotolare in un'altra direzione mentre l'auto prendeva una curva. La sentì accelerare.

Ancora sotto l'influenza sbiadita del maunch, Morwen rimase calma, la mente ancora lucida. Il suo primo pensiero fu che Belloch volesse la perlina e sarebbe rimasto deluso nello scoprire che lei non l'aveva. Ma poi si rese conto che c'era una spiegazione più probabile.

Era una schiava fuggita. C'era una ricompensa per chiunque avesse favorito la sua cattura. C'erano stati contatti tra Jerz Thanda e il rappresentante di Belloch a Interchange. La notizia di dove lei si trovava doveva essere trapelata.

Seguendo le ramificazioni di quel filo di pensiero, la sua mente lucida decise però che Thanda non avrebbe fatto nulla per complicare l'asta del mondo nascosto. Quella vendita valeva milioni per Thanda. Poteva acquistare più navi, allestire fattorie e mulini su altri mondi e ampliare la sua attività al di là di qualsiasi cosa avesse mai sognato in precedenza. Avrebbe potuto diventare un potere tra i maestri criminali del Dilà.

Inoltre, non conosceva la password che attivava la perlina.

Quindi, non poteva essere stato un errore di Thanda. Tuttavia, un colpevole era evidente. Le navi spaziali avevano bisogno di manutenzione. Durante i viaggi a Interchange, Thanda era stato accompagnato dalla sua nuova recluta, il suo meccanico. E a Bod Hipple non importava se le ambizioni di Thanda venissero realizzate o meno. Gli importava invece della propria autostima, che Morwen aveva umiliato. E aveva visto il tatuaggio sul suo braccio.

Non avidità, quindi... Vendetta.

L'auto stava andando in discesa. Poi rallentò, voltò da un lato, girò un angolo. *La circonvallazione*, pensò Morwen. Subito dopo avrebbe svoltato sulla strada diritta che oltrepassava la fattoria Gersen lungo il fiume, quindi avrebbe attraversato il Parmell dirigendosi verso l'autostrada est-ovest e l'hotel a Brumble's Corners. Quello doveva essere il luogo in cui si erano fermati per esplorare la zona, cercarla e decidere dove fare il rapimento.

E dveva essere anche lo stesso luogo in cui era discesa la loro navicella spaziale, un veicolo con i colori di Belloch. Aveva sbarcato l'auto e i quattro scagnozzi, quindi era decollata per andare altrove, molto probabilmente in un'orbita stazionaria, in modo da poter scendere quando fosse stata richiamata a raccoglierli. In quel momento poteva già essere scesa sopra di lei. Quindi l'auto sarebbe stata issata a bordo e la prossima volta che Morwen avesse visto la luce, sarebbe stata nello spazio.

Era diretta alla resa dei conti con Hacheem Belloch, che riteneva una buona gestione fare esempi indimenticabili degli schiavi che cercavano di sfuggire alla sua presa. Ma prima i suoi rapitori si sarebbero divertiti con lei durante il viaggio di ritorno a Blatcher's World. Senza dubbio, Bod Hipple avrebbe apprezzato l'idea.

L'auto svoltò sul rettilineo e accelerò di nuovo. Morwen considerò la sua situazione. Il sacco sopra la sua testa si era allentato. Se avesse strisciato la testa contro il pavimento del bagagliaio, avrebbe potuto toglierselo di dosso. Per quanto riguardava le manette non poteva far nulla, ma le sue gambe e i suoi piedi erano liberi di muoversi. Avrebbe potuto scalciare... correre. Con abbastanza spazio, avrebbe potuto persino tirare un calcio volante.

Non era un gran piano, ma era tutto ciò che aveva. Cominciò a girarsi. Pur se piegata, riuscì a mettersi in ginocchio. Quando avrebbero aperto il coperchio del baule, sarebbe potuta balzar fuori e vedere quali danni fare. Se tutto il resto fosse fallito, avrebbero dovuto ucciderla per fermarla.

L'auto sbandò, rendendo stranamente più facile per lei mettersi in ginocchio. Poi deviò di nuovo, più bruscamente, e lei fu gettata su un fianco. *Hanno capito?* Pensò. *Lo stanno facendo per tenermi giù?*

Un'altra sterzata, una frenata improvvisa, poi uno scatto che la spinse contro la parete oltre la quale c'erano gli schienali dei sedili posteriori. Sentì grida attutite, qualcuno che urlò "Più veloce!" e un'altra voce che rispose con un'orrenda maledizione.

Poi ci fu un tonfo e un improvviso senso di assenza di gravità. *Siamo in volo,* riuscì a pensare Morwen, prima che l'auto sbattesse di nuovo a terra e si inclinasse bruscamente di lato. Ora poteva sentire il rumore di qualcosa che raschiava contro il fondo del veicolo e pensò che avessero lasciato la strada per scivolare lungo un fosso.

Ma sapeva che i fossati su quella strada erano interrotti da canali sotterranei che aiutavano a prevenire le inondazioni durante la stagione delle piogge. Nel momento in cui Morwen se ne rese conto, l'auto si fermò all'improvviso e lei fu scagliata di nuovo, questa volta con violenza, contro gli schienali dei sedili posteriori.

Sentì grida, porte che si aprivano e sbattevano, seguite dall'inconfondibile suono zivv di raggi projac che accendevano l'aria col loro passaggio. Poi udì l'inquietante ululare di un disorganizzatore.

Qualcuno gridava ordini. Un'altra scarica dal disorganizzatore e tutto tacque. Morwen attese, il suo cervello ancora stranamente lucido cercò di mettere insieme una sequenza di eventi per spiegare ciò che aveva sentito.

Poi sentì un raschiare di metallo su metallo quando con uno strumento qualcuno fece volare via il coperchio del baule mostrandole una distesa di cielo azzurro, rotto dalla sagoma di Eldo Kronik, che la guardava.

— Stai bene? — le chiese.

— Va tutto bene — rispose.

L'aiutò a uscire dall'auto e a risalire dal fossato, all'asciutto. Due corpi giacevano sdraiati sulla strada, le tute bordeaux e ocra mostravano fessure carbonizzate dove erano state penetrate dai raggi projac. Lì vicino c'era una pozza di semiliquido grigio e rosa, bitorzoluto, con quelli che sembravano elementi di un pasto semi-digerito. Morwen non aveva mai visto gli effetti di un disorganizzatore, ma aveva letto le descrizioni in quei racconti di storie temerarie. Era contenta dei persistenti effetti del maunch che le impedivano di essere sopraffatta da ciò che stava vedendo.

Kronik le stava togliendo le manette. Le scosse i polsi liberati. Due dei suoi agenti stavano facendo marciare il quarto dei pirati di Belloch, coi polsi legati come lo erano stati quelli di Morwen, verso un'auto aerea che si librava sopra il campo fiancheggiante la strada, e dove un poliziotto stava smontando il disorganizzatore fissato all'auto... il lavoro di quella terribile arma era terminato.

— Non sapevo che avessi un'auto aerea — disse a Kronik. Alzò lo sguardo nel cielo luminoso, ma non vide alcun segno di un'astronave con i colori di Belloch.

— Non ce n'è mai molto bisogno — disse. — Tranne quando serve davvero.

Un'auto da terra della polizia stava scendendo da New Dispensation. — Ti riporteremo a casa e ci assicureremo che tu stia bene — disse Kronik. — Poi parlerò con quel tizio e scoprirò tutto quanto ci sarà da sapere.

— Avrà più paura del suo datore di lavoro che di te — disse Morwen. — Ma posso dirti io chi c'è dietro tutto questo.

Gli agenti spinsero i corpi sul ciglio della strada, ma lasciarono la pozza di protoplasma disorganizzato dove giaceva. Gli hoppers erano noti per non essere schizzinose nelle loro abitudini alimentari.

— Non siamo saliti su per la collina per arrestare Hipple — le disse più tardi lo scrutatore, quando tornò a ricontrollare come stava. — Il Patto riserva la punizione dei Protettori alla Corporazione. Lasceremo che sia Thanda a occuparsi di lui.

Era seduta in cucina, a bere una tisana il cui sapore le ricordava il maunch. Lei gliene offrì un po' e lui ne accettò una tazza, anche se immaginava che non fosse la sua solita bevanda.

— Starà scappando — disse. I suoi sentimenti al riguardo la sorpresero. Hipple aveva avuto intenzione di farle del male, ma non le importava. Supponeva che quella sua serenità fosse uno degli effetti persistenti del sacramento. Tutto andava bene.

Guardò Kronik, il viso teso, gli occhi penetranti, il sorriso esitante.

Era ancora bellissimo.

Capitolo VI

Begby Horth decise di non partecipare all'asta. Hacheem Belloch invece accettò. I sette offerenti, ciascuno col proprio seguito, giunsero allo spazioporto di Hambledon con le proprie navi. Jerz Thanda aveva organizzato un convoglio di aeroplani per raccoglierli e portarli direttamente al Manse dove i boss criminali si erano separati dalla loro scorta e anche da tutte le armi che potevano avere addosso, o almeno così avevano dichiarato. Quindi erano saliti a bordo dell'Itinerator III.

Eldo Kronik prese con sè la perlina crittografata e andò in città a prendere Morwen. Lei si guardò intorno per vedere se riusciva a individuare Bod Hipple tra i Protettori che circondavano la rampa di lancio. Non lo vide, né lui era a bordo dello yacht quando si imbarcò.

Scoprì che si aspettavano che usasse le sue abilità culinarie durante il viaggio, ma la cosa non la infastidì. Avrebbe potuto trascorrere il suo tempo in cucina, svolgendo funzioni che le erano familiari, senza doversi associare ai criminali che si erano impadroniti del salone e delle lussuose cabine a prua della nave.

Gli offerenti erano:

Malvo Krick, proprietario di strutture di gioco in diversi mondi del Dilà, che fingeva di essere un uomo grasso e allegro, sebbene i suoi occhi smentissero i sorrisi e le risate;

Thatch Parnassian, la cui organizzazione comprava e vendeva oggetti rubati, dai singoli gioielli al contenuto di interi magazzini; spesso i suoi clienti erano le vittime a cui era stata sottratta la merce, o i loro assicuratori. Morwen pensò che era un uomo magro e tranquillo, freddo e vigile come un rettile predatore.

Petrof Ban Khediv, la cui linea di attività erano le navi spaziali, che acquistava a buon mercato da chiunque ne avesse rubata una – pirati e ladri individuali, per lo più – quindi le riconfigurava, forniva documenti falsi e le vendeva ad acquirenti sia nell'Oikumene che nel Dilà; era grosso e torvo, e si diceva che nessuno lo avesse mai visto sorridere;

Sheleen Two Hearts, uno schiavista che si occupava di carne umana ma poteva procurare a un cliente anche un alieno, senza garanzie che la creatura non umana sarebbe sopravvissuta a lungo alla prigionia; a differenza di Khediv, esibiva un continuo sorriso ed era noto per i suoi abili scherzi, di solito fantasiosi, a volte fatali;

Shug Fornister, che aveva iniziato la sua carriera come guardia del corpo ma aveva sfruttato le sue abilità e il sangue freddo in un'organizzazione di omicidi a pagamento, con una forte attività collaterale nel rapimento, con le vittime riscattate tramite Interchange; era l'immagine di un sicario preciso, metodico e senza emozioni;

Jander Bao, un truffatore geniale che aveva organizzato affari accattivanti su molti dei mondi dell'Oikumene dove gli interessati si erano superati l'un l'altro per investire i propri fondi, senza mai vedere i favolosi guadagni promessi; aveva l'aspetto tranquillo di un vicino amichevole, sempre pronto a sfruttare le buone occasioni.

E infine... Hacheem Belloch, pirata e in apparenza proprietario di Morwen, freddo e riservato quando era in compagnia, ma assai estroverso quando si occupava dei suoi affari; si credeva che avesse sottoposto diversi equipaggi di mercantili a una fredda passeggiata nello spazio, per poi vendere i loro carichi a Parnassian e le loro navi a Khediv.

Kronik disse a Morwen che Belloch era a conoscenza che uno degli intenti della vendita del mondo nascosto era quello di riscattare i suoi genitori dalla schiavitù e riconoscere la sua emancipazione.

— E come ha reagito alla notizia?

— Con un grugnito.

— Allora potrebbe non obbedire.

Kronik disse che anche gli altri offerenti erano a conoscenza dell'accordo collaterale e non avrebbero permesso che qualcosa potesse inteferire coi loro progetti.

— Parnassian e Khediv gli hanno ricordato che ci sono altri pirati con cui possono fare affari. Fornister ha pronunciato solo poche parole, ma ha lasciato la chiara impressione che una qualsiasi ingerenza durante l'asta lo avrebbe danneggiato.

Morwen si sentì sollevata da queste rassicurazioni, ma decise di tenere d'occhio il suo ex padrone. Kronik aveva portato il suo projac a bordo e glielo aveva fatto pervenire di nascosto. Decise di tenerlo a portata di mano.

Una volta decollati da Providence, lei e Kronik erano andati nella cabina di pilotaggio e avevano messo la perlina nel lettore della nave. Aveva sussurrato la password senza senso e aveva visto la nave impostare la rotta e iniziare ad accelerare nell'immensità. Recuperò la perlina e la consegnò a Kronik, che la mise nella cassaforte dello yacht, con la combinazione che lei stessa aveva reimpostato. Per poterla aprire sarebbe stata necessaria anche la sua impronta digitale su un sensore.

Mangiarono tutti il pasto che aveva preparato, tranne lei che pranzò da sola nella sua cabina, poi Thanda attaccò l'intersplit Jarnell e scivolarono nel non spazio.

Nessuno aveva riportato i piatti in cucina. Morwen andò a prenderli e trovò Thanda e sei degli offerenti che giocavano a carte. Shug Fornister invece stava in piedi da solo e fissava lo schermo anteriore che mostrava il non-spazio intorno alla nave mentre l'intersplit era attivo. Ma Morwen pensava che nella sua mente stesse vedendo altre immagini, e dubitava che lei o qualsiasi altro essere umano normale avrebbe voluto essere testimone di quelle scene.

Fece il giro del salone, raccogliendo i piatti in una pila. I giocatori di carte l'ignorarono, anche quando portò via un piatto da sotto il gomito di uno di loro. Ma quando gli fu direttamente di fronte, Hacheem Belloch alzò gli occhi dalle carte e la fissò con uno sguardo agghiacciante. Dovette reprimere l'impulso di tutta la vita ad abbassarsi davanti a lui.

— Lei mi è costata quattro uomini — disse, con un tono che avrebbe potuto usare per parlare di un clima mite.

Dovette sforzarsi per incontrare i suoi occhi.

— Tre — disse. — Uno è in custodia.

— Quattro — ripetè. — Non premio il fallimento. Il sorvegliante che ti ha lasciato scappare potrebbe dirtelo. — Mescolò le carte che aveva in mano. — Tranne che non è nella posizione di dire niente a nessuno. Quindi fanno cinque.

Aspettò finché non fu sicura che la sua voce non avrebbe tremato.

— Il patto è che io pago il riscatto e tu consegni i miei genitori. Mi hanno detto che mantieni gli accordi.

La fissò, impassibile.

— L'accordo non dice nulla sullo stato in cui si potrebbero trovare.

— Se fai loro del male, l'accordo è annullato. Distruggerò la perlina e questa sarà la fine.

Non aveva sentito parlare Fornister prima. La sua voce era persino più mite della finta calma di Belloch.

— Hacheem, non vorrai lasciare che i tuoi sentimenti rovinino tutto questo. La gente lo ricorderebbe.

Belloch si voltò verso l'assassino su commissione che continuava a guardare i misteri interspaziali che riempivano lo schermo.

— Mi stai minacciando?

— Non ho mai minacciato nessuno — rispose Fornister. — Minacciare non è il mio mestiere.

Sheleen Two Hearts si fece sentire mentre scartava una carta e ne prendeva un'altra dal mazzo.

— Dai alla donna i suoi genitori e prendi i soldi — consigliò ad Hacheem. — Non vorrai farti dei nemici.

Gli occhi di Belloch si spalancarono. Fissò l'uomo dall'altra parte del tavolo. Two Hearts considerò la sua nuova carta e disse: — Alzo a mille.

Morwen tornò in cucina. I piatti sbattevano nelle sue mani tremanti.

— Andrà tutto bene — si disse.

Tornarono nello spazio normale e davanti a loro trovarono la vasta nebulosa. La nave seguì la rotta e li condusse attraverso di essa a una velocità maggiore rispetto alla prima volta, col gas che strisciava lungo lo scafo e la sovrastruttura, sibilando come dei serpenti in una fossa. Irruppero fuori da quella specie di nebbia: la nana bianca era sospesa nell'oscurità, con i suoi pianeti *proprio lì* in bella vista, e ricordava il buco di uno spillo in una tenda scura.

Per un po' di tempo orbitarono attorno al piccolo mondo, con gli offerenti che si alternavano al macroscopio, quindi scesero a spirale per atterrare sull'unica altura del pianeta. Uno dopo l'altro i sette uscirono fuori sullo stretto spazio, piatto e triangolare, con strapiombi su tutti i lati, quindi si dispersero in direzioni diverse per farsi un'idea di quel mondo. Si aggirarono qua e là, presero a calci i ciuffi di muschio nelle fenditure, guardarono il mare cupo, annusarono l'aria fredda e umida.

Belloch fu il primo a tornare a bordo. Andò a sedersi nel salone e tirò fuori una tazza di punge dal contenitore che lo teneva al caldo. Gli altri tornarono, uno per volta, si sedettero o si appoggiarono alle pareti.

Jander Bao disse: — Si potrebbe togliere la cima di questa altura, fino a dove è più ampia, e avere spazio per una casa di tutto rispetto.

— Sarebbe una casa umida e fredda — disse Thatch Parnassian, contorcendo il viso in una smorfia.

— Nessuno comprerebbe questo posto per avere delle comodità — disse Malvo Krick.

— Andiamo — disse Belloch. — facciamola finita.

Lo yacht decollò in quell'aria rarefatta e si diresse verso la nuvola di gas e la via del ritorno nel Dilà. Thanda rimosse la striscia di codifica del monitor e la gettò fuori dalla camera di equilibrio. Stabilì una rotta per Sasani e attivò l'intersplit Jarnell.

Morwen si ritirò nella sua cabina, chiuse a chiave la porta e si sedette sulla cuccetta, cullando il suo projac.

Quando furono quasi arrivati, Thanda comunicò con Interchange. Un'auto aerea a più posti li stava aspettando allo spazioporto. Salirono su quella specie di pulmino turistico che decollò e li portò attraverso il deserto con molto più comfort di quanto avrebbero potuto fare il dirigibile e l'autobus decrepito. A Interchange si fermarno in uno spazio dove schermi e barriere sonore tenevano a distanza gli insetti pungenti. Quindi seguirono una guida fin all'interno di un edificio dove videro un leggio in cima a un podio, davanti al quale c'erano sette sedie disposte a mezzaluna.

Li aspettava un senior manager dalla faccia mite. Indossava abiti formali, sul bavero sinistro mostrava un distintivo d'oro a forma di mani giunte, simbolo di Interchange. Si presentò come Hyron Debonshar.

Sarebbe stato lui il banditore. Kronik gli consegnò la perlina crittografata mentre gli offerenti prendevano posto e Kronik, Thanda e Morwen rimanevano in piedi a un lato del podio.

Debonshar osservò per un momento la perlina, poi la posò in cima al leggio. Gettò lo sguardo sui sette e disse: — Possiamo procedere. Siete tutti d'accordo con i termini?

Gli offerenti risposero di sì. Thatch Parnassian disse: — Procediamo.

— Inizierò con un prezzo minimo di dieci milioni di UVS — disse il banditore, — quindi aumenterò di un milione alla volta finché non avremo un vincitore.

Non sentendo dissensi, proseguì: — Dieci milioni. Qualcuno dice undici?

Hacheem Belloch fu il primo ad alzare la mano.

— Undici — disse Debonshar. — Qualcuno dice dodici?

Malvo Krick segnalò dodici.

L'asta proseguì. A venti milioni di UVS, Parnassian si ritirò, seguito non molto tempo dopo da Khediv. Belloch, Bao e Fornister rinunciarono prima che l'offerta raggiungesse i trenta milioni,.

Malvo Krick e Sheleen Two Hearts erano rimasti gli unici. Debonshar decise di rilanciare l'offerta d'asta passando da uno a cinque milioni per volta. A quaranta milioni, Krick abbandonò.

— Venduto a Sheleen Two Hearts. — disse Debonshar. — Per curiosità personale, posso chiederti l'origine del tuo nome?

Two Hearts disse che si sarebbe offeso se avessero continuato a parlarne.

Jander Bao volle precisare: — Tra la sua gente, i nomi si guadagnano con atti notevoli. Mr. Two Hearts è un uomo importante, ancor più degno di nota per aver trafitto i cuori di due duellanti che lo avevano sfidato senza successo sul campo.

Il viso grassoccio di Hyron Debonshar si tinse di un po' di verde. Two Hearts sorrise per mostrare che non gli dispiaceva sentirsi descrivere così. Salì sul podio, estrasse da una tasca interna della tunica un fascio di assegni circolari, li selezionò fino a metterne insieme quattro, poi ne aggiunse un quinto. Li consegnò a Hyron Debonshar, che si ricompose e li esaminò da vicino, per poi infilarli in una borsa appesa a una cinghia di cuoio che gli attraversava il busto dalla spalla alla vita.

Consegnò a Two Hearts la perlina crittografata. Lo schiavista la esaminò, poi fece cenno a Morwen di andare con lui in un angolo della stanza, lontano dagli altri. Lei lo seguì, percependo brividi di tensione in tutto il corpo nonostante il calore di quella stanza nel deserto.

Two Hearts tirò fuori un lettore portatile e mise la perlina nel suo ricettacolo. A Morwen disse: — Sussurrami la password nell'orecchio. — e si voltò.

Un osso gli trapassava il lobo dell'orecchio. Sembrava provenire da un dito umano. Reprimendo la repulsione, Morwen fece come le aveva ordinato.

— Di nuovo — disse, e lei ripeté le sillabe senza senso.

Two Hearts avvicinò la bocca al dispositivo e sussurrò lui stesso la password. Il lettore generò un piccolo schermo riempiendolo di figure. Il capo pirata le studiò per un momento, poi, senza dire una parola, spense il dispositivo, si voltò e si avviò verso la porta.

Morwen si diresse dove si trovava il manager di Interchange che chiacchierava tranquillamente con Thanda.

— E i miei accordi?

— È tutto a posto — disse l'uomo. — Mr. Belloch ha accettato i termini. Le persone in questione saranno portate qui dal nostro personale, le tasse saranno revocate dai fondi ora in deposito e i documenti di affrancamento espletati.

— Sei sicuro? — lei chiese.

— Giovane donna — disse Debonshar, visibilmente sorpreso, — qui siamo a Interchange. Quando diciamo che una cosa sarà fatta, lo sarà.

Eldo Kronik era arrivato dietro di lei.

— Morwen ha una comprensibile ansia — disse. — L'esperienza dei suoi genitori in questo posto era stata estremamente infelice.

Debonshar emise un suono solo in parte addolcito, ma ritornò a un argomento che trovava più piacevole. A Thanda, disse: — I tuoi fondi ora sono liquidi, meno le nostre commissioni. Se lo desideri, saremo lieti di consigliarti sulle possibilità di investimento.

Thanda sorrise.

— I miei piani sono già ben congegnati.

Debonshar mostrò il volto di un uomo che aveva fatto il suo dovere nei confronti del suo datore di lavoro. Si rivolse di nuovo a Morwen e disse: — Come rescissione delle tasse, possiamo offrirti alloggio e pasti di Classe B fino al completamento degli affari.

Gli alloggi di classe B consistevano in una stanzetta con un letto, un bagno minuscolo e una sedia. Il cibo era uno qualunque dei pasti insipidi serviti nella mensa di Classe B, popolata da "ospiti" che aspettavano con vari gradi di ottimismo o disperazione che le loro "commissioni" venissero "rescisse". In qualsiasi altro luogo, sarebbero stati "ostaggi o vittime di rapimenti" in attesa che i loro "riscatti" fossero "pagati". Coloro che non venivano riscattati, dopo un determinato periodo, sarebbero stati valutati in base al loro valore di mercato e offerti in vendita a chiunque fosse disposto a pagare.

Per lo più, li avrebbero comprati dei commercianti di schiavi. Alcuni degli ospiti erano stati rapiti dai mondi ricchi dell'Oikumene e sarebbero stati riscattati se le loro famiglie o i datori di lavoro li avessero ritenuti meritevoli della somma richiesta. Altri erano stati sottratti alle loro vite in comunità mal difese su mondi nel Dilà. Altri ancora erano stati passeggeri o membri dell'equipaggio di navi spaziali, fermate e abbordate dai pirati, di solito in qualche sistema stellare in cui il traffico era abbastanza intenso da poter scegliere il bersaglio migliore.

Il tatuaggio di Morwen avrebbe attirato l'attenzione se non fosse riuscita a tenerlo nascosto. Alcuni degli "ospiti" le fecero domande sulla vita in schiavitù e lei rispose nel modo più sincero possibile senza incoraggiare il suicidio. Ma per lo più evitò il contatto con i detenuti e rimase nella sua stanzetta, fissando le nude pareti o dormendo diverse ore al giorno.

Almeno una volta al giorno si rivolgeva a uno dei giovani manager, sovrintendenti alle operazioni della mensa, e chiedeva se ci fossero notizie dei suoi genitori. La risposta era sempre una variazione del "a tempo debito".

Poi un giorno, durante un pisolino diurno, fu svegliata da un forte bussare alla porta. Quando si mise a sedere, la porta si aprì e un uomo con l'uniforme di Interchange disse che doveva venire immediatamente. Non aveva altre informazioni da darle, ma lei lo seguì attraverso delle porte chiuse, poi lungo dei corridoi, fuori dagli alloggi degli "ospiti" e attraverso un cortile fino a un blocco amministrativo, e infine a una porta chiusa con sopra una lettera e un numero.

L'uomo la lasciò lì, indicandole che avrebbe dovuto procedere da sola. Morwen fece un profondo respiro per recuperare l'equilibrio, poi bussò e aprì la porta. Era una stanza anonima con sedie addossate alle pareti. Appena entrò, due persone si alzarono dalle sedie e la guardarono con uno stupore che presto divenne gioia.

Ma la felicità di sua madre svanì in paura.

— Morwen — disse, — ti hanno ripresa? Dopo tutta l'attesa...

— No, madre — disse. — Io sono libera e anche voi.

A quel punto arrivarono le lacrime.

Suo padre disse: — Non ci hanno detto niente. Solo vestitevi, salite a bordo della nave, rimanete dove siete e non fate domande.

— Pensavamo di essere stati venduti — disse Elva, — in un posto in cui non saresti mai riuscita a trovarci.

— Non ci separeremo mai più — disse Morwen.

E poi, per un po', ci furono solo lacrime e vezzeggiamenti, finché l'impiegato tornò portando dei documenti.

— Ecco i vostri attestati di affrancamento da Blatcher's World, un estratto conto per i nostri onorari e servizi, e... — porse a Morwen una mazzetta di banconote UVS di alto taglio — ... il saldo non speso dei fondi depositati sul tuo conto. Che ora è chiuso.

Condusse i tre nella zona di uscita, dove il projac di Morwen le fu restituito. Il vecchio autobus stava aspettando e passarono attraverso le nuvole di insetti per salire a bordo. Si sedettero sui sedili posteriori e lei notò la vigilanza dei suoi genitori: la costante consapevolezza degli schiavi portati fuori dal loro ambiente normale, il sapere che il loro comportamento poteva essere notato e punito.

Ci vorrà del tempo perché si riprendano, pensò. *Forse il maunch potrebbe aiutare.*

L'autista salì a bordo, insieme a un "ospite" riscattato e al funzionario che il suo datore di lavoro aveva mandato a pagare le "commissioni". La porta si chiuse, poi l'autobus si avviò rombando e lasciò Interchange.

Pochi giorni dopo, a bordo di un diverso omnibus, i tre Sabine arrivarono fuori dal Llanko Inn in quello che era stato Mount Pleasant.

Chaffe ed Elva scesero dal veicolo trasportando le poche cose che avevano comprato allo spazioporto di Sasani e si guardarono intorno come se fossero stati trasportati in un sogno.

L'autobus si allontanò rivelando un uomo dalla faccia dura in uniforme nera e grigia che stava attraversando la strada dal municipio. I genitori di Morwen sussultarono, le loro teste affondarono nelle spalle curve.

— Va tutto bene — disse loro la figlia. — È un amico.

Eldo Kronik sfoggiò il miglior sorriso possibile e li accolse a casa.

— Vi accompagno — disse, indicando la casa bianca e blu con struttura in legno a metà della grande collina.

Morwen guardò da quella parte e vide una barriera sul tornante sopra la vecchia casa, con intorno uomini in uniforme nera e blu. Morwen rivolse una domanda a Kronik, e lui rispose: — Ci sono stati dei cambiamenti mentre eri via. Jerz Thanda ha assunto nuovi Protettori, molti, ora che ha più cose da proteggere.

Indicò ancora Mount Pleasant. Morwen alzò lo sguardo verso il Manse e vide tre astronavi sulla piattaforma fuori dal mucchio di pietre, con accanto una folta schiera di macchine e persone.

— Altre navi, un nuovo pad e fortificazioni come protezione — disse Kronik. — Più una caserma per le nuove reclute. Penso che stia anche installando armi di tipo militare provenienti dall'Oikumene.

Morwen sapeva che, nella parte più civile del braccio galattico, i mondi colonizzati avevano sciolto i loro eserciti da molto tempo. L'abbondanza perenne e l'impossibilità pratica di un mondo che potesse dominarne un altro avevano abolito l'idea della conquista.

— Dove ha preso quelle cose?

— Da dei musei, forse — disse Kronik mentre attraversavano la strada dove aspettava la sua macchina da terra. — Anche se alcuni ipotizzano che l'Istituto faccia di tutto per rallentare lo sviluppo di nuove tecnologie. Il loro obiettivo è gestire i cambiamenti in modo molto graduale per consentire agli incaricati, persone addestrate dallo stesso Istituto, di controllare cio che facciamo.

"Ma quando si tratta di vecchie tecnologie... l'Istituto ha preservato tutti i progetti e le specifiche di ciò che c'era prima, persino le armi da guerra dei giorni in cui i pazzi megalomani sognavano una guerra interplanetaria fattibile, per non dire desiderabile. Quindi, si è trattato solo di acquistare uno stabilimento, inserire le informazioni nei suoi sistemi, immagazzinare le materie prime e premere il pulsante di accensione.

Guidò l'auto sul primo dei tornanti. Mentre scalavano i pendii, Morwen vide l'attività in cima alla collina in modo più dettagliato. Ebbe anche una visuale più chiara del cancello e del corpo di guardia appena sopra il livello della loro casa. Uomini in uniforme nera e blu osservarono l'auto della polizia che si avvicinava, con atteggiamento vigile, finché Kronik si fermò e parcheggiò accanto alla casa.

— Sei a casa — disse. — Mi sono preso la libertà di rifornire la dispensa di roba fresca. Anche la culla è sparita e c'è un letto nella seconda stanza.

Morwen lo abbracciò. Le sembrò una cosa naturale da fare, anche se all'inizio non ci fu risposta. Ma poi lui la cinse con le braccia e la tenne delicatamente, dicendo più che altro a sè stesso: — Va tutto bene.

Poi li lasciò da soli.

Chaffe ed Elva Sabine si guardarono intorno, sembrava loro di essere ancora per metà in un sogno. A ovest il sole stava tramontando, gettando ombre sulle strade della città sottostante e accendendo bagliori dorati in tutte le serre, che Morwen era sicura fossero ancora più numerose di prima.

— Entriamo.

Morwen non andò al lavoro per alcuni giorni e trascorse il tempo con i suoi genitori. Il fatto che fossero stati riportati nel luogo da cui erano stati rapiti aveva probabilmente accresciuto la loro sensazione di vivere in un sogno. Ma, allo stesso tempo, erano stati trasportati in un ambiente che conoscevano, anche se era stato trasformato.

Sua madre notò la tomba fresca sotto il portico anteriore.

— Mumpsimus?

— Temo di sì — rispose Morwen.

Elva Sabine si chinò sul piccolo cumulo di terra e lo annaffiò con una lacrima.

Il terzo giorno, quando sembravano più riposati, li portò giù per incontrare Gisby e Terelia. Ancora una volta, doveva essere una strana esperienza ritrovarsi in quel ristorante che non era più il loro. Chaffe ed

Elva si muovevano in giro, toccando qua e là, soffermandosi a guardare qualche dettaglio e sovrapponendovi il ricordo di venticinque anni prima.

La cosa che colpì maggiormente Morwen fu il senso di inerzia che aleggiava sui suoi genitori come una nebbia. Si rese conto che era l'eredità di decenni di schiavitù. Nella casa di Hacheem Belloch non c'erano stati dubbi su ciò che uno schiavo doveva fare. Le routine erano ben stabilite e le aspettative alte. Guai a un servitore trovato a far flanella, come avrebbe detto Vilch il sorvegliante. Come minimo sarebbe arrivata uno schiaffo o un calcio alle natiche. Ma se Vilch avesse sentito il bisogno di uno stimolo più deciso, tutti sarebbero stati radunati per assistere a una fustigazione.

In New Dispensation, non c'era Vilch, e nessun posto dove frustare la gente. I suoi genitori avevano però bisogno di essere invogliati a ritrovare il normale modo di vivere che si era atrofizzato durante il loro soggiorno in servitù involontaria. *Quindi,* si disse, *farò meglio a trovar loro un lavoro.*

Il ristorante non poteva assumerli. Non faceva abbastanza affari. Erano uno chef e una cuoca, impensabile cercar loro nuove occupazioni, alla loro età e dopo quello che avevano passato. Un breve periodo di riflessione portò Mo rwen all'unica soluzione logica. Lasciando i suoi genitori a casa, salì in bicicletta e si diresse verso la sommità della collina.

Le guardie al posto di blocco la fermarono. Ne conosceva uno, ma gli altri erano nuovi assunti.

— Cosa vuoi? — disse quello con tre strisce sul polsino, uno dei nuovi arruolati.

— Voglio vedere Jerz Thanda.

— Per che cosa?

Si appoggiò sul sedile della bici e incontrò lo sguardo dell'uomo.

— Discute dei suoi affari con te?

L'uomo aggrottò la fronte e si allacciò il cinturone. A quel punto, un vecchio lavorante disse: — Il Comandante la conosce. È andata a Interchange con lui.

Alla guardia non piaceva cedere terreno. D'altra parte, sfidare qualcuno che Thanda stimava avrebbe potuto costargli una striscia, o peggio. Pensò che fosse bene parlare nel comunicatore e chiedere istruzioni. Rimasero in attesa per qualche minuto. Alla fine, il dispositivo emise un segnale acustico e la guardia se lo avvicinò all'orecchio. Un momento dopo, disse: — Alzate il cancello.

Al Manse, Morwen fu condotta attraverso una serie di stanze, un tempo i salotti e gli ambienti di riposo del profeta Armbruch, ora occupate da uomini e donne seduti a scrivanie o davanti a lunghi tavoli, tutti affacendati su schermi e tastiere. Al di là di quell'alveare di attività, trovò Thanda nel suo ufficio, seduto davanti a una bella scrivania con sopra il proprio computer. La stanza era stata un tempo la camera privata dell'aristocratico che aveva portato i primi coloni a Mount Pleasant nel 1400. I suoi libri erano ancora sugli scaffali di un armadietto con le ante di vetro, dietro Thanda. Morwen poteva leggerne alcuni titoli: La *Vita*, un'opera in più volumi del famoso filosofo Unspiek, il barone Bodissey, di cui aveva sentito parlare, e un sottile volume rilegato in camoscio rosa da qualcuno di nome Navarth, di cui non sapeva niente.

Thanda le rivolse uno sguardo ponderato e le fece cenno di accomodarsi su una sedia. — Cosa vuoi?

Morwen aveva deciso un approccio.

— Ti ricordi quando eravamo sullo yacht?

— Non è probabile che possa dimenticarlo.

— Ti è piaciuta la mia cucina.

Si accorse che la conversazione stava deviando dalle aspettative di Thanda, ma lui lasciò che fosse lei a condurre il discorso e rispose: — Sì. Ti stai candidando per un lavoro?

Lei scosse la testa.

— No, sto consigliando qualcuno per un lavoro. Due qualcuno. Le due persone che mi hanno insegnato tutto quello che so fare in cucina.

Ora Thanda capì dove voleva andare a parare.

— Ah...

— Sai che non possono essere donnole — disse, — non dopo dove sono state.

— Chiaro.

Morwen si chinò in avanti, e agginse: — Inoltre, sei come rinato. Puoi permetterti di fare una vita da nababbo. Hacheem Belloch voleva pasti suntuosi. I miei genitori sono sopravvissuti per più di vent'anni alle sue aspettative.

— "Una vita da nababbo"... mi piace l'idea — disse Thanda. Si fermò e la fissò, e lei percepì che la sua mente lavorava.

Quando non proseguì, lei disse: — Allora?

Thanda si guardò intorno nell'ufficio, poi tornò a concentrarsi su di lei.

— Ricordo tante cose, oltre alla tua cucina — disse.

Adesso toccava a lei non capire dove stesse andando la conversazione. Il suo viso esprimeva una totale incomprensione.

Thanda si appoggiò allo schienale della sua grande poltrona e intrecciò le dita, studiandola di nuovo.

— Ricordo come ti sei comportata con quei pirati e assassini — disse. — Li hai affrontati, direttamente, faccia a faccia.

— Avevo paura — disse.

— Anch'io — disse, — ma sono andato fino in fondo — Fece una smorfia significativa, e aggiunse il fatto più importante. — E anche tu.

— Di cosa stiamo parlando? — chiese Morwen.

— Stiamo per discutere il concetto della tua venuta a lavorare per me.

Gli mostrò i palmi di entrambe le mani.

— Io ho già un lavoro. Sono i miei genitori che hanno bisogno di qualcosa da fare.

— Darò un lavoro alla tua gente, se vieni anche tu.

Sorrise e scosse la testa, dicendo: — Conosci il vecchio detto sui troppi cuochi.

Thanda si sporse in avanti, la faccia seria.

— Non voglio che tu cucini.

La risposta la sconcertò. Dopo un momento per riprendersi, disse: — Non starai pensando che... tu ed io. Voglio dire, sono già coinvolta, una specie di...

Fece un mezzo sospiro.

— Non quello. E so di te e del coraggioso scrutatore che ti ha salvato dai cattivi rapitori.

— Allora cosa? — chiese Morwen.

L'indice sinistro di Thanda indicò dei punti sulle dita della mano destra.

— Sei dura. Sei intelligente. Non distogli lo sguardo dal bersaglio. Ti adatti alle circostanze mutevoli e porti il lavoro fino alla fine.

Poi chiuse quella mano, fece un pugno e glielo mostrò.

— Voglio che tu sia il mio braccio destro.

Morwen aveva problemi a capire ciò che stava vedendo.

— Cosa dovrei fare?

— Qualunque cosa sia necessario fare. Principalmente pensare. E soprattutto ricontrollare ciò che faccio quando sto affrontando un problema.

Lei sbatté le palpebre.

— Non è quello che mi aspettavo.

— Se la mia valutazione su di te è esatta — disse Thanda, — ti adatterai alla situazione e prenderai le decisioni giuste.

Eldo Kronik disse: — Vedo che non indossi l'uniforme.

Morwen rispose: — Non mi considero uno dei suoi Protettori.

La faccia dello scrutatore la invitò a spiegarsi.

— Sono un consigliere — spiegò. — A volte ho il compito di risolvere una situazione specifica, ma soprattutto sono lì per tenere d'occhio le cose e pensare se stanno andando nel modo giusto.

Erano seduti nel suo ufficio alla polizia. Morwen ci si era recata per assicurarsi che tutta la documentazione per la residenza dei suoi genitori a New Dispensation fosse in ordine. A seguito del massiccio afflusso di fondi nel business dell'estratto di maunch, aumentato dalla ricchezza che Thanda aveva riportato da Interchange, la comunità aveva attirato nuovi residenti. Ora non c'erano più proprietà vuote e il Llanko Inn era pieno. Dei costruttori erano venuti da Hambledon e da altri insediamenti per erigere nuove case, ognuna di proprietà di Thanda, e il tutto formalmente istituito come New Dispensation Development Corporation. Morwen era sui libri contabili della società come "Primo Consigliere della Direzione Generale".

— Quello che sei davvero — disse Kronik, — è essere diventata il negoziatore di Jerz Thanda. Meno educatamente, quella che ripara i suoi guai.

— Questo ti dà fastidio? — chiese Morwen.

Guardò fuori dalla finestra l'attività in cima alla collina. Un secondo nuovo blocco di caserme veniva eretto da pesanti macchinari che modellavano muri in un pietrame liquido che ben presto diventava solido. Poi tornò a guardarla.

— No, se non dà fastidio a te.

— Avevo bisogno di qualcosa da fare.

— E non sapevi di averne bisogno finché Thanda non ha aperto una porta e ti ha mostrato cosa c'era dietro.

Lui aveva ragione. Aveva riflettuto un po' dopo che Thanda aveva fatto la sua offerta, prima di accettarla. Aveva trascorso tutta la sua vita, dalla prima infanzia alla giovane età adulta, allenandosi per un obiettivo specifico e poi fare un passo o due verso la meta, ogni volta che se ne presentava l'opportunità.

Ora, poco più che ventenne, aveva raggiunto quell'obiettivo: un successo completo e realizzato in ogni suo aspetto. E questo aveva sollevato la domanda: "e ora?" Cosa si può fare quando si è portato a termine il lavoro di una vita, con decenni di tempo ancora davanti...

Sarebbe potuta diventare una cuoca in un ristorante, in quel piccolo villaggio che stava crescendo al ritmo da città in piena espansione. Avrebbe potuto investire i fondi rimanenti in alcune serre e piantare maunch... molti Disper stavano facendo fortuna in quel modo. Oppure poteva avviare un'attività in proprio. Pensava che la sua unica abilità fosse il cucinare, ma Thanda aveva visto in lei altre qualità e capacità.

— La cosa principale — disse, mentre la guardava rimuginare su quei pensieri, — è se sei felice.

— Questa è una nuova considerazione — disse dopo un momento. — Per tutta la vita mi sono chiesta se quello che stavo facendo mi stesse avvicinando all'obiettivo. Che fossi felice o meno era irrilevante.

— Ma ora ... ? — chiese Kronik.

Lei confermò il suo pensiero con un cenno.

— Ora c'è qualcosa da aggiungere alla ricetta.

— Qualcosa che ne rende diverso il sapore, non è vero?

— Mi sto abituando al gusto — disse. — Ma torniamo all'altra domanda... non ti dispiace se lavoro per Thanda?

— No, se è solo lavoro — rispose.

— Non sarà mai nient'altro.

Guardò di nuovo il trambusto in cima alla collina e disse: — La mia fedeltà è alla comunità. Ho giurato di proteggerla e difenderla, e prendo sul serio i giuramenti. Jerz Thanda è una realtà. Ha un impatto su New Dispensation, in effetti, una serie di impatti.

Le sue labbra si contrassero mentre rifletteva, poi aggiunse: — Alcuni di quegli impatti sono stati dolorosi per alcuni. La morte del Profeta non può essere riesaminata. Ma prima dell'arrivo di Thanda, questa città era sulla via del disfacimento. Saremmo morti felici... il maunch ha la qualità di appianare i punti difficili della vita, ma alla fine ben pochi di noi sarebbero rimasti a masticare e a inseguire le visioni.

"Ora siamo prosperi, in crescita, e ci sono nuove famiglie in arrivo. Direi che viviamo in un posto felice, come immagino fosse Mount Pleasant prima dell'incursione.

— Dovresti chiederlo ai miei genitori, qualche volta — disse Morwen. — Anche se per loro è più come un sogno ricordato dall'infanzia.

Non gli avrebbe suggerito di parlare con Dedana Llanko. I ricordi orribili della vecchia erano brutti quasi quanto i peggiori di Morwen.

— Forse un giorno — disse Kronik, — quando si saranno... un po' più ristabiliti.

— Stanno migliorando. Thanda ha fatto sapere che non sono solo dei servitori.

Vide svanire e ritornare il mezzo sorriso di Kronik.

— E, naturalmente, nessuno vuole dar fastidio al suo Consigliere.

Lei non commentò. Invece disse: — C'è un ballo il Quintogiorno. Stavi pensando di andarci?

— Forse... — rispose. — E tu?

Morwen si alzò e si diresse verso la porta, dicendogli da sopra le spalle: — Forse.

Su al Manse, aveva un ufficio accanto a quello di Thanda, con una scrivania, un comunicatore e un computer. Le arrivavano giornali, rapporti e proiezioni sulla produzione di estratto, fluttuazioni dei mercati nei mondi del Dilà e dell'Oikumene, aumenti e cadute dei prezzi. Thanda le aveva dato un paio di tutorial e la sua intelligenza naturale stava approfondendo la comprensione dei mercati e delle forze economiche.

Morwen fu lieta di apprendere che l'interesse di Thanda era concentrato esclusivamente sul maunch e sul suo estratto. Non c'erano altre criminalità, come l'estorsione o il prestito di denaro a tassi di usura e la riscossione con metodi criminali. Riteneva che quell'avversione non fosse per una sua morale, ma sulla consapevolezza che variare i suoi settori di attività lo avrebbe portato in conflitto con operazioni già stabilite, che si sarebbero risentite della concorrenza. Un tale risentimento si sarebbe espresso con la violenza.

D'altra parte, con il maunch e il suo estratto, la New Dispensation Development Corporation aveva il monopolio della produzione e una rete di distribuzione già esistente. L'attività era consolidata e redditizia. I prezzi per i due prodotti erano più alti su quei mondi dell'Oikumene dove le culture proibivano l'uso delle sostanze che alterano la mente. Le loro locali forze di polizia, a volte della stessa comunità, a volte a livello planetario, avevano cercato di sedare il traffico e coordinato i loro sforzi con la CCPI, ma la domanda continuava a crescere. E Thanda poteva soddisfare quella domanda con sempre maggiore offerta.

Morwen pensò che se fosse entrata in uno di quei mondi per fare gli affari di Thanda, sarebbe stata considerata una criminale. Poi sentì parlare di un mondo in cui avrebbe affrontato un possibile arresto, o almeno una sanzione o una multa, per aver mostrato le ginocchia o i gomiti. E di un altro in cui, almeno in una regione, si presumeva che una donna non accompagnata fosse disposta a svolgere una condotta oscena dietro compenso. Tale condotta non era vietata, né la transazione stessa lo era, ma la sua pratica senza licenza e certificato sanitario era punibile con l'ammenda e la reclusione. Se laggiù avesse camminato per le strade da sola, sarebbe stata continuamente fermata e obbligata a mostrare documenti che non possedeva.

Sfogliò le carte che erano arrivate sulla sua scrivania durante la visita a Eldo Kronik, classificandole in quelle che avevano bisogno di un'attenzione immediata, quelle che potevano aspettare e quelle che doveva solo siglare e ritrasmettere. Prese alcune note, scrisse una breve raccomandazione su una questione urgente e approvò quelle irrilevanti.

Poi rivolse la sua attenzione a una questione che la tormentava da quando era entrata a far parte dell'establishment di Thanda. L'ufficiale responsabile del personale era nel suo ufficio, in fondo a un corridoio. Andò da lui, bussò alla porta ed entrò senza essere invitata.

Un uomo calvo con la barba alzò gli occhi dai fogli sulla scrivania mentre lei entrava e chiudeva la porta. La sua voce era studiatamente neutra.

— Come posso aiutarti?

— Bod Hipple — disse, posando i palmi delle mani sulla scrivania e sporgendosi verso di lui che si ritrasse automaticamente.

Morwen stava diventando brava con i meccanismi per esercitare il potere.

— Che vuoi sapere?

— Tutto — disse. — Che ne è stato di lui?

— Non lo so. Nessuno lo sa.

Fece un gesto con la mano per dimostrare che aveva bisogno di più informazioni. Il capo del personale sospirò.

— È scomparso. Non ha dato le dimissioni. Un giorno non l'abbiamo più visto.

Morwen si raddrizzò.

— Pensate fosse una donnola?

L'uomo scosse la testa.

— Era nato su Tantamount. Venne qui da bambino con il resto della colonia e fu allevato da buoni Disper. Rilevò l'attività di riparazione di suo padre quando il vecchio iniziò a coltivare il maunch.

— Quando è scomparso esattamente? — chiese Morwen.

— Non lo so, ma... — Aprì un libro mastro a una certa pagina e mosse un dito verso il basso in un elenco.

— Ha raccolto la sua paga il... — girò il libro per mostrarle la data. — Quella è stata l'ultima volta che qualcuno l'ha visto.

Morwen si rese conto che la data era di due giorni prima che gli uomini di Belloch tentassero di catturarla.

— L'abbiamo cercato?

— Sì, in tutti i soliti posti.

— Anche allo spazioporto?

— Non aveva mai mostrato alcun interesse ad andare via.

Morwen rifletté sulla questione, poi chiese: — Hai una teoria?

La fronte del capo del personale si corrugò.

— Era infelice per qualcosa. Una cosa personale. Ma qui non aveva amici intimi, nessuno con cui confidarsi. Un solitario, ma abile con i motori. E non era bravo a prendere ordini.

"Pensavamo che fosse andato in un posto in cui potesse sentirsi più a suo agio. Ci sono molti insediamenti a Providence dove un meccanico può avere una bella vita.

— Eh... — disse Morwen. Lo ringraziò e tornò alla sua scrivania, dove si sedette e fece rigirare la penna tra le dita della mano. Dopo un po' bussò alla porta comunicante con l'ufficio di Thanda ed entrò.

Thanda posò il foglio che stava studiando e rimase in attesa.

— Ho bisogno di prendere un'auto da terra.

— Allora fallo. Di che si tratta?

— Non lo so ancora. Forse un problema. Forse niente. Lo scoprirò.

Thanda riprese il giornale. — È per questo che sei qui.

Capitolo VII

Il Brumble Hotel non sembrava diverso. Morwen parcheggiò vicino ai gradini d'ingresso e salì. Era primo pomeriggio e c'erano solo pochi clienti nella sala comune. Il proprietario non era in vista, ma Maddie stava impilando tazze e bicchieri dietro il bancone.

— Hai un minuto? — chiese Morwen.

— Certo — disse la giovane donna, — e ho qualcosa da dirti.

Allo sguardo interrogativo di Morwen, Maddie spiegò: — Qualche tempo fa vennero qui quattro stranieri con una tua foto. Ho detto loro che non ti conoscevo, ma Brumble ha spifferato qualcosa.

— Hmm... — disse Morwen. Tirò fuori l'immagine di Bod Hipple che era stata usata per crearne la carta d'identità come Protettore.

— Che mi dici di questo tizio?

Maddie guardò la foto.

— Non potrei dimenticare quelle orecchie a sventola — disse. — Era qui nello stesso momento. Non è entrato, però. Ma l'ho visto parlare con i quattro nel parcheggio, prima che entrassero.

— Hai sentito cosa stavano dicendo?

— No. — Maddie scosse la testa, poi aggiunse: — Ma c'è qualcos'altro.

— Che cosa?

— Quegli stranieri non erano venuti con l'omnibus.

— Lo so — disse Morwen. — Avevano un'auto da terra.

La giovane donna alzò una mano per fare un punto.

— Non è tutto ciò che avevano. Avevano anche una nave spaziale. La loro auto era uscita dal portello principale.

— Che fine ha fatto la nave?

— Hanno lasciato di guardia il signor "Grandi Orecchie". L'ho visto in piedi là fuori che guardava verso New Dispensation. Poi ho avuto da fare e la volta successiva che ho guardato lui non c'era più, e nemmeno la nave. A proposito, non ha fatto alcun rumore sia all'atterraggio che al decollo.

Morwen tirò fuori il portafogli e diede a Maddie una banconota da cinque UVS.

— Non è necessario — disse Maddie.

— Mi fa piacere darteli — disse Morwen. — E se qualcuno fa atterrare un'altra nave qui, specialmente una che non fa rumore, mi chiamerai?

— Certamente. Come?

Morwen tirò fuori il comunicatore dalla tasca e glielo diede.

— Tieni premuto questo pulsante, pronuncia "Morwen" e potrai parlarmi.

— Va bene — disse Maddie. E nascose il dispositivo.

— E non fare nient'altro. Quegli uomini erano pericolosi.

— Erano?

— Tre di loro sono morti. Uno sta rompendo pietre a Chorestown. E troverò il signor "Grandi Orecchie".

Il vero nome di Chorestown era Hambledon Penal Colony. La politica di riabilitazione dei detenuti inviati lì dalle comunità circostanti prevedeva che avessero ben pochi momenti di inattività, o addirittura nessuno. La Colonia ospitava diversi esercizi: un'azienda agricola, una fabbrica tessile e un mulino a ghiaia.

In quest'ultimo, i detenuti incorreggibili, condannati ai lavori forzati, usavano mazze per rompere grandi massi in rocce grandi come un pugno, che venivano poi mandate in un frantoio. Il prodotto finale veniva trascinato per mezzo di nastri trasportatori fino a formare larghi cumuli di ghiaia che potevano essere venduti a costruttori stradali comunali e a imprese edili private. La New Dispensation Development Corporation aveva acquistato molti camion per i suoi progetti di espansione.

Il mulino per la ghiaia impiegava i detenuti più irrecuperabili, per lo più quelli che avevano avuto difficoltà per tutta la vita ad adeguarsi alle aspettative di un comportamento "corretto" verso le altre persone.

Quando Morwen arrivò sul luogo e si fermò davanti al recinto, poté vedere diversi uomini con i martelli al lavoro su una serie di rocce grigie che erano state fatte saltare via da una parete rocciosa.

Aveva chiesto a Eldo Kronik di avvisare in anticipo, quindi le guardie la stavano aspettando. Uno di loro, con un doppio gallone sul davanti del berretto a visiera, si avvicinò mentre scendeva dall'auto.

— Volevi vedere Bazzo, vero?

— Non ho mai saputo il suo nome. Deve essere venuto da New Dispensation un po' di tempo fa.

— Non sapevamo il suo nome, così gli abbiamo dato un nomignolo che gli si adattava — disse la guardia. — Non parla mai — Guardò gli uomini che lavoravano coi martelli. — Potresti perdere solo del tempo.

— Forse — disse Morwen. — Ma ci devo provare.

— Vai nella capanna. Te lo porteremo lì noi.

Morwen sedette dietro un tavolo nella baracca delle guardie. Il tempo passò. Alla fine, sentì un tintinnio di catene e la porta si aprì. Riconobbe l'uomo come il sopravvissuto al tentativo di rapimento e lui la riconobbe a sua volta.

Entrò con due guardie, i polsi e le caviglie incatenati, ed entrambi collegati da cavi a una catena intorno alla vita. C'era un livido fresco sulla sua guancia.

La guardia col doppio gallone gli indicò con un bastone la sedia di fronte a Morwen.

— Siediti.

Le due guardie si fecero indietro, ma non troppo lontano.

— Dovremmo essere presenti — disse quello più anziano.

— Se volete.

Tirò fuori il projac e lo mise a portata di mano sul tavolo.

— Ma lui sa che lo ucciderei a vista: non penso che creerà problemi. È convinto che verrà qualcuno a liberarlo.

Questo le portò uno sguardo feroce da parte del pirata ammanettato. Morwen gli restituì lo stesso sguardo incrollabile. Le guardie li osservarono per un momento, poi l'uomo anziano disse: — Andiamocene.

Quando furono soli, Morwen continuò a incontrare lo sguardo del prigioniero. Quando capì che la cosa era durata abbastanza a lungo, disse: — Belloch non manderà nessuno a liberarti.

Nessuna risposta dall'altra parte del tavolo.

Morwen aggiunse: — Sono andata a Interchange con lui. Gli hanno detto che sei sopravvissuto al tentativo di rapimento. La sua risposta, e la cito esattamente, è stata "Non premio il fallimento". Immagino tu sappia cosa sia successo al sorvegliante che non è riuscito a impedire la mia fuga.

Il pirata non batté le palpebre, ma lei vide uno sfarfallio nei suoi occhi.

— Il problema è che se manda qualcuno a cercarti, verrà a sapere che hai passato questo tempo qui con me. Forse mi hai detto quello che volevo sapere, forse no.

Gli occhi dell'uomo si strinsero involontariamente.

— Esatto — disse Morwen. — Che tu l'abbia fatto o meno, la risposta di Belloch sarà la stessa. Tu lo conosci come lo conosco io. Ho passato quasi tutta la mia vita a casa sua.

Ora attese, non aspettandosi che l'uomo parlasse, ma lasciando che il pensiero di cosa avrebbe fatto il suo datore di lavoro gli riempisse la mente.

Quando il silenzio fu durato abbastanza a lungo, aggiunse: — Ma potrei farti uscire di qui. Potrei portarti fuori dal Dilà. Nuovi documenti, un po' di soldi, un trasporto verso un mondo civile in cui potresti perderti tra miliardi di persone.

Lasciò che un altro silenzio riempisse la stanza, l'unico suono era quello delle mazze che colpivano le rocce. Dopo un po', si mise in moto il frantoio, i suoi martelli idraulici si abbatterono ritmicamente sui massi grandi come un pugno, riducendoli a ciottoli.

— Non ho fretta — disse Morwen. — Potrei darti un mese o giù di lì per pensarci. Prese il projac e lo mise via. — Anche se, forse, per allora, Belloch avrà scoperto dove sei.

Il pirata parlò... una sola parola offensiva verso Morwen Sabine.

— Va bene — disse, alzandosi in piedi. — Chiamerò le guardie.

Ma quando si voltò verso la porta, lui disse: — Aspetta.

Lei si fermò.

— Come puoi tirarmi fuori?

— Hipple non ti ha detto dell'estratto di maunch?

Dal modo in cui la fronte dell'uomo si raggelò, capì che Hipple non aveva detto loro tutto quanto. Aggiunse: — Lavoro per Jerz Thanda. Vende estratto a rivenditori su una dozzina di mondi nell'Oikumene. Ha la sua flotta di navi spaziali. Sono il suo braccio destro.

— Hipple ci aveva detto che eri una cuoca — disse il detenuto.

— Lo sono stata, per un po'. Ora sono un trafficante di droga.

Fissò il tavolo. Lo guardò elaborare le nuove informazioni. Poi lui alzò lo sguardo e chiese: — Cosa vuoi da me?

— Informazioni.

— Riguardo a Belloch? Avevi lavorato da lui.

— Ho cucinato per lui. Ho bisogno di sapere delle sue operazioni. Delle sue alleanze.

— Perché?

— Sono affari miei.

Andò da sola al ballo del Quintogiorno, curiosa di scoprire quanti inviti avrebbe ricevuto, ora che era uno dei luogotenenti di Thanda. L'esperimento, tuttavia, non funzionò. Eldo Kronik era già lì. Morwen era appena entrata che lui andò da lei e le tese una mano. Lo lasciò aspettare a lungo prima di accettarla. L'uomo stava cominciando a piacerle, ma l'esperienza con Bod Hipple l'aveva resa consapevole della sua mancanza di familiarità nei rapporti tra uomini e donne e delle insidie dovute all'inesperienza.

Tra i Disper, ballare era un affare formale, con passi prescritti, inchini e riverenze, passeggiate in fila e volteggi mentre si battevano svelti le mani. Tuttavia, c'erano momenti di relativa tranquillità durante i quali si poteva scambiare qualche parola.

Quando giunse il momento tranquillo, Morwen disse: — Bod Hipple.

— Se n'è andato — disse Kronik.

— Lo so. Ma dove?

— Chiedi al tuo capo.

La musica accelerò e li separò. Quando si riincontrarono, lei disse: — L'ho fatto. Non lo sa.

La sua risposta attirò uno sguardo pensieroso sul viso di Kronik mentre si girava e batteva vigorosamente le mani. Poi ognuno dovette passeggiare a una distanza troppo ampia per una conversazione privata.

Quando ritornarono vicini per un giro reciproco a braccia intrecciate, lui disse: — Dopo la faccenda con Hubbley l'ho ammonito. Era geloso e impulsivo, una pessima combinazione.

La musica riprese vigore e lei disse: — Andiamo a parlare all'aperto.

Fuori nella fresca aria della sera, gli disse: — È andato a lavorare per Thanda, per la manutenzione dei sistemi dello yacht. Ma non è stata una buona scelta.

— Posso immaginarlo — disse Kronik.

— Poi, un giorno, non si è fatto vivo per il suo turno. Nessuno l'ha più visto da allora.

La bocca dello scrutatore si inarcò.

— Hmm.

— Inoltre, era stato a Interchange.

— Vero — disse Kronik. Le rughe della sua fronte si fecero più profonde.

— Ora ho scoperto — disse Morwen, — che stava aspettando i miei rapitori a Brumble's Corners. E che ha lasciato Providence nella loro navicella spaziale, mentre tu ti occupavi di loro.

— Abbiamo saputo che li aveva indirizzati a te. Per ricompensa e per vendetta. Kronik aggiunse un termine anatomico per esprimere la scarsa considerazione che aveva di Bod Hipple.

Rimasero entrambi in silenzio per un po', ciascuno perseguendo una nuova linea di pensiero. Morwen ruppe per prima il silenzio.

— Sa molto di questo posto. Le sue difese, la sua ricchezza, la struttura stessa. — Si fermò, poi catturò il suo sguardo. — La sua storia.

Kronik si voltò per guardare le luci in cima alla collina. Erano visibili tre navi spaziali. — E Hacheem Belloch si occupa di schiavi, carichi e navi.

— Dobbiamo parlare con Thanda — disse Morwen.

— Sì, dobbiamo farlo. E alla svelta. — Le prese la mano. — Ma non prima di un altro ballo.

Thanda venne alla stazione di polizia per incontrare Morwen e Kronik. Quando la porta si chiuse dietro di lui, disse: — Avete detto che è urgente. Ho molto da fare per organizzare le spedizioni. La produzione è triplicata rispetto alla primavera.

Kronik disse: — Esattamente, quanto valgono le tue spedizioni, in questi giorni?

Il viso di Thanda si chiuse e lanciò un'occhiataccia a Morwen. — Non sono affari tuoi.

— Ascoltalo — disse Morwen.

Thanda incrociò le braccia.

— Sii veloce.

— Farò in modo che sia esauriente — disse Kronik. — Pensiamo che Bod Hipple sia andato a lavorare per Hacheem Belloch. Sta fornendo a quel pirata le informazioni che avrebbe bisogno per ripetere l'incursione dei Principi Demoni, solo che questa volta ci saranno navi e carichi da sequestrare, oltre alle persone.

La prima impressione di Thanda, evidente sul suo viso, fu che l'idea fosse inverosimile.

— Ho armi pesanti — disse. — Cannoni ison. Disorganizzatori.

— Sì — disse Morwen, — ma chi ti ha venduto quelle armi? E dove hai trovato persone che sanno come usarle?

Questo bloccò il suo datore di lavoro. Dopo un po' di riflessione, le sue braccia smisero di agitarsi e disse: — Gli equipaggi sono stati controllati.

— Da chi? Chi nel tuo personale originale di Protettori era qualificato per giudicare origini e capacità?

Thanda fece un respiro profondo e lo lasciò uscire.

— Da dove arrivano tutti questi sospetti?

Morwen e Kronik raccontarono ciò che avevano saputo e dove l'avevano appreso. Quando raccontarono di Hipple in attesa con l'astronave all'hotel all'incrocio, il suo viso si rabbuiò. Quando poi aggiunsero cosa aveva detto lo spaccaroccia, il suo viso impallidì.

— Giusto — disse quando lei ebbe finito, — dobbiamo controllare ogni nuovo assunto. E abbiamo bisogno di provare le armi.

Kronik disse: — I test non dovranno suscitare alcun sospetto. Il controllo deve essere fatto con attenzione.

— Come possiamo farlo?

— Non ti piacerà — disse lo scrutatore.

Thanda incrociò di nuovo le braccia.

— Non mi è piaciuto niente da quando sono entrato qui. Fuori il rospo.

— Nell'Oikumene, chi ha la miglior raccolta di informazioni sui criminali? — disse Kronik.

Thanda imprecò, guardò dall'uno all'altro, poi disse: — Dite davvero? Gli Ipsy?

— Quando si cercano informazioni — dichiarò Kronik, — ci si reca dove ci sono le informazioni.

L'Itinerator III era la più piccola della flotta di cinque navi spaziali di Thanda. Morwen ne sapeva abbastanza per programmare i sistemi e permettere alla nave di volare da sola. Lei e Kronik si recarono nel Rigel Concourse, una sfilza di mondi che, molto tempo prima, una razza aliena scomparsa - le cui motivazioni erano state perdute con loro - aveva messo in orbita intorno alla grande stella bianco-azzurra. Atterrarono all'Avente Interplanetary Spaceport su Alphanor, la capitale dei mondi del Concourse.

Il transponder della nave era stato modificato per identificarla come una nave del vicino mondo di Diogene. Quando la nave atterrò, arrivarono i funzionari portuali per interrogare i due visitatori, controllare loro per eventuali malattie e la nave per contrabbando. Kronik li avvisò che erano agenti di polizia venuti a consultarsi con la CCPI. Morwen cercò di interpretare la sua parte in un'uniforme presa in prestito dalla Scrutatrice Toba, anche se era un po' corta nei polsini. Kronik mostrò loro sigillo e distintivo, e il controllo terminò immediatamente. Gli ispettori chiesero se volevano che la nave venisse trasportata in deposito da una gru mobile, ma Kronik rifiutò dicendo che si aspettavano di restare su quel mondo solo per breve tempo.

Morwen e Kronik guidarono un'auto a noleggio fino alla Grand Esplanade che si affacciava sulle acque scure dell'Oceano Taumaturgo, poi svoltarono in un ampio viale e proseguirono per altre strade fino a un alto edificio cubico che occupava un intero isolato. Sopra l'ingresso, a grandi lettere metalliche, un cartello diceva: *Compagnia di Coordinamento della Polizia Interplanetaria,* con sotto più in piccolo, *Quartier generale del Rigel Concourse.*

L'atrio era fortificato, l'area della reception era circondata da pareti di un materiale trasparente progettato per resistere ad armi ed esplosivi. Dietro una delle barriere c'era un uomo in uniforme color cuoio e nero. La sua voce proveniva da un altoparlante mentre chiedeva informazioni sul motivo della loro venuta.

Kronik parlò per entrambi.

— Siamo agenti di polizia della comunità di New Dispensation sul mondo Providence. Desideriamo discutere l'affiliazione con la CCPI.

L'espressione della guardia non cambiò. Parlò in un dispositivo portatile, senza farsi sentire, quindi li indirizzò verso una cabina dietro le barriere a un lato dell'area della reception.

— Passate uno per volta, e fate come indicato.

Kronik entrò per primo. Gli scanner della cabina stabilirono che non possedeva armi o impianti. Una porta di fronte a quella da cui era entrato scivolò di lato e lui uscì in una stanza con delle sedie. Aspettò che Morwen si unisse a lui ed entrambi si sedettero.

Poco dopo, una porta si aprì e una donna di mezza età con un'uniforme simile a quella della guardia fece loro cenno di seguirla. Procedettero lungo i corridoi e salirono in un ascensore, poi furono condotti in un ufficio con una finestra che dava sulla strada, con l'Esplanade e l'oceano alle sue estremità. La stanza conteneva una scrivania, due sedie e un uomo magro ed efficiente la cui targhetta diceva che era il colonnello ispettore Ben Zaum. Chiese loro di sedersi e prese una penna con disinvoltura.

— Desiderate un'affiliazione con la CCPI?

— No — disse Morwen. — L'abbiamo detto solo per ottenere l'ammissione.

La mano dell'agente andò su un pannello a un lato della sua scrivania. Premette un pulsante. Poi disse: — Avete qualche secondo prima che arrivino ufficiali armati. Se avete qualcosa da dire, questa è la vostra opportunità.

Morwen chiarì: — Veniamo da un mondo nel Dilà. Ci aspettiamo di essere attaccati dal famigerato pirata Hacheem Belloch...

Non riuscì a dire altro prima che tre ufficiali della CCPI dall'aspetto serio, due uomini e una donna, entrarono nella stanza e si allargarono per fornire linee di fuoco ottimali. Ciascuno puntò un projac verso la coppia seduta. Sia Morwen che Kronik rimasero seduti immobili.

L'uomo dietro la scrivania alzò una mano per dire agli agenti di aspettare.

— Continua.

— Presumiamo che su Belloch tu abbia più informazioni di noi — disse Morwen. — Speriamo che ci potrai fornire alcune di queste informazioni.

Le sopracciglia di Zaum si alzarono.

— Perché dovrei farlo?

Kronik spiegò: — Perché coordineremo la nostra risposta al raid. In particolare, ti faremo sapere quando avverrà l'incursione, in modo che tu possa entrare e prendere Belloch e i suoi pirati sotto la custodia della CCPI.

Zaum toccò un altro pulsante sulla sua console. Uno schermo apparve nell'aria davanti a lui. Digitò qualcosa su una tastiera. La coppia di Providence non poteva vedere quello che stava facendo, ma tutto divenne chiaro quando li guardò e disse: — New Dispensation. Fonte del commercio di estratti di maunch.

— Questo è vero — disse Kronik. — La sostanza è legale su molti mondi nell'Oikumene.

— E illegale su alcuni altri — disse Zaum.

Kronik scrollò le spalle.

— Presumo che la CCPI, come qualsiasi altra organizzazione di polizia, riconosca che non tutte le malvagità sono uguali. L'estratto di maunch indigna i seguaci di alcune filosofie politiche. Hacheem Belloch uccide, schiavizza e ruba, poi corre nel Dilà. Il suo complesso su Blatcher's World è una fortezza. Un assalto laggiù costerebbe decine di vite, forse centinaia.

Morwen intervenne: — Ma catturarlo lontano dal suo nascondiglio, con solo armi leggere...

Zaum li guardò, senza mostrare i propri pensieri.

Poi si rivolse ai tre agenti armati.

— Potete andare.

Riposero le armi nella fondina e si voltarono per andarsene. Zaum disse loro: — Non avete sentito niente di tutto questo.

Ben Zaum li portò nel seminterrato, in una grande stanza ben illuminata in cui più di una ventina di uomini e donne lavoravano a delle consolle, consultavano schermi, scrivevano o dettavano rapporti, o sfogliavano pesanti volumi così grandi da richiedere degli appositi piedistalli.

Zaum si avvicinò a una donna con i capelli bianchi, raccolti in una crocchia sulla sommità della testa, e con una penna nascosta dietro un orecchio.

— Gela, ho bisogno del fascicolo sui soci di Hacheem Belloch.

Non chiese perché, mise da parte quello che stava leggendo, si alzò dalla scrivania e si avvicinò a una parete piena di mensole e nicchie. Qui fece scorrere un dito lungo i ripiani finché non si fermò davanti a una grossa cartella di cartoncino marrone avvolta in un nastro rosso. La staccò e la portò su un tavolo, dove svolse il nastro e aprì il fascicolo.

— Immagini di soci conosciuti — disse Zaum. Poi a Morwen: — Mostragliele.

Morwen tirò fuori le numerose fotografie delle recenti assunzioni di Jerz Thanda, ciascuna scattata per i documenti di identificazione come Protettore. Li consegnò a Gela, che diede un'occhiata alla prima foto, la scartò sul ripiano e passò all'immagine successiva.

Nel minuto seguente aveva selezionato trenta immagini, posizionandole in due pile sul bancone: una con ventisette foto, l'altra con tre. Quando ebbe finito, sfogliò la cartella e trovò tre file di dati. Li distese sul ripiano e posizionò su ciascuno una delle tre immagini.

Kronik e Morwen si sporsero in avanti. Non c'era dubbio che i tre Protettori corrispondessero ai volti negli archivi, anche se i nomi erano differenti. Si leggevano i dettagli delle attività criminali note per ciascuno dei tre e le istruzioni per la detenzione a vista, in quanto erano considerati armati e pericolosi.

— Quello — disse Morwen, toccando una foto, — è il capo dell'equipaggio che serve il cannone ison. Questo… — un altro tocco, — è una delle guardie perimetrali.

Gela disse: — Belloch non sceglie i suoi bersagli a caso. Ha una rete di scout che identificano le possibilità e gli riferiscono. Questi tre sono alcuni dei suoi agenti più fidati. Se si sono infiltrati da qualche parte, è un posto a cui è decisamente interessato.

— Grazie — disse Kronik. Indicò i tre fascicoli. — Possiamo avere delle copie?

Gela era a disagio.

Zaum disse: — Dopo che saranno in parte censurate. Alcune delle informazioni contenute potrebbero portare all'esposizione delle nostre fonti.

— Le tue donnole — disse Kronik.

— Preferiamo chiamarle fonti.

— Non importa — disse Kronik. — Vi siamo grati per le informazioni.

Zaum indicò la porta.

— Torniamo nel mio ufficio e discutiamo di come rimanere in contatto.

Ma mentre si giravano per andarsene, Gela disse: — Fammi guardare di nuovo quelle immagini.

Le controllò di nuovo, arrivando a uno dei ventisette che aveva inizialmente scartato.

— Ti interessano solo gli agenti di Belloch?

Kronik e Morwen si scambiarono un'occhiata.

— Non necessariamente — disse Morwen.

Gela posò la foto sul bancone e si avvicinò di nuovo alla parete degli scaffali, cercò e trovò un altro fascicolo e lo portò al bancone. Lo sfogliò finché non trovò quello che stava cercando.

— Ah... — disse, e tirò fuori un fascicolo con un'immagine che corrispondeva a quella del Protettore che aveva individuato.

Scansionò il documento, poi disse: — Pensavo di averlo riconosciuto. Non lavora per Belloch, ma è sempre una persona di interesse.

Mostrò il file a Morwen e Kronik. Lo sfogliarono con interesse e questo li mise subito in allarme.

Morwen lesse ad alta voce la notazione in alto sulla pagina: — Sottocapo nella compagnia corsara di Sheleen Two Hearts.

Zaum guardò il volto della guardia che aveva fermato Morwen la prima volta che si era avventurata su Mount Pleasant per incontrare Jerz Thanda.

— Ora — disse l'uomo della CCPI, — sono ancora più interessato al tuo raid.

Morwen tirò fuori un'altra immagine dalla tasca. La mostrò a Gela e Zaum.

— Hai qualche informazione su dove si può trovare quest'uomo?

Gela scosse la testa e chiese: — È uno di Belloch?

— Può darsi. Una recente assunzione.

Zaum prese la foto.

— Non abbiamo agenti all'interno del suo complesso, ma ne abbiamo alcuni nelle vicinanze. Vedremo se lo conoscono. Ha un nome?

Morwen disse: — Bod Hipple.

— È importante? — chiese Zaum.

Kronik rispose: — Pensiamo che possa essere il filo da tirare per svelare l'intera trama.

— Allora vi faremo sapere — disse Zaum. — Venite nel mio ufficio e discuteremo i dettagli per rimanere in contatto.

Accompagnò Morwen e Kronik alla porta.

Nel corridoio, Zaum disse: — Che ne sapete di Malagate il Maligno?

Kronik rispose: — Quello che sanno tutti. Un Re Stellare. Faceva parte dell'incursione dei Principi Demoni che rapì la popolazione originaria della nostra comunità. Manda un incaricato a raccogliere i tributi dagli insediamenti a Providence, compresi i Protettori di New Dispensation.

Niente di tutto ciò sembrava essere una novità per Zaum.

— Cosa hai sentito ultimamente?

Kronik ci pensò per un momento.

— Niente — disse. — A pensarci bene sono un paio di mesi che non vedo il suo esattore venire nella nostra città. Ed era regolare come l'alba.

L'Ipsy annuì.

— L'assenza di prove a volte è prova di assenza. Facci sapere se il suo esattore ritorna.

— Nessun problema — disse Kronik. — Cos'hai in mente?

— Teniamo d'occhio i Principi Demoni, come meglio possiamo — disse Zaum. — Ultimamente, quell'occhio non è stato in grado di posarsi su Attel Malagate, non da dopo la sua visita alla Taverna di Smade sul pianeta di Smade, alcuni mesi fa.

Morwen disse: — Significa che si è rintanato da qualche parte, a tramare un'altra vile bravata?

La mano di Zaum si mosse in un gesto equivoco.

— Forse. O forse è stato ucciso.

Senza parlare Kronik emise uno sbuffo d'aria.

— Sarebbe un bel risultato. Sarei interessato a conoscere chi possa averlo fatto.

— Lo sarei anch'io — disse Ben Zaum.

Tornati nell'ufficio del colonnello investigatore, misero a punto i dettagli su chi avrebbe portato ai due di Providence le informazioni di cui avevano bisogno, e dove, in che momento e in che modo. Quando lasciarono la sede della CCPI, la loro attività ad Avente era finita. Zaum offrì loro un'auto per riportarli allo spazioporto, ma Kronik rifiutò.

— Sarebbe un peccato aver attraversato la Grand Esplanade in entrambe le direzioni senza aver almeno provato le sue attrazioni.

Così scesero sul grande lungomare e lo percorsero per un po', con l'oceano scuro alla loro destra, nel quale una striscia di luce soffusa correva verso il punto in cui Rigel stava per tuffarsi all'orizzonte. Verso est, tre pianeti del Concourse pendevano nel cielo serale come lanterne.

— Che mondi sono? — chiese Morwen.

— Penso che quello sulla sinistra sia Krokinole — disse Kronik, — per il suo colore rosso. Ma per quanto riguarda gli altri, non saprei dire. Tantamount, il mio mondo natale, deve essere dall'altra parte di Rigel.

Intorno a loro, la gente di Avente si muoveva con calma. Sull'Esplanade nessuno si affrettava: passeggiavano, camminavano con lentezza e si pavoneggiavano, tutti nei loro abiti alla moda, con la pelle dei volti e delle mani tinteggiate dei colori più in voga. Amavano guardare e farsi vedere. Morwen e Kronik, chiaramente estranei, suscitavano un certo interesse per i loro volti non colorati e le loro uniformi di altri mondi, ma nessuno sguardo si soffermava più di tanto.

Arrivarono a una serie di gradini che portavano a un ristorante con tavoli all'aperto, dove i commensali potevano osservare la folla e provare qualunque sublime emozione l'imperturbabile oceano potesse suscitare in loro. Thanda aveva dato loro un pacco di banconote UVS di grande valore nel caso avessero avuto bisogno di "addolcire qualche funzionario" e Kronik propose di fare un pasto memorabile col denaro dell'industria maunch.

Si sedettero sulla terrazza e osservarono la folla che girovagava lentamente, sotto il maestoso cammino della grande stella verso l'orizzonte. Un cameriere portò loro il primo piatto del menu fisso:

piccoli pasticcini contenenti crostacei dell'oceano, cotti al vapore e bagnati in una varietà di salse, piccanti, cremose, qualcosa come il pesto, e un'altra che ricordava a Morwen il finocchio, ma non così dolciastra.

— Sapresti cucinare così? — le domandò Kronik mentre allungava la mano per prendere una caraffa e riempire i loro bicchieri di vino bianco frizzante.

— Non conosco le creature marine — rispose. — E alcuni dei condimenti sono nuovi per me.

— Volevo dire, potresti venire in un posto come questo e guadagnarti da vivere.

— Vivere nell'Oikumene? — lei disse. — Mi ci è voluta tutta la vita per arrivare a Providence, e pensi che dovrei andarmene?

— Il tuo obiettivo era riportare a casa i tuoi genitori e l'hai fatto. Ora sei libera di fare le tue scelte.

Lo osservò oltre l'orlo del bicchiere di vino.

— E una di quelle scelte, ti coinvolgerebbe?

Incontrò il suo sguardo.

— Potrebbe. — guardò il mare, poi si voltò di nuovo verso di lei. — Sono sempre stato colpito dalla CCPI. La maggior parte delle attività di polizia che ho svolto a New Diss sono state la sbornia degli ubriachi nella notte del Quintogiorno e la ricerca di donnole, anche se non credo che i due che abbiamo consegnato a Thanda fossero nient'altro che vagabondi di passaggio.

— E sono stati poi rilasciati?

— No, e me ne pento — disse Kronik. — Ma torniamo a quello che avevo cominciato a dire: la nostra visita di oggi mi ha ricordato com'è il reale lavoro di un poliziotto, un vero salto di qualità. L'ho trovato... attraente.

E tu mi trovi attraente, fu la risposta muta di Morwen. Ad alta voce invece disse: — E la comunità? Il tuo obbligo verso i tuoi compagni Disper? Il tuo giuramento?

Si strinse nelle spalle.

— Sono stato in gran parte rimpiazzato da Thanda. All'inizio questo mi preoccupava, ma è stato un leader ragionevole e lungimirante, abbastanza raro nel Dilà. Credo che capisca che una popolazione felice rappresenta un'impresa di successo.

— Beh… — disse Morwen, e fermò lì il discorso, facendogli capire che stava pensando a quello che le stava dicendo.

— Ma, ovviamente — disse Kronik, — abbiamo un paio di pirati di cui occuparci.

— E un amante abbandonato deciso a vendicarsi — disse lei. — Non sarai mica di quel tipo, vero?

— Non potrei mai esserlo — rispose, versando altro vino. — Senza la tua compagnia mi limiterei a svanire.

— Lo spero davvero… — disse. Allungò il proprio bicchiere verso il suo per fare un brindisi. Poi espresse il pensiero che ultimamente le era venuta in mente.

— Sai tutto di me, fino ai costituenti del mio plasma genetico. Di te, so solo quello che ho visto.

— Vuoi l'intera storia o solo le parti importanti?

— Inizieremo con le parti importanti, poi vedremo dove portano.

Kronik bevve un altro sorso di vino, posò il bicchiere e fece scorrere un dito pensieroso attorno al bordo.

— È una storia divertente — disse. — Ero un giovane prevosto su Tantamount. Ho incontrato una giovane donna e c'è stata una scintilla. Poi lei si è avvicinata al movimento del Profeta e ha iniziato a masticare il maunch. Come molti nuovi convertiti è diventata entusiasta, col desiderio di arruolare tutti nella sua cerchia.

Bevve un altro sorso di vino.

— Non mi importava molto, in un modo o nell'altro, ma per accontentarla ho iniziato ad andare agli incontri. Alla fine ho preso il sacramento. Ebbe un buon effetto su di me. Mi piaceva anche il senso di comunità, una cosa che era mancata nella mia vita.

"Ma poi gli attriti con coloro che erano al di fuori della comunità cominciarono a crescere. Il Profeta iniziò a parlare di andare oltre il Velo per trovare un nuovo mondo. Aveva già sentito parlare della città deserta di Providence e volle guidare i fedeli verso l'esodo.

"Venne a sapere che ero un prevosto e mi offrì il compito di organizzare e addestrare una polizia cittadina. L'offerta mi sembrò interessante, quindi accettai.

"Poi venne il giorno della partenza. Aspettai invano quella donna allo spazioporto. Invece mi arrivò un messaggio sul comunicatore.

Non sarebbe venuta, aveva cambiato idea e deciso di non lasciare Tantamount. Invitò anche me a restare.

Morwen disse: — Una persona volubile.

— Infatti — disse Kronik. — Pensai che quasi sicuramente ci sarebbero stati ulteriori cambiamenti in futuro, altrettanto improvvisi e altrettanto drastici. Salii a bordo della nave e mi lasciai Tantamount alle spalle.

Morwen gli versò dell'altro vino.

— Questo è sicuramente un "fatto importante". Sto ancora aspettando la parte divertente.

— Suppongo che dipenda dalla tua definizione di "divertente".

Le fece un cenno con il bicchiere e ne bevve metà del contenuto.

Mangiarono in silenzio per un po', poi lei disse: — Questa gente... — fece un cenno della mano verso i passanti in strada e le persone sedute agli altri tavoli — ... pensano a noi del Dilà come a dei barbari, vero?

— Sempre che pensino a noi .

Poi, rendendosi conto che aveva parlato seriamente, continuò: — Suppongo che per loro siamo dei barbari. Vediamo cose e alcuni di noi fanno cose che loro possono conoscere solo nelle storie e nei passatempi.

Morwen prese l'ultima tartina.

— Hai vissuto in mezzo a loro, sei cresciuto in un mondo "civilizzato". Pensi che potremmo essere come loro? Che ce lo permetterebbero, se sapessero cosa abbiamo visto e fatto?

Si infilò in bocca il pasticcino. Kronik accettò quelle domande come retoriche. Non ripropose più la possibilità di una vita nell'Oikumene.

Tornati a New Dispensation, raccontarono a Jerz Thanda ciò che avevano appreso. La sua faccia si gelò alla notizia dei quattro infiltrati e i suoi occhi divennero minacciosi.

Kronik disse: — Non possiamo arrestarli subito. Dobbiamo prima sapere quando arriverà il raid. Potrebbero essere in contatto con i loro padroni. Belloch e Two Hearts verrebbero messi in guardia se i quattro scomparissero all'improvviso.

— Non sarebbe una buona cosa? — chiese Thanda.

Morwen disse: — Solo se avessero rinunciato all'idea di un'incursione. Ma c'è così tanto qui da rubare – navi, persone, fasci di banconote UVS – la tentazione esisterà sempre. E quindi la minaccia.

Thanda acconsentì. — Allora dobbiamo fare un piano.

Era prevista una spedizione di estratti per Olliphane, uno dei mondi del Concourse in cui l'estratto di maunch era proibito. Morwen partì con un doppio obiettivo: la consegna della merce e l'incontro con l'informatore della CCPI.

Quando il pilota spense l'unità di intersplit, disabilitò anche il transponder della nave. Entrarono nell'atmosfera e scesero in una radura in una zona forestale sul lato notturno del pianeta, lontano dalle luci che individuavano le aree abitate. Tre aeroplani e dei carryall con enormi bagagliai attendevano sotto le reti mimetiche.

Scaricare la merce fu una cosa rapida. Alcuni uomini apparvero dalla boscaglia e formarono catene corpo a corpo per trasferire i pacchi di estratto alle auto aeree. Non appena un bagagliaio veniva riempito, il veicolo si alzava in volo a luci spente e volava restando a filo delle cime degli alberi. Quando l'ultimo carico fu portato via, il pilota di Thanda disse: — Non possiamo rimanere a lungo.

— Dobbiamo aspettare — disse Morwen.

Poco tempo dopo apparve un altro aeroplano, privo di insegne e anch'esso privo di luci di posizione. Si posò nella radura e il suo tettuccio si aprì. Morwen si avvicinò.

L'uomo al posto di guida, solo una sagoma scura, disse: — Non abbiamo ancora informazioni. Ci rivediamo al prossimo appuntamento.

Il veicolo si alzò silenziosamente e sfrecciò via.

Il "prossimo appuntamento" era previsto diversi giorni dopo. Quella volta Morwen si trovava a Pilgham, un mondo in cui l'estratto di maunch era legale, sebbene la sua distribuzione fosse regolata dal sistema sanitario. La nave di Thanda atterrò in uno spazioporto nel continente meridionale. I funzionari salirono a bordo con documenti e affrancature, i pacchi vennero aperti e i campioni testati per la purezza. Il processo fu eseguito senza fretta.

Mentre gli altri erano impegnati nella procedura, Morwen andò nella sezione transitoria del porto e trovò il pub chiamato The Comet's Tail. Si sedette al bar e ordinò un boccale di birra, accompagnato da chitoni croccanti, e diede un'occhiata a un periodico lasciato lì da un cliente che se ne era andato appena dopo il suo arrivo.

Tra le pagine della rivista c'era un foglietto. Lo prese in mano senza smettere di leggere. Quando finì la birra, si sciaquò i denti per rimuovere i frammenti di chitoni e tornò alla nave. Non molto tempo dopo, i funzionari partirono con il carico e loro tornarono a Providence.

Si sedette con Kronik e Thanda a porte chiuse nella stazione di polizia. Il pezzo di carta era sulla scrivania, aperto davanti a loro. Kronik tirò fuori la mappa della tenuta di Belloch che Zaum aveva dato loro. Su Blatcher's World il complesso fortificato dei pirati si trovava fuori dalla città di Boregore sulla Big Island nell'arcipelago di Maidan. Erano segnalate le vie principali del paese, così come alcuni dei viali minori.

— Ecco qui — disse Kronik, indicando una stradina vicino al centro di Boregore.

Morwen si avvicinò.

— Conosco quel posto — disse. — Mi mandavano a fare commissioni in città. È una pensione per persone che vanno e vengono, marinai e simili, che non sono abbastanza importanti da essere invitate all'interno del complesso.

Si fermò a pensare, poi aggiunse: — O per persone con cui Belloch non vuole essere visto. Sa che ci sono donnole che osservano i suoi andirivieni.

— La CCPI ha qualcuno all'interno del complesso? — domandò Thanda.

Morwen fece segno di no. — Il minimo sospetto, e ti ritrovi con le dita bruciate, una alla volta.

— Allora — disse Kronik, — lo catturiamo? Come lo prendiamo?

— Il come è facile — disse Morwen. — La pensione non fornisce cibo. C'è un ristorante qui — picchiettò su un lato della piazza, poi indicò un altro posto, — e una taverna qui. Deve trascorrere alcune delle sue serate in quei luoghi. Potremmo prenderlo mentre torna a casa. C'è un vicolo a due passi dal suo alloggio.

— E poi cosa? — chiese Kronik. — Non possiamo lasciarlo andare.

Morwen stava pensando.

— Ci servirebbe un carrello, basterebbe un carretto a mano. E non lo lasciamo andare di certo.

— Se scomparisse — disse Thanda, — potrebbe mettere Belloch in allerta. Potrebbero persino pensare che fosse una donnola.

— Non scomparirà — disse Morwen. Quando si voltarono verso di lei, aggiunse: — Quello è un quartiere pericoloso.

Morwen e Kronik passarono due giorni a irruvidirsi le mani e ad abbronzare i loro volti con una lampada solare. Poi, sempre con Lech Macrine, il pilota più fidato di Thanda, partirono per Blatcher's World, nel profondo del Dilà. All'arrivo non c'erano formalità a cui attenersi. Scesero in uno spazioporto su Golden Land - che non era mai stato all'altezza del suo nome - e rienergizzarono le unità. Quindi decollarono e volarono nell'atmosfera sopra il Sibilant Sea verso l'arcipelago di Maidan.

Mentre si avvicinavano alla catena di isole, Macrine abbassò la nave all'altezza minima possibile, appena sopra la cresta delle onde, e volarono così per un'altra ora. Quindi dispiegò i galleggianti gonfiabili e si posarono delicatamente sull'acqua. Morwen e Kronik aprirono il portellone principale e spinsero in mare la malconcia scialuppa di salvataggio per quattro persone. Caricarono alcune provviste, quindi ci salirono sopra.

Il pilota riportò l'astronave in quota, ma solo per poco, e volò indietro da dove erano venuti. Kronik tirò fuori i remi.

— Ci alterniamo — disse. Alzò lo sguardo verso la stella di Blatcher, calda e gialla allo zenit, e aggiunse: — Possiamo migliorare le nostre abbronzature.

Verso il tramonto, con Morwen ai remi, giunsero faticosamente nel porto di Boregore. Diversi fannulloni, alcuni moderatamente ubriachi, li osservarono dal molo. Quando lei e Kronik, con le facce screpolate e le spalle curve per la fatica, salirono la scala, uno di loro si fece avanti e li aiutò a fare l'ultimo gradino.

— Faccio la guardia alla vostra barca? — chiese, emettendo un rutto maleodorante, significativo che aveva bevuto del Blue Ruin.

— Va bene — disse Kronik. Sbirciò nell'entroterra e vide una taverna.

— Hanno dei letti là dentro?

— Si — disse il fannullone.

Poco dopo, Kronik e Morwen occuparono una stanzetta con due cuccette, una sopra l'altra. Lei salì in cima e si distese.

— È stato più difficile di quanto pensassi — disse. — Quella corrente offshore...

La risposta di Kronik fu un sonoro russare.

Trascorsero due giorni in esplorazione e nel fare i preparativi. Il vicolo che avevano visto sulla mappa sarebbe stato utile come Morwen ricordava. Un carretto a due ruote, da pescivendolo, il cui fetore garantiva che non venisse rubato, era utilizzato per trasportare il pescato dal porto al negozio e stava fuori dalla porta sul retro dello stabilimento. Kronik si era rivolto a tre diversi fornitori e aveva acquistato ciò di cui aveva bisogno: un breve pezzo di tubo flessibile, un peso da pesca in piombo, del filo di rame e un rotolo di nastro adesivo per tutti gli usi. Con questi aveva assemblato uno strumento rudimentale che lui e i suoi poliziotti chiamavano "ciuccio", il tipo di spaccatesta che sarebbe stato maneggiato da un criminale di basso rango. Aveva anche recuperato alcuni strumenti tra cui un kit di tortura di base.

Morwen era rimasta nella loro stanza, Kronik aveva detto al proprietario della taverna, a cui importava solo che l'affitto fosse pagato, che sua moglie era esausta per la dura prova di dover remare dal loro catamarano affondato e naufragato su una scogliera. Usciva solo per usare i gabinetti all'aperto, tenendo il braccio tatuato coperto e il viso di lato. Era improbabile che qualcuno la riconoscesse vedendola, ma il tatuaggio significava denaro facile.

Quando Kronik ebbe raccolto tutto ciò di cui aveva bisogno e trovò, in fondo al vicolo, un luogo tranquillo e appartato per condurre l'interrogatorio, si avvicinarono di sera alla piazza del paese e videro Bod Hipple scendere dal suo alloggio per recarsi al ristorante. Poco dopo "Grandi Orecchie" uscì dal ristorante, pulendosi i denti con uno stuzzicadenti, ed entrò nell'osteria.

— È arrivato il momento — disse Morwen.

Scesero nel vicolo del pescivendolo e spinsero il carretto vicino all'imboccatura del passaggio. Poi rimasero fermi ad aspettare e a guardarsi intorno.

Nella piazza c'era gente che andava e veniva, ma nessuno si fermava a lungo. Potevano sentire le conversazioni e il tintinnio delle stoviglie dal ristorante, le grida e i canti rauchi dalla taverna. Ad un certo punto, due uomini uscirono da quest'ultima, imprecando e spingendosi a vicenda. Tentarono di prendersi a pugni, ma erano troppo imbevuti di alcol per poter davvero combinare qualcosa. Alla fine, si misero l'un l'altro le braccia intorno alle spalle e si allontanarono barcollando con rinnovata bonomia.

A tarda sera, Bod Hipple emerse sulla piazza e si diresse verso la pensione. La sua andatura irregolare fece sussurrare a Kronik: — Almeno otto pinte.

Avevano pianificato la manovra. Quando Hipple fece per oltrepassare l'imbocco del vicolo, Morwen uscì alla luce e gli sbarrò la strada.

— Bod — disse. — Sei proprio tu?

La bocca dell'uomo si spalancò come se stesse assistendo a una farsa. Nello stesso momento, Eldo Kronik gli si avvicinò alle spalle e pestò il ciuccio sulla parte posteriore del cranio di Hipple. Le ginocchia di Bod cedettero e i due aggressori lo presero prima che potesse cadere. Qualche istante dopo, venne sdraiato a faccia in giù tra le squame di pesce mentre Kronik spingeva il carretto in fondo al vicolo. Si fermò dove il varco terminava su un muro bianco. Una finestra dava sul luogo, ma era chiusa.

Avvolsero i polsi, le ginocchia e le caviglie di Hipple con il nastro adesivo e gli misero una striscia di nastro anche sulla bocca.

— Attenta che non vomiti — disse Kronik. — Non vogliamo che muoia soffocato.

Si accovacciò sui talloni e sentì il bernoccolo sulla nuca di Hipple.

— Non male — disse. — Si riprenderà tra un po'.

— Va bene — disse Morwen. Poteva vedere Kronik che la studiava nella penombra.

— Che cosa guardi?

Lui distolse lo sguardo verso l'imboccatura del vicolo.

— Riporta il carrello dove l'abbiamo lasciato e fai la guardia.

— Che cosa? Perché mai? No.

— Non ne abbiamo discusso — disse. — Quello che sto per fare non sarà una visione piacevole.

Lei fece una breve risata, segno di un cupo umorismo, e si accovacciò accanto a lui.

— Non lontano da qui — disse, — sono stata costretta a guardare le persone frustate agli ordini di Hacheem Belloch. A volte, i fustigatori lavoravano in coppia, uno alla volta quando erano stanchi, e continuavano fino alla morte del povero disgraziato.

Kronik fece per dire qualcosa, ma lei gli portò le dita alle labbra.

— Ci vuole un sacco di frustate per uccidere un uomo o una donna adulti. E questo *fagreen*... — il nome di un nocivo rettiloide originario di Blatcher's World — ... avrebbe fatto in modo che i miei genitori venissero appesi davanti a me e fustigati a morte. Poi sarebbe stato il mio turno.

Guardò nel vicolo.

— Sposterò il carrello perché bloccherà la visuale di quello che stiamo facendo. Ma poi tornerò qui.

Kronik sapeva come trattare i sospetti recalcitranti. Il Deweaseling Corp gli aveva insegnato che, per una persona inerme, l'applicazione del dolore insieme all'aspettativa del peggio a venire, era una tecnica utile impiegata dalla polizia locale nel Dilà. Anche se Bod Hipple avesse cercato di essere coraggioso e di rimanere fedele al pirata che lo aveva comprato, Kronik avrebbe infranto la sua determinazione. Quella sera il suo coraggio svanì più velocemente della rugiada mattutina in un giorno d'estate.

— Hai fatto bene a collaborare — disse Kronik, quando fu sicuro che avessero le informazioni di cui avevano bisogno. — In cambio, farò quello che devo in modo rapido e indolore.

Hipple avrebbe avuto qualcosa da dire al riguardo, ma le sue parole non arrivarono mai. Kronik premette i pollici contro due punti della gola dell'uomo. Hipple perse istantaneamente conoscenza, la testa penzolante in avanti sul petto. Lo scrutatore chiuse quindi le narici dell'uomo privo di sensi e tenne le sue labbra strette insieme. Rimase fermo così finché il cervello di Hipple non riconobbero il bisogno di aria.

L'uomo sussultò mentre il suo diaframma cercava di riempirsi i polmoni. Ma i percorsi per l'ossigeno necessario erano bloccati. Il tentativo di riprendere conoscenza fallì e Hipple crollò di nuovo. Kronik continuò la pressione per un po', poi mise due dita sul collo dell'uomo.

— Andato.

— Bene — disse Morwen. Pensò di dire che l'averlo ucciso fosse meno di quanto avesse meritato, ma vide che Kronik aveva le sue stesse emozioni e non espresse i propri pensieri.

Gli rimossero il nastro dai polsi e dalle caviglie, gli capovolsero le tasche e tirarono fuori dal portafoglio un mazzetto di banconote UVS. Trascinarono il suo corpo più vicino all'imbocco del vicolo e lo lasciarono lì. Kronik lasciò cadere il ciuccio accanto al cadavere. Al mattino, quando l'avessero ritrovato, sarebbe apparso tutto ovvio: uscito dall'osteria ubriaco, era stato seguito da qualche lavorante nei pescherecci o negli essiccatoi - cosa messa in evidenza dalle bilance sul carretto - che lo aveva colpito in testa. I piccoli lividi della tortura esperta di Kronik sarebbero invece sembrati normali segni di incuria.

Hacheem Belloch avrebbe potuto avere dei sospetti, ma le prove lasciate sarebbero servite a sedarli.

Morwen e Kronik riportarono il carretto alla bottega del pescivendolo, quindi tornarono ai loro alloggi. La loro stanza era rumorosa per il frastuono nella taverna sottostante, ma Morwen si arrampicò sulla sua cuccetta e si sdraiò con le mani giunte sullo stomaco. Le vennero in mente le inutili suppliche di Hipple, ma aveva visto cose molto peggiori inflitte alle persone a cui teneva. Cancellò quelle impressioni con i ricordi delle punizioni di Belloch. Quando fossero tornati al Manse, sopraNew Dispensation, avrebbe dovuto fare cose peggiori agli infiltrati. Delle immagini presero forma nella sua mente... non le cancellò: erano sgradevoli, ma aveva visto di peggio.

Poco dopo, si addormentò.

Due giorni dopo, lei e Kronik comprarono i biglietti per un viaggio che attraversava la Big Island e si collegava con un traghetto diretto agli isolotti del Salamanders Group. Alla sera camminarono per un'ora fino a una baia isolata. Verso mezzanotte una piccola luce si accese tre volte, in mare aperto. Kronik prese una lampada e la fece lampeggiare due volte, si fermò, poi di nuovo due volte.

L'astronave di Thanda scese silenziosamente verso di loro, posandosi sui galleggianti vicino al bordo dell'acqua. Morwen e Kronik si avvicinarono e salirono a bordo.

Capitolo VIII

Devo dire qualcosa ai miei genitori — disse Morwen a Thanda. — o quando le navi scenderanno saranno terrorizzati. Potrebbero tentare di uccidersi: era il loro intento se il mio piano di salvataggio fosse fallito.

— Nessuno deve sapere niente — rispose Thanda. — Il minimo accenno che sappiamo cosa sta arrivando... — Allargò le mani.

— Potrei portarli su un altro pianeta? Una vacanza?

— Nessuna variazione nelle routine — disse Thanda. — Si suppone che gli infiltrati stiano fornendo informazioni ai loro capi. Se mostriamo cambiamenti improvvisi nelle normali attività, Belloch e Two Hearts potrebbero cambiare i loro piani. Potrebbero riprogrammare il raid per un altro momento e sorprenderci quando non siamo preparati.

Kronik e Morwen erano tornati da Blatcher's World sapendo la data dell'imminente incursione. Sospettavano che Bod Hipple avesse consigliato ai pirati di scendere in città il giorno del Fondatore, una festa in cui l'intera popolazione di New Dispensation si sarebbe ritrovata nella casa di riunione per commemorare il primo arrivo dei pionieri guidati dal profeta Armbruch. La maggior parte degli adulti avrebbe preso il sacramento. Sarebbero stati delle facili prede durante l'assalto.

Avevano avuto ragione sulla data del raid e sulla partecipazione di Hipple che non vedeva l'ora di accompagnare il suo nuovo datore di lavoro.

Fino a quel momento, non ci sarebbero state variazioni nelle routine tra i Protettori. All'infuori di Morwen, Thanda e Kronik, nessuno sapeva della possibile minaccia e della data dell'attacco. Macrine il pilota aveva giurato di mantenere il segreto, con la promessa di una ricompensa se avesse aiutato a respingere l'invasione e la minaccia di essere giustiziato se avesse parlato del viaggio a Blatcher's World.

La mattina del raid, Thanda avrebbe ordinato un'esercitazione e un collaudo delle armi. Quando i Protettori si fossero schierati, avrebbe mandato i suoi uomini più fidati, quelli che erano stati con lui sin dall'inizio, ad arrestare le quattro spie di Belloch e Two Hearts, con l'ordine di ucciderle se avessero opposto resistenza.

— Intendono sorprenderci — disse Thanda. — Dobbiamo essere noi a sorprendere loro.

Chaffe ed Elva Sabine si stavano adattando alla loro nuova vita. Le condizioni di lavoro nelle cucine di Thanda erano ottime. Quando avevano chiesto attrezzature e materiali aggiuntivi, le loro richieste erano state esaudite. Avevano alloggi privati e confortevoli. Avevano cominciato a fare conoscenze tra i Disper. Anche alcuni dei Protettori erano ben disposti verso di loro: soprattutto quelli che distinguevano la buona cucina da quella mediocre e ne apprezzavano la qualità.

I suoi genitori avevano perso parte del loro aspetto perseguitato e spaventato. I loro movimenti erano ancora rigidi per le precedenti paure, ma stavano migliorando. Sorridevano di più, a volte riuscivano anche a ridere.

Morwen li aveva incoraggiati a venire agli incontri e, dopo diverse sessioni, li aveva convinti a masticare il maunch. Aveva avuto paura che l'effetto allucinogeno potesse evocare demoni nelle loro menti non abituate, cosa già successa ad alcuni. Per quel motivo l'estratto era stato bandito su mondi come Krokinole. Ma Chaffe ed Elva ne avevano sperimentato gli effetti più positivi ed erano scesi dal palco felici. Quella volta il loro ritorno al Manse era stato interminabile, perché continuavano a fermarsi per esclamare la loro sorpresa alla vista di qualche banale dettaglio della città che ora assumeva un diverso significato.

Dopo il suo incontro con Thanda, Morwen andò in cucina e trovò i suoi genitori che preparavano il pasto di mezzogiorno. La salutarono con abbracci e baci. Prese un coltello e iniziò a tagliare le radici di krava sbucciate, lanciando i tondi gialli in una grande pentola d'acciaio che bolliva sul fuoco.

— Hai intenzione di schiacciarli?.

— No — disse suo padre, — meglio farli bollire per ammorbidire le fibre, poi arrostirli con il liquido di sgocciolamento delle gambe del shumkin di ieri sera.

Morwen continuò a tagliuzzare finché tutto il krava non fu messo a bollire a fuoco lento nell'acqua calda. Posò il coltello e fissò il muro.

Sua madre aveva smesso di sminuzzare la lattuga e la stava osservando.

— Che cosa c'é?

— Niente — disse Morwen. — Io sto bene.

— Ha a che fare con Eldo? Problemi con il ragazzo?

Morwen non riuscì a trattenere una risata.

— No, nessun problema con i ragazzi.

— Allora cosa?

Morwen sorrise. — Solo qualcosa che ha a che fare con il lavoro. Ma tutto si risolverà presto. Andrà tutto bene. Ricordalo.

Suo padre disse: — Mi piace quel Kronik, anche se è un po' troppo disciplinato.

— Sarà felice di saperlo — disse Morwen.

— Cosa gli piace mangiare? — chiese Elva. — Potremmo invitarlo per un pasto, solo noi quattro.

— Glielo chiederò.

— Dovresti saperlo ormai — disse sua madre. — Questo e molto altro su di lui.

— Madre... — iniziò Morwen, poi pensò che sarebbe stato saggio ritirarsi di fronte a una forza travolgente. — Devo tornare al lavoro.

Il giorno del Fondatore arrivò, caldo e luminoso: il cielo era limpido, solo a sud alcune nuvole si addensavano al limite dell'orizzonte. Dopo colazione, le strade cominciarono a riempirsi di Disper che camminavano in gruppi verso la casa di riunione. C'era un'atmosfera vacanziera, persone che ridevano, bambini che correvano e saltellavano, molti trasportavano palloncini colorati fissati sui bastoncini che sarebbero poi stati usati nelle finte battaglie, scontri che commemoravano le lotte tra i Disper e i loro ex vicini nel mondo di Tantamount, dove la Società di New Dispensation era nata.

Dall'alto del Manse, Morwen osservò la folla che si radunava, poi andò a fare colazione nella caffetteria. La maggior parte dei Protettori del turno diurno stava finendo di mangiare, tenendo d'occhio il cronometro mentre si avvicinava l'ora di inizio dei lavori. Si sedette al tavolo dove tendevano a riunirsi gli "originali" di Thanda. Parlò a bassa voce con due di loro. Dopo un po', svuotarono le loro tazze di punge e se ne andarono.

Morwen lanciò un'occhiata al punto in cui due delle spie di Belloch stavano mangiando allo stesso tavolo dell'uomo di Two Hearts, quello con le tre strisce che l'aveva fermata quando era venuta a trovare Thanda per la prima volta. Sembravano tesi? Mostravano segni di agitazione? Non poteva esserne sicura.

Troppo nervosa per mangiare, passò il tempo sbocconcellando il cibo. Le immagini di ciò che intendeva fare continuavano a formarsi nella sua mente, ma non fece alcuno sforzo per dissiparle. Alla fine, diede fondo alla sua tazza di punge e rose. Anche gli infiltrati si erano alzati in piedi e si stavano dirigendo verso la porta. E lì sulla soglia c'era il quarto agente, uscito dal turno di notte. Si scambiarono cenni e sguardi, e questo fu la conferma: *Oggi è il giorno*.

Hipple aveva confessato tutto: nel piano era previsto che una delle spie mandasse un segnale quando i Disper fossero arrivati tutti alla casa di riunione. Sarebbero scese quattro navi: una al Manse e le altre tre a bloccare le strade principali a est, ovest e sud. Le squadre d'assalto sarebbero uscite dalle navi, avrebbero formato un perimetro per poi muoversi all'interno verso la casa di riunione. L'attesa resistenza, da parte del Manse e della polizia, sarebbe stata soverchiata dalla potenza di fuoco, mentre le armi pesanti del Manse sarebbero state rese inefficaci da parte delle spie pirata.

Era un attacco più o meno uguale a ciò che si sapeva dell'incursione dei Principi Demoni a Mount Pleasant, secondo quanto i genitori di Morwen le avevano detto in gioventù. In effetti, non sarebbe stata una sorpresa se Belloch e Two Hearts, a quei tempi più giovani e pieni di ambizioni, fossero stati fra gli attaccanti che avevano catturato i suoi genitori.

Andò nell'ufficio di Thanda dove lui stava incontrando i suoi "originali", inclusi i due con cui Morwen aveva parlato in mensa, informandoli dell'imminente attacco. Consegnò agli uomini i projac, fece i nomi dei quattro infiltrati, espose il loro piano e disse ai suoi uomini che sarebbe stato utile ma non obbligatorio prenderne almeno tre vivi, soprattutto l'uomo che comandava il gruppo delle spie, quello che aveva un comunicatore. Avevano bisogno di sapere quale messaggio avrebbe dovuto trasmettere.

Dalla finestra che dava sul cortile Morwen e Thanda osservarono i Protettori che si riunivano per le parate prima del turno. Il Protettore anziano, il sottocomandante Gwllero, stava in piedi su una cassa e faceva annunci di routine riguardo alla giornata di lavoro. Aveva poi annunciato agli uomini che a metà mattina ci sarebbe stata un'esercitazione con le armi pesanti.

Gli infiltrati si erano raggruppati in seconda fila. Morwen li aveva visti scambiarsi sguardi, ma l'incaricato di inviare il messaggio aveva scosso leggermente la testa in segno di attesa.

A un certo punto Gwllero gridò: — Rompete le righe!

Il calpestio ammassato di decine di stivali segnò la fine dell'evento.

Le quattro spie si staccarono dalla massa dei Protettori. Si sarebbero poi separati e sarebbero andati ai loro incarichi; l'uomo del turno notturno si sarebbe probabilmente diretto a letto per circa un'ora di sonno. Ma furono rapidamente circondati da uomini armati che li costrinsero a marciare verso l'edificio fortificato dove venivano conservati l'estratto di maunch e i fasci di banconote UVS portati da altri mondi.

Alcuni degli altri Protettori se ne accorsero, ma il vicecomandante di Thanda si avvicinò e disse loro di continuare coi propri compiti. Un attimo dopo, i quattro prigionieri erano stati portati via.

Thanda si avvicinò a un armadio e tirò fuori un disorganizzatore a canna lunga.

— Hai il tuo projac? — chiese a Morwen. Lei estrasse l'arma e disse: — Sono pronta.

Notò che la sua mano non tremava.

I quattro pirati erano in ginocchio nella fortezza, le mani intrecciate dietro la testa. Gli "originali" erano sparsi intorno a loro e li tenevano sotto il tiro dei projac. Morwen e Thanda entrarono e andarono dove i prigionieri potevano vederli.

Morwen chiese a uno dei Protettori: — Hai trovato il comunicatore?

Lui le mostrò un piccolo dispositivo.

— Chi ce l'aveva?

Il Protettore indicò l'uomo all'estrema destra della fila degli uomini inginocchiati. Era quello coi tre galloni, il sottocapo di Sheleen Two Hearts.

Morwen lo affrontò. Si era preparata per quel momento, come aveva fatto per Bod Hipple. Pensò ai suoi genitori, che sorridevano e ridevano all'incontro. Poi pensò a quelli appesi ai ganci di Hacheem Belloch, alla frusta dalla punta di ferro che si abbatteva su di loro, strappando via la carne.

Disse all'uomo: — Ora morirai.

Disdegnava di guardarla.

Lei continuò: — Hai una scelta su come. Puoi morire così... — strinse i denti, puntò il suo projac e lanciò un raggio di energia contro l'uomo accanto. La testa della vittima divenne una massa luminosa di carne e ossa, poi il cervello surriscaldato fece esplodere il cranio. Frammenti di ossa e carne bollenti schizzarono sul viso e sul collo del pirata che doveva dare il segnale per l'inizio dell'incursione. Il morto cadde in avanti, col vapore che saliva dal cranio in frantumi.

L'uomo di Two Hearts tremava, il sangue gli gocciolava da un lato della faccia, ma non rispose.

Morwen disse: — Oppure puoi morire così.

Fece un cenno a Thanda che accese il disorganizzatore e lo puntò all'uomo successivo della fila. Il pirata urlò e balzò in piedi, si voltò e corse verso la porta. Thanda regolò l'apertura del disorganizzatore e si portò l'arma alla spalla, puntandola ai piedi dell'uomo in fuga.

Premette il grilletto e il disorganizzatore urlò: la sua scintillante energia nera balzò fuori in un raggio sottile. Bruciò le assi del pavimento appena dietro il pirata in corsa, quindi toccò uno dei suoi talloni. La carne cominciò a dissolversi. Morwen vide l'osso esposto, poi anch'esso si liquefece in una densa e glutinosa poltiglia, grigia e rosa. Quel liquame si sparse in avanti quando l'uomo cadde in ginocchio e si rotolò sulla schiena. Si afferrò il polpaccio con entrambe le mani, tenendo la gamba per aria, guardando con orrore e agonia il suo piede completamente sparito. Il liquido untuoso gli gocciolava sul ventre, sollevando fumo dal panno nero del suo abito da Protettore.

Lasciò andare la gamba e si strofinò i punti fumanti. Poi cominciò a urlare.

Lo starmentiere che doveva dare il segnale non si girò a guardare. Ma non potè evitare di sentire le urla. Il suo viso impallidì e le sue labbra ebbero uno spasmo.

Nonostante tutta la sua preparazione mentale, Morwen stava lottando per impedire che la colazione le potesse dare problemi: non credeva di riuscire a pronunciare un'intera frase...

— Allora?

— Ti dico tutto — disse il pirata.

— Bene.

Morwen si avvicinò al punto in cui giaceva l'uomo urlante e gli sparò alla testa. Si avvicinò dietro l'altro prigioniero inginocchiato. Stava mormorando qualcosa che avrebbe potuto essere una preghiera. Lo lasciò finire e poi lo uccise.

— Tiratelo sù e portatelo nel mio ufficio — disse Thanda.

Mentre usciva passò vicino a Morwen e le disse: — Sapevo che eri tu quella da assumere.

— Ora ci dirai la procedura — disse Thanda all'uomo legato alla sedia. — Poi aspetteremo. Farai quello che dici di dover fare, e vedremo cosa succede.

Indicò il disorganizzatore, in piedi contro il muro, vicino alla sua mano. — Se le navi scendono, come previsto, muori rapidamente. Se ci hai ingannato... — toccò leggermente l'arma — ... ti disorganizzerò lentamente. Potrebbero volerci ore. Hai capito bene?

— Si — disse il pirata. — Non c'è un codice speciale. Devo solo dire che è tutto pronto.

Thanda toccò di nuovo il disorganizzatore, facendogli capire che quel gesto era un promemoria.

— Nessun codice speciale — disse di nuovo lo starmentiere.

Aspettarono. Thanda chiamò il vicecomandante Gwllero, gli disse dell'imminente attacco e gli ordinò di preparare i Protettori a ricevere l'assalto. Su richiesta di Thanda, Morwen chiamò Kronik sul suo comunicatore e lo aggiornò. Lui le disse che i suoi uomini erano ora informati della minaccia e si stavano dirigendo verso la casa di riunione. Le persone sarebbero state avvertite e mandate giù nel seminterrato con l'ordine di fortificare il posto come meglio potevano, con mobili e altri materiali che potevano bloccare porte e finestre. L'aeromobile con il disorganizzatore sarebbe stata posizionata sul tetto, pronta a far fuori tutti i veicoli che gli aggressori avrebbero potuto portare.

E poi aspettarono ancora. Dopo quelle che sembrarono diverse ore, il comunicatore del pirata emise un segnale acustico a basso volume.

Morwen lo raccolse, premette il suo attivatore e lo avvicinò all'orecchio del pirata.

— Siamo pronti — disse la spia.

Ci fu un clic quando la connessione venne interrotta. Morwen portò via il dispositivo. Gli occhi di Thanda si strinsero.

— Soltanto "Siamo pronti" — chiese. — Questo era tutto?

— Solo questo. Guardate il cielo.

Aspettarono, Thanda tamburellava con le dita sulla scrivania. Uno dei suoi Protettori era alla finestra con un macroscopio.

— Eccole — disse, indicando il nord.

Si accalcarono tutti per dare un'occhiata. All'inizio sembrava solo un punto scuro, ma quando fu più vicino si divise in quattro oggetti distinti, ciascuno sempre più grande man mano che scendeva dal cielo blu.

Thanda prese il macroscopio e ne aggiustò il meccanismo.

— Quelle non sono navi da guerra. Tre sono navi da carico e una è una piccola nave passeggeri.

Prese il suo comunicatore e parlò: — Tutte le unità. Nemico in vista. Aspettate i miei ordini. Nessuno deve sparare sulle navi. Solo sulle persone e sui veicoli d'assalto. Ripeto, niente fuoco sulle navi. E aspettate il mio comando.

Chiuse il comunicatore e parlò con Morwen.

— Devi dire a Kronik cosa sta succedendo e ricordargli il piano antincendio.

Morwen seguì le istruzioni. La voce di Kronik le rispose: — Capito.

— Prenditi cura dei miei genitori.

— Sono stati incoraggiati a prendere il sacramento — disse. — Li ha tranquillizzati. Giù nel seminterrato, non sapranno cosa sta succedendo finché non sarà tutto finito.

Le navi atterrarono praticamente nello stesso momento. I portelli si aprirono e sbarcarono uomini e veicoli: aeroplani, auto da terra, cargo di vari tipi. Thanda osservò dalla sua finestra.

— Niente veicoli militari — annunciò.

— Non abbiamo potuto averli — disse il pirata legato.

Deglutì e aggiunse: — Ora sono pronto, se vuoi uccidermi.

— Ho deciso di no — disse Thanda, con un sorriso malizioso sulla faccia dura. — Sei un membro della squadra chiave di Sheleen Two Hearts. Ciò significa che vali 30.000 UVS per la CCPI. Penso che prenderò i soldi.

Prese uno sfollagente dalla scrivania e colpì l'uomo facendogli perdere i sensi.

I pirati si stavano prendendo il loro tempo per organizzarsi, pensò Morwen guardando dalla finestra. La mancanza di reazione da parte del Manse doveva far loro pensare che il piano stava avendo successo.

— Eccoli che arrivano.

— Sì — disse Thanda. Parlò nel comunicatore: — A tutte le unità, aprite il fuoco, sparate a volontà.

I Protettori erano stati chiamati per un'esercitazione sulle armi ed erano ancora ai loro posti, nascosti alla vista ma armati, e con le armi pesanti già accese. I loro ufficiali avevano parlato loro dei piani dei pirati per coglierli impreparati, maturi per il massacro o la prigionia. I Protettori avevano aspettato, la maggior parte nascosti, mentre la nave passeggeri scendeva sulla piattaforma di atterraggio superiore sopra il Manse. Ora, mentre gli invasori formavano delle squadre e si precipitavano verso le varie posizioni che avevano studiato durante il viaggio verso Providence, i difensori aprirono il fuoco con projac e armi a proiettili.

Fu un massacro. I predoni caddero falciati, solo pochi di loro vissero abbastanza a lungo da rispondere al fuoco con poca efficacia. Coloro che non vennero uccisi o feriti dalla prima raffica si gettarono dietro qualsiasi copertura potessero trovare, o semplicemente si distesero proni a terra. Ma l'esercitazione delle armi aveva fatto posizionare i Protettori in modo da godere di campi di fuoco sovrapposti. Non c'erano coperture possibili.

Più di cento pirati erano usciti dal piccolo transatlantico sbarcato sopra il Manse. In meno di un minuto non ne era rimasta in piedi che una dozzina, gli altri giacevano morti o urlavano per le ferite. Quei pochi rimasti lasciarono cadere le armi e alzarono le mani in segno di resa.

Thanda parlò nel suo comunicatore: — Niente prigionieri. Uccideteli, poi scendete tutti dalla collina. — A Morwen disse: — Andiamo.

Un'altra raffica di fuoco e non rimase più nessuno degli aspiranti invasori al Manse. Ora tre aeroplani equipaggiati con armi pesanti si alzarono in aria, mentre le truppe di terra di Thanda si ammucchiarono in carryall e auto da terra. I veicoli ruggirono fuori dal complesso collinare e si immisero sulla strada che scendeva a New Dispensation. Quando giunsero al primo dei tornanti, non girarono, ma rallentarono un poco e scesero dritti sul terreno accidentato.

Nella città, gli starmentieri si erano formati in compagnie. Ad armi sguainate, si slanciavano lungo la griglia delle strade, sfondando le porte, a caccia delle persone. Ma tutti i Disper erano scappati radunandosi nella casa di riunione all'estremità occidentale della città. Gli agenti di Kronik erano andati di porta in porta, spronando coloro che avevano pensato di sdraiarsi a letto per quella mattinata di vacanza.

Contro i pirati arrivarono ruggendo i camion, le macchine e gli aeroplani in volo. All'inizio, pensarono che fossero i loro stessi alleati, venuti per unirsi alla retata, ma poi videro la nave passeggeri decollare dal Manse e scomparire a tutta velocità oltre l'orizzonte settentrionale. Nello stesso momento arrivarono e si fermarono i carryall e le auto dei Protettori, spargendo uomini armati in nero e blu che avevano immediatamente aperto il fuoco sugli invasori ammassati nelle strade. Il massacro continuò, sempre senza tregua.

I veicoli dei pirati, in ozio dietro gli attaccanti, aspettavano di essere chiamati quando fossero arrivati i prigionieri da portare sulle navi. Furono presi di mira dalle auto aeree dei Protettori, che puntarono le loro armi pesanti contro le auto e i trasporti ancora in movimento. Alcuni esplosero, gettando per le strade i cadaveri in fiamme dei loro autisti. Altri si sciolsero, metallo e plastica mescolati alla carne deliquescente dei loro occupanti. L'aria si riempì di esplosioni, fiamme scoppiettanti, urla e maledizioni, soffocate dagli stridii dei disorganizzatori e delle armi a raggi.

Dietro di loro, all'estremità orientale della città dove era atterrato uno dei mercantili di Belloch, la nave si alzò con i portelli ancora aperti. Morwen, per tutta la battaglia a bordo dell'aeromobile di Thanda, vide un uomo cadere da un portello aperto mentre la nave partiva e volava via.

Uno degli equipaggi dell'aeromobile puntò la sua arma contro la nave in fuga, ma Thanda parlò al comunicatore: — No, le navi le lasciamo andare. Compagnie Uno e Due, andate alla casa di riunioni e ingaggiate il nemico. Compagnie Tre e Quattro, andate a sud e impegnatevi. Probabilmente avranno il tempo di fuggire.

— Signore — disse uno dei suoi ufficiali anziani, — potremmo immobilizzare la nave, impedire loro di partire.

— No. Fate come vi ho detto.

Thanda chiuse il comunicatore.

A Morwen disse: — Sarai preoccupata per i tuoi genitori.

— Lo sono.

— Allora andiamo da loro.

I Protettori stavano salendo di nuovo sui loro trasporti. Ora accelerarono verso la casa di riunione. L'aereo li seguì.

La distanza non era molta. In meno di un minuto, i veicoli si fermarono al parco giochi davanti alla sala della comunità con le altalene, gli scivoli e le giostre. I pirati erano scesi dalla loro nave atterrata al limite occidentale della Broadway ed erano rimasti sorpresi di trovare l'edificio barricato, con gli agenti di Kronik che sparavano contro di loro. Si erano riparati dove potevano e avevano risposto al fuoco, in attesa di quei rinforzi che non sarebbero mai arrivati. Morwen poteva vedere il fumo che si alzava dalle pareti di legno della sala, dove le armi projac avevano mancato le finestre.

— Avanti! — ordinò Thanda.

I suoi Protettori si posizionarono dietro e sotto i trasporti. Alcuni si ripararono dietro le porte dall'altra parte della strada rispetto alla casa delle riunioni. Il rumore delle armi a raggi, il balbettio degli shotgun e le urla dei disorganizzatori dal cielo si mescolavano alle urla dei feriti.

I pirati si disimpegnarono e cercarono di tornare di corsa verso la loro nave, contrastati dagli equipaggi armati negli aeroplani. Molti vennero abbattuti da alcuni dei Protettori orgogliosi della loro abilità nel tiro. L'aereo della polizia, che aveva già iniziato a sparare, quando erano arrivati i rinforzi si alzò dal tetto della casa delle riunioni e si unì all'inseguimento.

Nessuno degli invasori raggiunse la nave prima che si alzasse e volasse via. Morwen guardò a sud e vide decollare la quarta nave. I rumori della sparatoria le fecero capire che aveva lasciato le squadre d'assalto a terra per essere massacrate. Gli aeroplani giunti alla casa di riunione si diressero quindi in quella direzione. Vide gli equipaggi gesticolare per l'eccitazione di essere i vincitori.

Le porte della casa di riunione si aprirono. Kronik emerse, con alcuni dei suoi poliziotti.

— Abbiamo un paio di feriti — disse. — Ma niente di troppo serio.

Thanda parlò nel comunicatore, ordinando al suo team medico di presentarsi in sala.

Disse al suo autista di atterrare. Morwen saltò fuori e corse alla casa delle riunioni.

— Stanno bene — disse Kronik.

Lei si scostò da lui. Dentro, le persone stavano salendo dal seminterrato. Dedana Llanko la superò e uscì dalla porta. Morwen la sentì dire "Ha, ha!" e si chiese se i muscoli del viso della donna si ricordassero come si fa a sorridere.

Poi vide i suoi genitori e andò da loro. Sia Chaffe che Elva mostravano gli occhi scuri e il respiro dolce dei masticatori di maunch.

— State bene?

— Mai stati meglio — disse suo padre. — Che cosa è successo?

— Ne parleremo dopo.

Ma il maunch fece desiderare ai suoi genitori di stare al sole. Si avviarono con gli altri verso la porta. Fuori, i Protettori stavano trascinando i corpi dei morti verso i trasporti e li caricavano a bordo.

Elva osservò per un po', poi disse: — Beh, non è andata così l'ultima volta, vero?

Chaffe disse: — Dio, no. — fece un respiro profondo. — Ho voglia di qualcosa di appetitoso. Andiamo a casa.

A braccetto, si diressero verso est, scavalcando i corpi, le teste unite in una conversazione privata.

Kronik si avvicinò a Morwen in cima ai gradini. Li guardarono andarsene e lui disse: — Gli abitanti dell'Oikumene hanno ragione. Siamo barbari.

Morwen rispose: — Proprio come abbiamo bisogno di essere.

Più tardi nel corso della giornata, una navetta con i contrassegni della CCPI effettuò una lenta discesa verso il Manse. Thanda e Morwen uscirono per un incontro.

Ben Zaum uscì, si guardò intorno e disse: — Mi pare che sia andato tutto bene.

— Tutto a posto qui da noi — rispose Thanda. — E da voi?

— Abbiamo portato tre incrociatori dall'Oikumene. Due erano antiquariato da musei, ma ancora funzionanti. Si sono avvicinati alle navi di Belloch e di Two Hearts, hanno disattivato i loro motori e siamo saliti a bordo.

— Sono stati catturati? — disse Morwen.

— Stiamo ancora esaminando gli equipaggi, mentre stanno tornando ad Avente per il processo. Abbiamo lasciato le navi alla deriva. I loro proprietari saranno rintracciati, per vedere se vogliono recuperarle.

Zaum si guardò di nuovo intorno, poi disse: — Una bella istituzione!

— Efficiente — confermò Thanda. — E tutto pienamente accettato dalla comunità.

— Hmm — disse l'uomo della CCPI.

Thanda si rivolse a uno dei suoi alti ufficiali.

— Porta fuori il pirata.

A Zaum disse: — Abbiamo salvato per te uno dei collaboratori più stretti di Two Hearts. Ho pensato che potesse essere utile se decidessi di fare irruzione nel suo nascondiglio, per liberare alcuni dei tuoi.

Il pirata fu portato fuori, con polsi e gomiti incatenati, intontito dagli effetti persistenti dello shock. Fu trasferito nella navetta e imprigionato.

Zaum disse: — Non lo metteremo con il suo capo — si strofinò il naso. — Ci sarà una taglia, per lui e per i capi.

Thanda gli mostrò un raro sorriso.

— In cambio di lui e dei due capi pirata, che ne dici se la nostra ricompensa sia quella di lasciarci andare indisturbati ai nostri affari innocui.

Il sorriso di Zaum risultò vuoto come quello di Thanda.

— Temo che non possiamo farlo. La legge è la legge.

C'era poco da dire. Zaum si voltò per andarsene, poi si fermò e tornò indietro. A Morwen disse: — Ben fatto. Se mai vuoi trasformarti in donnola…

— La mia vita è qui — rispose. — Ne ho abbastanza di avventure.

L'uomo della CCPI scrollò le spalle e sorrise con un'euforia più calorosa di quella che aveva offerto a Thanda. Pochi istanti dopo, la sua navetta era diventata un punticino in cielo, sempre più piccolo.

Morwen andò a trovare i suoi genitori nelle cucine del Manse. L'effetto del maunch sarebbe svanito presto ed era preoccupata che potessero avere reazioni traumatiche alle violenze di quella mattina. Dopotutto, avevano subito un'incursione quasi identica, a parte il diverso esito, e la mattinata avrebbe potuto riportare alla mente i ricordi di quel giorno, venticinque anni prima, qualcosa che aveva cambiato le loro vite per sempre.

Ma li trovò di buon umore, felici al lavoro, a tritare e mescolare, andando avanti e indietro dalla dispensa alle scorte di spezie. Elva stava cantando una canzone che Morwen ricordava dalla sua infanzia, Chaffe canticchiava armonie con la sua voce da tenore.

Se avesse dovuto scegliere una parola per descriverli Morwen pensò che sarebbe stata "sgargianti". O forse "esuberanti". Di certo non "traumatizzati".

Fermò sua madre mentre andava in cucina e l'abbracciò. Morwen era contenta di vedere che sua madre aveva messo su qualche chilo in più rispetto a quanti ne aveva una volta. Anche suo padre era un po' ingrassato dopo la liberazione.

— State bene? — chiese loro.

Elva sorrise con quello sguardo luminoso che Morwen ricordava dagli incontri.

— Va tutto bene — disse, poi si voltò e tornò al lavoro.

Morwen pensò: *Possiamo essere barbari, ma siamo felici così come siamo.*

• • •

La vita tornò alla normalità. Alcuni Protettori furono promossi per sostituire i traditori. Altri ricevettero riconoscimenti e lodi per il loro coraggio in combattimento. Thanda disse a Morwen che l'avrebbe mandata a fare una consegna a Olliphane per vedere come reclutare più uomini.

— E anche alcune donne — disse Morwen.

Lui si fermò e ci pensò a lungo, poi disse: — Va bene. Ho preparato questa pubblicità per essere pubblicata su riviste famose come *Cosmopolis* e *Extant.*

Le porse un pezzo di carta su cui era stampato: *Men Wanted. Cerchiamo uomini competenti con esperienza in sicurezza e investigazioni. Viaggi dentro e fuori dal Dilà. Buona retribuzione, orari regolari, possibilità di avanzamenti di merito. Potete candidarvi presso Hotel Mercoli, Madrigon, Olliphane, la mattina del 19 di Septomese.*

— Posso modificarlo? — domandò Morwen. — Con "Cerchiamo uomini e donne"?

— D'accordo. Macrine inserirà l'annuncio. Dagli il testo modificato. Parte questo pomeriggio. Andrai con lui nel viaggio di Septomese per intervistare i potenziali clienti. Assumi tutti coloro che soddisfano i tuoi standard.

— Inteso. È probabile che alcuni siano donnole.

Thanda scrollò le spalle. — Probabile? Direi certamente. Li sbatteremo fuori una volta arrivati qui.

Morwen tornò in ufficio e modificò l'annuncio, poi lo portò dove Lech Macrine stava supervisionando il caricamento dell'estratto in una delle piccole navi mercantili che Thanda aveva acquistato con i proventi dell'asta a Interchange.

Mise il foglio nel portafogli e poi, mentre la donna se ne stava andando, le disse: — Un minuto, Morwen.

Lei si voltò e vide un'espressione particolare sul suo viso.

— So che a volte vai ai balli del Quintogiorno.

Lei annuì.

Si schiarì la gola e aggiunse: — Mi chiedevo se ti sarebbe piaciuto andarci... con me.

Lei sbatté le palpebre.

— Io, ehm…

Macrine aggiunse velocemente: — Conosco la tua storia. Noi tutti sappiamo come hai salvato i tuoi genitori e li hai portati qui, la cosa più importante di tutta la tua vita.

— Sì — disse, — ma...

— Ma l'hai fatto, e tutto è finito bene. E ora hai un'altra vita da vivere.

Si fermò lì, e aspettò che lei rispondesse.

Morwen superò la sorpresa e pensò a un paio di modi in cui avrebbe potuto rispondere, poi li scartò.

— Devo pensarci.

Non c'era nient'altro che Macrine potesse fare se non essere d'accordo e tornò al lavoro. Morwen rientrò in ufficio e ci pensò su, come aveva detto al pilota. Dopo aver riflettuto a lungo, tirò fuori dal garage di Manse la sua vecchia bici a pedalata assistita e si diresse giù per la collina.

Alla stazione della polizia i turni di giorno erano al termine. Era il primo imbrunire e le luci si erano appena accese. Trovò Eldo Kronik nel suo ufficio mentre riordinava la sua scrivania, preparandosi a uscire.

— Ti unisci a me per cena?

— Poco ma sicuro.

Chiuse a chiave il cassetto della scrivania e si alzò.

Gisby aveva preparato la sua torta di shumkin e porri, uno standard del ristorante. Morwen la ordinò, trovandola leggermente diversa dalla ricetta che aveva inventato al suo arrivo, ma reputò che la modifica fosse un miglioramento. Kronik ordinò funghi autoctoni ripieni di una varietà di carni, il tutto macinato e condito.

Parlarono di cose irrilevanti, a proprio agio l'una con l'altro. Terminarono il dessert, la torta di fragole con panna, e ordinarono il punge e un liquore dolce. Dopo il primo sorso, Kronik sospirò soddisfatto.

Poi Morwen disse: — Dovremmo parlare.

— Riguardo a cosa?

— Di te e di me.

Posò la tazza. — Ah...

La conversazione che ne seguì non fu lunga ed entrambi i partecipanti ne emersero con soddisfazione.

• • •

Quando i Disper erano arrivati da Tantamount, avevano portato con sé molte delle usanze del vecchio mondo, inclusa la tradizione di dipingersi di blu scuro il pollice destro, per segnalare agli altri di avere una relazione amorosa. La mattina dopo, Kronik e Morwen andarono al negozio che vendeva materiali per decorazioni e comprarono una piccola fiala di colorante. Il proprietario sorrise a Morwen e fece l'occhiolino a Kronik, come richiedeva l'usanza.

Poi andarono ai rispettivi lavori e sopportarono i commenti, alcuni gentili, altri un po' maliziosi, gli stessi che tutti i "pollici blu" avevano dovuto sopportare per secoli. Non appena poté, Morwen scese in cucina e diede l'annuncio ai suoi genitori che furono contenti della notizia. Chaffe ed Elva apprezzavano molto Kronik, anche se non era un uomo che suscitasse subito affetto.

— Cercheremo di affezionarci — disse sua madre. Al che suo padre aggiunse: — Anche se ci vorrà un po' di tempo.

Al piano di sopra, Thanda notò il pollice.

— Kronik?

— Kronik — confermò Morwen.

— Povero Macrine — disse Thanda.

Al ritorno da Olliphane e alla vista del pollice di Morwen, Macrine riuscì a contenere la sua delusione. Riferì di aver inserito l'annuncio come richiesto. Poi prese una pausa di due giorni e si preparò per partecipare a un ballo del Quintogiorno, dove fece furore per attirare le attenzioni di un certo numero di giovani donne di New Dispensation, delle fattorie e dei villaggi circostanti. Diversi osservatori riferirono a Morwen che aveva saputo reagire bene alla delusione di non essere stato scelto.

Quando poi si incontrarono all'Itinerator, il comportamento del pilota fu irreprensibile. Volarono prima allo spazioporto di Hambledon, dove le guardie di Chorestown avevano trasportato incatenato lo scagnozzo di Belloch, il sopravvissuto al tentativo di rapimento. Lo caricarono a bordo e, per non correre rischi, Macrine lo rinchiuse nella stiva tra i contenitori dell'estratto di maunch, legato al muro da un robusto cavo.

Volarono quindi ad Alphanor, dove il consumo di estratto di maunch era lecito, sebbene regolamentato. Allo spazioporto principale di Avente, mentre Morwen faceva la guardia con il projac, il pilota liberò il pirata dalle restrizioni e gli consegnò un pacchetto di banconote UVS e alcuni documenti d'identità falsificati nello stabilimento di Thanda.

Il delinquente controllò le banconote, quindi esaminò i documenti.

— Sembra tutto a posto.

— Noi manteniamo le nostre promesse — disse Morwen. — Ora sparisci dalla nostra vista.

L'uomo se ne andò attraverso il portello di prua mentre i poliziotti del porto arrivavano per ispezionare il carico.

— Chi era quello? — chiese l'alto funzionario.

— Quello appena uscito? — disse Morwen. — Solo un passeggero. Ma sospettiamo che sia un collaboratore di Hacheem Belloch, un famigerato starmentiere.

La dichiarazione fece trasalire il funzionario. Si portò il polso alla bocca e parlò nel braccialetto delle comunicazioni, ordinando l'arresto del pirata. Poi disse a Macrine e a Morwen: — Potreste essere ritenuti responsabili per aver prestato aiuto a un noto criminale.

— Non accadrà di nuovo — disse Morwen.

Dopo aver trasferito il carico consegnandolo al magazzino doganale dello spazioporto, si diressero a Madrigon su Olliphane, dove l'estratto di maunch era invece bandito. Ma in quel viaggio non portavano merce di contrabbando, perché volevano solo farsi conoscere.

Quando arrivarono allo spazioporto, vennero tuttavia sottoposti a una raffica di domande e a un'ispezione approfondita delle stive e delle cabine. Non fu trovato nulla di perseguibile e loro risposero onestamente alle domande. Alla fine, fu permesso a entrambi di lasciare la zona di confinamento del porto, anche se Morwen era sicura che sarebbero stati pedinati in città.

I colloqui all'Hotel Mercoli erano previsti per la mattina seguente. Morwen e Macrine si registrarono chiedendo due stanze separate e lei controllò che fossero in corso le disposizioni per le riunioni. Poi ispezionò la camera e la trovò adatta; quindi cenò nella sua stanza e si mise a letto.

Al mattino, andò nella stanza dei colloqui dove trovò ventisette candidati, tra cui sei donne, che aspettavano lei e Macrine. Diedero un numero a ogni candidato e li chiamarono uno alla volta.

Per cominciare esaminarono le qualifiche e le storie di impiego, osservando attentamente le condizioni fisiche di ogni aspirante Protettore. Dopo un'ora e mezza, avevano ristretto il gruppo iniziale a sedici uomini e cinque donne che sembravano soddisfare i requisiti.

Iniziarono quindi a intervistare in modo approfondito i singoli candidati. All'ora di pranzo, avevano selezionato sette uomini e tre donne a cui potevano offrire il lavoro in prova. Avevano rifiutato una delle donne e quattro degli uomini del gruppo iniziale e dovevano ancora prendere una decisione sui restanti sei. Li mandarono via tutti, con la promessa di far conoscere le loro decisioni il giorno successivo.

Ne parlarono durante il pranzo. Macrine era dell'opinione che due degli incerti potessero essere donnole della CCPI e aveva dei dubbi su uno degli uomini che avevano già scelto.

— Lasceremo che Thanda e i suoi uomini si occupino di loro — disse Morwen. — Il nostro compito è portare a casa un gruppo di candidati decente.

Tornarono nella stanza del colloquio e consultarono nuovamente i curriculum e le referenze, confrontando i documenti con le impressioni che gli intervistati avevano loro destato. A metà pomeriggio avevano rifiutato due dei sei in forse. Ciò li aveva lasciati con dieci uomini e quattro donne, qualificati per un'offerta di prova.

Imballarono le loro carte e si prepararono a lasciare la stanza delle interviste. A quel punto la porta si aprì ed entrarono cinque uomini. Ognuno indossava l'uniforme e le insegne della CCPI. Erano armati. E uno di loro era Ben Zaum.

Li salutò per nome. Poi disse: — Ho un mandato di arresto per ciascuno di voi. Apprezzerei che non faceste storie.

Capitolo IX

Morwen e Macrine furono portati in un edificio anonimo e mandati ciascuno in differenti stanze da interrogatorio. Morwen si chiese se ci fosse una spiegazione al fatto che non fossero stati imprigionati. Camminò per un po' nella sala angusta, per togliere dai muscoli la rigidità indotta dalla tensione, poi si sedette su una sedia davanti al tavolo e aspettò. Di tanto in tanto, dava un'occhiata alla lente montata in un angolo dove le pareti incontravano il soffitto. L'ultima volta, aveva inarcato le sopracciglia e alzato le mani in un gesto che diceva *Finiamola una buona volta.*

Poco tempo dopo, Ben Zaum entrò nella stanza e si sedette di fronte a lei. Aprì una cartella e fece finta di leggere ciò che era scritto nella prima pagina di un rapporto.

— Non c'era contrabbando sulla nostra nave — disse, mantenendo il tono mite. — Per quali motivi ci stai trattenendo?

Fece finta di leggere fino alla fine di un paragrafo, poi la guardò. — Sei una nota collaboratrice di un importante criminale del Dilà. Posso trattenerti per tre giorni e prolungare per altri tre.

— Per quale criminale intendi dire? — chiese Morwen.

— Un paio, in realtà. Jerz Thanda, ovviamente, dal momento che sei il suo secondo in comando.

— E l'altro?

Zaum sorrise. — Il pirata Hacheem Belloch.

Morwen sbuffò.

— Stai scherzando. Io sono... ero... una *vittima* di Belloch.

— Possiamo argomentare sulla semantica — disse Zaum. — Abbiamo tre giorni per prendere una decisione.

Morwen superò la sorpresa iniziale.

— Inoltre, hai quel *fagreen* in custodia. — Osservò la sua espressione attentamente controllata, poi si preoccupò: — Oppure no?

Zaum guardò la parete di fronte.

— Le cose non sono andate come previsto. Belloch era a bordo del mercantile che è atterrato sul lato est della città. Non appena ha visto i suoi uomini cadere in un'imboscata, ha ordinato di decollare e, prima di lasciare l'atmosfera è scappato via dalla nave guidando un'auto aerea per volare allo spazioporto di Hambledon.

"Laggiù, ha requisito una piccola astronave, costringendo il suo proprietario a portarlo via sotto la minaccia delle armi. Le nostre fonti a Boregore ci dicono che non è tornato su Blatcher's World.

Ora guardò Morwen in modo significativo e aggiunse: — Prima di usare l'aeromobile per scappare dal mercantile, ha lanciato nel vuoto Sheleen Two Hearts da un portello aperto. Abbiamo motivo di credere che Belloch abbia in qualche modo acquisito i vettori di astronavigazione per farsi condurre in un mondo sconosciuto. È andato lì per nascondersi.

Morwen capì. Hacheem era andato nel mondo nascosto e senza nome che Two Hearts aveva comprato a Interchange. Si sarebbe nascosto là e avrebbe pianificato il suo ritorno alla pirateria. La vendetta contro coloro che avevano sventato la sua incursione su New Dispensation sarebbe stata la prima cosa da fare in agenda.

— E tu pensi — disse, — che io sappia dove sia quel mondo. Ma io non lo so.

Raccontò quanto accaduto a Interchange, poi aggiunse: — Ho visto tre lunghe file di numeri e lettere. Non li posso ricordare.

Zaum alzò una mano per fermarla. — Forse potresti — ribadì. Poi alzò la mano per respingere una sua possibile smentita. Si voltò verso il dispositivo nell'angolo e disse: — Fallo entrare.

La porta si aprì e nella stanza entrò un ometto con i capelli radi e un'espressione distante. Indossava una veste logora e le semplici insegne di uno studioso dell'Istituto con sede sulla Terra. Zaum gli fece cenno di sedersi accanto a lui.

— Questo è Glaub Ishmil — disse, — dell'Istituto.

Con voce asciutta il nuovo arrivato aggiunse: — Grado 74.

Morwen aveva riconosciuto il costume perché veniva spesso parodiato nelle vignette satiriche, ma era cresciuta conoscendo poco dell'Istituto. I suoi membri erano rari nel Dilà, dove erano generalmente trattati come donnole, nella convinzione generale che meno gli Oikumene sapevano degli abitanti del Dilà, meglio era. E le loro attività astruse erano lontane dalla vita quotidiana di un pirata barbaro o dei suoi schiavi.

Zaum disse: — L'area di interesse di Ishmil è la mente umana, con una particolare attenzione alla memoria. Ha sviluppato un siero che acuisce notevolmente i ricordi.

— Non voglio che la mia mente venga modificata — disse Morwen. — Sono soddisfatta di come è ora, e ho molti ricordi di cui mi libererò presto.

— Allora avrai tutto il tempo per liberarti di quei ricordi mentre sei in detenzione a tempo indeterminato.

— Su quali basi?

— Ostruzione a un'indagine.

Morwen si sentì offesa.

— Non potresti farmi questo se fossi una cittadina di un mondo dell'Oikumene.

— Vero — disse l'agente dell'CCPI. — Ma non lo sei. Sei una "Beyonder" catturata. Una nota criminale.

Un barbaro, pensò Morwen.

Passarono due giorni prima che Morwen sentisse di essersi completamente ripresa dagli effetti del siero. L'avevano bendata prima di rovesciare sulle sue labbra la fiala di liquido dal sapore amaro. Non appena il composto aveva iniziato a funzionare, era stato come se la sua testa si fosse riempita di una luce intensa. All'inizio, aveva visto un vorticoso caleidoscopio di immagini, tutte disposte come se stesse guardando in una miriade di minuscole stanze. Non appena si concentrava su una di esse, la sua visione interiore si riempiva e rivedeva quel momento passato davanti ai suoi occhi.

Sembrava che non ci fosse un piano o un sistema di organizzazione. I luoghi della sua prima infanzia venivano collocati accanto agli eventi dell'anno precedente. Momenti strazianti venivano accumulati vicino ai periodi di pura noia che facevano parte della vita di ogni schiavo. E ogni piccola scena rimaneva congelata e immobile, finché lei stessa non voleva che prendesse vita... poi arrivavano il suono e il movimento e persino le tracce di profumo e di calore.

A un certo momento, dall'oscurità, le giunse la voce dell'uomo... "Il primo momento in cui hai inserito la perlina crittografata in un lettore e hai detto la password".

Non appena lui parlò, l'immagine le venne in mente. Vide il lettore, la mano che si ritraeva dal posizionare il globo, lo schermo che appariva nell'aria davanti a lei.

Fece come richiesto, e le tre stringhe di numeri, ciascuna lunga diverse cifre, presero vita davanti a lei.

— Blocca la visione e leggi le cifre — disse la voce.

La droga non le diede scelta. Lesse i tre vettori ad alta voce, quindi, su richiesta, lo fece una seconda volta.

— Bene — disse un'altra voce che riconobbe come quella di Zaum. — Inserisci tutto nel navigatore e andiamo per la nostra strada.

La benda rimase al suo posto. Era stata seduta su una sedia, e ora la sedia cominciò a muoversi. Sopportò una spinta in avanti per circa mezzo minuto, poi si sentì girare sulla destra. Il suo stomaco le disse che stava salendo. Poi altri movimenti, quindi un paio di svolte e infine rimase ferma.

Di nuovo la voce di Zaum: — Allunga una mano e ti sentirai a letto. Sdraiati e rilassati. Ishmil dice che il siero svanirà pian piano. Meglio se fino a quel momento rimani immobile e tranquilla, al buio. Cercare di usare la vista mentre la tua mente sta emanando ricordi, beh... può farti inciampare e cadere. Aspetta nella cabina con le luci spente finché non ti sentirai meglio.

Poi lui se ne andò e lei sentì scattare la serratura della porta... aveva davanti una vita di ricordi, ognuno nella sua piccola scatola, come se si trovasse di fronte a una parete di minuscoli scomparti, infinitamente grande. Non poteva fare a meno di concentrarsi su questo o su quello, nel qual caso la visione prendeva vita e lei riviveva quel particolare momento.

Si rilassò meglio che poteva e desiderò dormire, ma il siero favoriva la veglia. Non ebbe altra scelta che rivivere tutta la sua vita un frammento dopo l'altro. Si chiese se ci fosse del vero nel mito che, al momento della morte, tutta la vita di una persona balenava davanti agli occhi e se Ishmil avesse in qualche modo scoperto un modo per sbloccare quella capacità. Se era così, concluse subito, avebbe dovuto essere immerso nello strutto e arrostito a fuoco lento.

Nella sua mente, non c'era nessun posto dove guardare senza incontrare un'immagine, e non appena se ne accorgeva, quell'immagine prendeva vita. Per un po' Morwen rimase inerte a sopportare il processo, finché non si costrinse a concludere che la maggior parte della sua vita era stata uno spreco, vissuta per ordine di un tiranno brutale a cui non importava niente di lei. Doveva esaudire ogni suo desiderio, senza indugi. Anche solo per aver voglia di uno spuntino mentre si occupava dei suoi affari pirateschi, l'avrebbe fatta correre avanti e indietro, dalla cucina al salotto, o ovunque si trovasse nella tenuta.

Evocò alcune di quelle immagini e vide, ancora una volta, il suo completo disprezzo per lei e per ciascuno dei suoi schiavi. Le inclinazioni sessuali di Belloch correvano verso squisite cortigiane, addestrate nelle più segrete arti erotiche. I suoi schiavi avrebbero potuto anche essere animali domestici... anzi, erano comunemente indicati da Belloch e dal suo sorvegliante, Vilch, come "bestiame".

Ritornò l'odio impotente che aveva spesso provato nei suoi confronti, e che era svanito nei giorni in cui aveva conquistato la sua libertà e quella dei suoi genitori. L'idea che fosse sfuggito alla punizione suscitò in lei una rabbia feroce. Ora non era più risentita per il fatto che lo studioso dell'Istituto avesse creato nella sua mente quello strano effetto. Se il suo attuale disagio avesse portato Hacheem Belloch alla rovina, allora non doveva essere considerato un disagio.

Così rimase sdraiata, rimuginando sul suo passato inutile, pensando a tutte le altre esperienze più felici che avrebbero potuto essere sue se i Principi Demoni non fossero scesi su Mount Pleasant. E lasciò che la rabbia la riempisse. Era meglio del vuoto che l'impotenza della schiavitù le aveva imposto.

Alla fine, si addormentò. Quando si svegliò, il muro infinito di minuscole immagini era ancora lì. Ma la sua luminosità era affievolita, i suoi colori erano sbiaditi. Scoprì che poteva lasciar vagare il suo sguardo interiore su quella matrice di immagini senza che le immagini prendessero vita. Provò a evocare un ricordo e comprese che non c'erano più le stesse sensazioni di quando il siero era fresco nelle sue vene.

Alla fine, dopo circa un'altra ora, tutte le immagini svanirono nel nulla. Morwen cercò a tastoni intorno alla testiera della cuccetta, trovò l'interruttore che azionava la lampada e riempì di luce la cabina. C'era un ablutorio dietro una porta scorrevole. Si ristorò, poi si sedette sulla cuccetta finché non fu sicura del suo stato d'animo.

Poi premette il pulsante che attivava il comunicatore incastonato nel muro. Un momento dopo, la voce di Zaum disse: — Va meglio?

— Molto.

— Manderò qualcuno a prenderti.

Era la nave più grande su cui Morwen fosse mai salita, con ponti multipli. Aveva sentito parlare delle grandi navi passeggeri che facevano la spola tra i principali mondi dell'Oikumene, ma questa nave non mostrava segni del lusso e dell'eccesso che si associava alla civiltà dall'altra parte del Velo. Era funzionale, spoglia, una nave da guerra di un'epoca passata.

Una donna in uniforme Ipsy la portò in una stanza dove Zaum aspettava con un gruppo ristretto di altri agenti, seduti attorno a un lungo tavolo con le estremità arrotondate. Tutti avevano le insegne del loro grado su colletti e polsini. Zaum non si degnò di presentarla, ma le fece cenno di sedersi accanto a lui.

La guardò, poi disse: — Nessun effetto persistente?

Decise di essere sincera con lui.

— Sono stata costretta ancora una volta a rivivere i miei anni di schiavitù. Non è stata un'esperienza felice.

Non gli disse che alcuni dei ricordi avevano ravvivato il suo terrore d'infanzia alla vista di Hacheem Belloch. Preferì concentrarsi sulla rabbia.

Lui lasciò che le sue mani esprimessero rammarico.

— È stato necessario — disse. — Belloch deve pagare per i suoi crimini.

— Su questo, siamo d'accordo — disse Morwen. — In effetti, mi piacerebbe essere lì per fargliela pagare.

— Accadrà presto, con un po' di fortuna.

Ordinò che venisse acceso uno schermo così enorme da occupare la maggior parte di una parete, oltre l'estremità del tavolo. L'intersplit Jarnell era attivo e la nave viaggiava in quello strano non-spazio. Dopo un po' la "spaccatura" spaziale si richiuse, le luci e i flussi svanirono: erano tornati nello spazio normale, di fronte alla grande nebulosa gassosa. E ci entrarono.

Per uscire da quella massa gassosa, attraverso la fenditura, ci volle meno tempo di quanto Morwen ricordasse. Rivide la nana bianca che fiammeggiava: sembrava la punta di uno spillo, una gran luce lontana spinta attraverso l'oscurità. I pianeti morti erano sospesi nelle loro orbite e si vedeva il mondo senza nome.

— Fate una scansione — disse Zaum parlando a un braccialetto che aveva al polso.

Qualche istante dopo, una voce disincarnata rispose: — Trovata una nave. Si trova sul rilievo. Una specie di edificio in costruzione.

— Persone?

— Una di sicuro, forse due. Lo sapremo meglio quando saremo più vicini.

Zaum ordinò che la scansione del macroscopio fosse trasferita sullo schermo davanti a loro. Fu allora che Morwen apprese che la stanza in cui si trovavano si chiamava "quadrato ufficiali". Era un altro termine antico, come "cabina di pilotaggio", la cui origine si perdeva nella notte dei tempi.

Apparve un'immagine: il rilievo che ricordava dalla precedente visita, con uno yacht compatto parcheggiato sopra e una cupola parzialmente costruita, fatta di triangoli prefabbricati che potevano essere incastrati tra loro. Altri pannelli a tre lati erano accatastati all'esterno della nave.

— Armi? — chiese Zaum.

— Nessuna pesante.

— Stiamo attenti — disse l'uomo della CCPI. — Armare tutti i sistemi, in attesa.

Risuonò un allarme, tre sibili. Morwen sentì rumori di porte che sbattevano e di passi che correvano.

— Pronti per l'azione — riferì la voce.

— Preparatevi a disabilitare quella nave se cerca di partire — disse Zaum.

— È sotto tiro — fu la risposta.

— Andiamo — ordinò Zaum.

Morwen si ritrovò protesa in avanti, a fissare lo schermo come aveva recentemente fissato i propri ricordi. Voleva vedere Belloch. Voleva vederlo mentre cercava di fuggire. Allo stesso tempo, un terrore infantile si stava insinuando attraverso la sua rabbia, balbettando verso di lei da qualche parte ai margini della sua mente. Cercò di combatterlo, ma si trovò incastrata tra quelle due emozioni estreme.

Si rese conto che l'effetto del siero non era ancora svanito del tutto. Avrebbe dovuto combattere gli effetti persistenti.

La nave discese fin quasi sopra la superficie piatta e ricoperta di licheni, oltre l'orizzonte e fuori vista dal rilievo su cui si trovavano lo yacht spaziale e la cupola semicostruita. Poi si avvicinò silenziosamente, tipico delle navi da guerra, anche quelle antiche.

Zaum e tre dei suoi ufficiali si armarono di projac e scesero attraverso dei portelli di sicurezza fin dove attendeva un'auto blindata per più persone. Morwen, senza che nessuno le dicesse diversamente, li seguì e fece per entrare quando Zaum alzò il tettuccio per salire a bordo del veicolo.

Lui la guardò accigliato, ma lei gli restituì l'occhiata più determinata possibile. Lui fece spallucce e indicò un posto nella parte posteriore dell'imbarcazione. Rimasero tutti seduti, con il tettuccio chiuso e con l'auto che si muoveva al minimo, in attesa dell'apertura del portellone esterno.

La nave si librava sotto la cima del precipizio, tenendosi fuori dalla vista di chiunque fosse lì. L'aeromobile scivolò fuori, poi si spostò lungo la parete della scogliera finché non fu in grado di salire silenziosamente nel punto in cui era situata la cupola in costruzione. Si mosse finché non fu posizionata fuori vista dietro lo yacht e rimase sospesa alla distanza di un palmo sopra la superficie. I quattro agenti della CCPI si arrampicarono fuori con le armi sguainate. Si schierarono tra lo yacht e la cupola e avanzarono senza interruzione.

Morwen li seguì. Si ritrovò a tremare, in parte per la paura, in parte per la rabbia. Stava pensando: *Questo è il momento che pensavi non sarebbe mai arrivato*. Avrebbe voluto che le avessero restituito il suo projac. Immaginava di prendere di mira il suo ex-padrone – questa era la vecchia parola che le si intrufolava in mente – e i tremori aumentarono.

Zaum e i suoi uomini si muovevano in silenzio. Questo lato della cupola era per lo più costruito, anche se c'era una soglia senza la porta. I pannelli triangolari erano impilati all'esterno e quando Morwen si concentrò sui dettagli della scena, vide una frusta arrotolata e appesa a un chiodo accanto alla porta.

Conosceva quella frusta, l'aveva vista brandire. Modellata con l'epidermide intrecciata di una bestia dalla pelle scura, con tre puntoni di ferro sulla punta, era il simbolo del potere di Hacheem. La portava spesso con sè. Quella vista provocò a Morwen uno shock. La prima volta che l'aveva vista usare era una bambina. La vittima era una donna che era stata gentile con lei. Morwen aveva avuto incubi per mesi.

Trova la rabbia si disse. *Soffocherà la paura.*

I suoi pensieri furono interrotti quando sentì attività all'interno della cupola. Poi una figura apparve sulla soglia, chinata per raccogliere un pannello. Si bloccò alla vista degli agenti della CCPI, il suo volto registrava una sorpresa quasi comica.

Non era Hacheem Belloch. Era un uomo di mezza età, forse più anziano, vestito con abiti di tessuto morbido, con maniche a sbuffo e pantaloni svolazzanti, i piedi in calzature di broccato... proprio quello che un ricco pensionato potrebbe indossare mentre si rilassa nel salone del proprio yacht. E li indossava ancora dopo essere stato abbordato da un feroce pirata armato di frusta che lo aveva costretto a volare in quel desolato nulla, e che lo aveva messo al lavoro.

Senza parlare, Zaum fece cenno all'uomo di allontanarsi. Ma lo shock era stato troppo forte. La vittima rimase congelata. Morwen sentì un'aspra domanda dall'interno della cupola. Riconobbe la voce e il tono, e sussultò per l'abitudine. Fu contenta di essere dietro a Zaum e agli altri che non potevano vedere la sua reazione.

Una sagoma apparve dietro l'uomo al lavoro. Gli agenti di polizia alzarono le armi, ma troppo tardi. L'uomo fu tirato all'indietro nella cupola, solo per emergere pochi istanti dopo con il braccio di Belloch sulla gola e un projac puntato alla testa.

— Abbassate le armi, o gli faccio bollire il cervello — disse il pirata.

— Fallo — disse Zaum, — e ti abbattiamo.

— Fuori dai piedi — ordinò Belloch. Spinse il suo ostaggio in avanti di un passo, il viso dell'uomo era bianco per la paura. Non c'era voluto molto, pensò Morwen, perché quel criminale facesse ciò che sapeva fare meglio: ridurre un altro essere umano in uno stato di estremo terrore.

La scena rimase immobile per diversi istanti, poi Zaum disse ai suoi uomini di farsi da parte.

— Ti inseguiremo — disse. — Possiamo disattivare i tuoi motori e abbandonarti nello spazio.

— Se lo fate — disse Belloch, — entrerete nella nave e troverete questo tizio fatto a pezzi.

Morwen vide Zaum valutare quella possibilità, e poi rifiutarla.

— I tuoi uomini sono morti — disse. — Quando faremo irruzione nel tuo nascondiglio, chi ti difenderà?

Belloch sorrise.

— Sarei un povero pirata se non avessi più di una base. E se non potessi creare una nuova compagnia di bravi. Ci rivedremo alla prossima occasione.

Spinse il proprietario dello yacht attraverso la linea di soldati della CCPI... — E forse, nel frattempo, manderò qualcuno a visitare le vostre famiglie.

Il viso di Zaum era cupo. Alzò il suo projac a metà. Ma Belloch inclinò la testa e gli fece un sorriso beffardo, e il colonnello investigatore si fermò.

Poi il pirata si trovò faccia a faccia con Morwen e, dopo un momento, la riconobbe.

— La ragazza della cucina — disse. — Ci incontriamo di nuovo. Meraviglioso.

Il sangue di Morwen le si gelò nelle vene. Le mancava il respiro.

Hacheem disse: — Vai alla cupola e prendi la mia frusta.

Istintivamente iniziò a obbedire all'ordine, poi si fermò. Ma poi vide un bagliore di indignazione sul volto del suo ex padrone e la parola "ex" perse ogni significato. Con le gambe che sembravano di piombo passò attraverso gli agenti della CCPI, raggiunse la cupola e strappò la frusta dal suo gancio. Poi tornò arrancando da Belloch. Zaum tese una mano per fermarla, ma lei se lo scrollò di dosso.

Il pirata aveva fatto voltare il suo ostaggio e ora stavano indietreggiando verso lo yacht. — Vieni, sguattera — disse. — Ti insegnerò alcuni nuovi trucchi.

Lei lo raggiunse e lui disse: — Sali a bordo. Preparati a chiudere il portello al mio comando.

La volontà l'aveva abbandonata. La sua rabbia era stata soffocata dagli anni di addestramento durante l'infanzia, sostenuto dalla paura di una bambina, il tutto richiamato dal farmaco dello studioso dell'Istituto che lo riportava in memoria.

Non sono un barbaro pensò. *Sono solo la schiava di un barbaro.*

Una serie di immagini giunsero alla sua visione interiore: scene di degrado e di disperazione, di notti iniziate in lacrime e finite in incubi. Si sentì impotente.

Raggiunse il portello aperto dello yacht. All'interno era buio, i sistemi della nave erano spenti per risparmiare energia. Si fermò un attimo a pensare cosa avrebbe significato per lei fare un altro passo ed entrare in quell'oscurità.

Si voltò e vide Belloch indietreggiare verso di lei con l'arma puntata alla testa dell'uomo rapito: la sua postura e i suoi movimenti rivelavano grande fiducia nella sua padronanza della situazione. Dall'altra parte gli agenti dell'CCPI erano cupi e silenziosi.

E poi le venne una nuova visione: il tempo nella casa di riunione, dopo che aveva masticato il maunch. Ricordava la luce, i volti che la guardavano, l'estasi e il senso di vita senza limiti che ogni respiro le infondeva. Una voce dall'interno che la riempiva di energia.

Quella voce parlava nella sua mente: *Non pensare. Fallo e basta. Andrà tutto bene.*

Morwen non perse tempo a pensare o a sentire. Fece un passo verso Hacheem Belloch, lasciò cadere il cappio della frusta sopra la sua testa e glielo tirò stretto intorno al collo, tirandolo indietro verso di sé.

Lui perse l'equilibrio per un momento, lasciò andare l'ostaggio, cercò di girarsi dalla parte della frusta e puntare il projac sulla donna. Ma lei tirò di nuovo, con forza, facendolo barcollare di lato lungo lo scafo dello yacht, verso la prua che pendeva sull'orlo del precipizio.

Inciampò di nuovo, cercò di raddrizzarsi e di puntare la pistola laser sopra la spalla per spararle. Ma ora lei lo aveva dove lo voleva. In cima alla scogliera lo spazio era limitato. Lo yacht era parcheggiato con il muso oltre il bordo, col precipizio solo a un passo di distanza.

Sentì dei passi dietro di lei: Zaum e i suoi tre agenti che correvano in aiuto.

No pensò. *Andrà tutto bene.* Sapeva con assoluta certezza cosa stava per accadere.

Lasciò andare la frusta. Appena liberatosi, Belloch si girò per affrontarla, coi lineamenti animati da una selvaggia esultanza. Mosse il projac per prenderla di mira e, nel contempo, cercò di stabilizzarsi. Un piede si mosse all'indietro, il tallone toccò il bordo del precipizio.

Vide il suo sorriso di trionfo. Zaum e gli agenti della CCPI si erano fermati dietro di lei, congelati dalla nuova inespressa minaccia di Belloch di ucciderla. Il pirata le fece cenno con il projac: — Nella nave, sguattera.

E poi la roccia friabile sotto il suo tallone si sgretolò e cedette. Belloch barcollò sul bordo e venne tirato all'indietro. La sua mano libera si protese verso Morwen in un gesto istintivo.

Lei incrociò le braccia sul petto e sorrise.

Altro pietrisco si ruppe sotto il piede di Belloch. Cercò di puntare l'arma contro di lei, ma stava cadendo all'indietro come un albero abbattuto. In un attimo si ritrovò nel vuoto.

Appena sotto il bordo della scogliera si librava l'antica nave da guerra. Lo sentì colpire la parte superiore dello scafo. Lo vide buttare la pistola laser, lasciarsi cadere sulle mani e sulle ginocchia, muoversi e raschiare la superficie levigata della nave alla disperata ricerca di qualcosa da poter afferrare.

Ma non trovò nulla. Scivolò lungo lo scafo ricurvo della nave, dapprima lentamente, poi sempre più velocemente. E poi cadde. Il suo grido, più di rabbia che di terrore, pensò Morwen, si perse in lontananza, sulle rocce sottostanti. Lo seguì con lo sguardo mentre precipitava e si sfracellava.

E questa si disse, è *la fine.*

Le lasciarono tenere la frusta. La mise in un cassetto della cabina che le avevano assegnato. Di tanto in tanto apriva il cassetto per guardare l'oggetto e meravigliarsi per le emozioni contrastanti che inevitabilmente le suscitava. Decise che l'avrebbe mostrata a Kronik, ma non ai suoi genitori. O almeno non subito, finché non avessero masticato il maunch almeno un altro paio di volte.

Il viaggio di ritorno all'Oikumene si protrasse per diversi giorni. Morwen aveva poco in comune con l'equipaggio Ipsy. Mangiava rimanendo nella propria cabina ed evitava il contatto con loro. Zaum le aveva assicurato che, al loro ritorno a Olliphane, sarebbe stata rilasciata senza ulteriori procedimenti contro di lei. La nave di Thanda era stata liberata dal sequestro e Lech Macrine l'avrebbe aspettata per portarla a casa a New Dispensation.

— Non ti posso dare garanzie, però, se in futuro porterai il maunch o il suo estratto in mondi in cui è proibito — aggiunse. — La legge è la legge, e sarà applicata.

Lei scrollò le spalle.

— Posso mettere ordine nei miei progetti — disse. — Sento di avere ancora molto da fare.

Glaub Ishmil venne a trovarla. Si sedette su una sedia nella sua cabina, rifiutò una tazza di punge dal distributore e la contemplò come se fosse l'esemplare di una specie rara. Dopo un po', disse: — So che mastichi il maunch.

— L'ho fatto due volte.

— E senti che ti dà beneficio?

— Sì.

Ishmil fece un verso strano.

— Sono interessato alle sue proprietà, in particolare ai suoi effetti sulle società aberranti.

— Aberranti? — lei chiese.

— La gente al di là del Velo, dove lo stato di diritto è, per così dire, più un'astrazione che una realtà quotidiana.

Morwen non sapeva come rispondere.

— È difficile — disse lo studioso dell'Istituto, quando lei non rispose, — studiare tali fenomeni sul campo. La nostra gente deve viaggiare in incognito, a rischio di essere presa dal Deweaseling Corp.

Morwen fu d'accordo: — Gli estranei curiosi suscitano molti sospetti.

— Saresti personalmente contraria ad assistermi in tali ricerche? — chiese Ismil.

— Io? Non vorrai dire che mi devo iscrivere all'Istituto?

Ciò provocò una risata, seguita da scuse.

— No, volevo solo chiederti se saresti disposta a essere contattata lì dove vivi, da una delle nostre persone, e a rispondere ad alcune domande.

Morwen ci pensò un po'.

— Si se non compromette la mia lealtà — disse. — Quando pensi di poter mandare qualcuno a Providence?

— Ehm... — disse Ishmil, — abbiamo già delle persone lì. Farò loro sapere che sei disponibile per un colloquio.

Si incontrò con Macrine in un hotel vicino allo spazioporto di Madrigon su Olliphane. Avevano liberato il pilota subito dopo che era stato catturato, ma gli avevano detto che avrebbe dovuto aspettare il suo ritorno e il rilascio della loro nave. L'aveva considerata una vacanza, sebbene Madrigon, come tutta Olliphane, fosse organizzata attorno a diverse industrie pesanti. I turisti non erano benvenuti, né molto assistiti.

In sua assenza, si era tenuto in contatto con i candidati prescelti per l'iscrizione in prova come Protettori. Ora li radunarono e li portarono a bordo del mercantile. Decollarono, Macrine si mise ai comandi e attivò l'intersplit Jarnell non appena raggiunsero la distanza minima dal pianeta.

Il viaggio non fu lungo e gran parte del tempo di Morwen fu impiegato per rispondere alle domande delle reclute su Providence, New Dispensation e sui compiti per cui sarebbero stati addestrati. Rispose come meglio poteva, barcamenandosi nel non dare troppe o troppo poche informazioni.

Quando atterrarono fuori dal Manse, consegnò i quattordici al Subcomandante Gwllero e andò nel suo ufficio. Qui nascose la frusta di Hacheem Belloch in un armadio, poi andò in cucina a trovare i suoi genitori. Non disse loro cosa le era successo. Lo avrebbe raccontato a loro gradualmente.

Ma dopo andò subito alla polizia, dove ebbe una lunga chiacchierata con Eldo Kronik. Si misero d'accordo su diverse questioni importanti e stabilirono un programma da seguire.

— Siamo compatibili in quasi tutto ciò che conta — concluse alla fine della loro conversazione, — ma c'è la questione dell'intimità.

Kronik affermò: — Per determinare la compatibilità non esiste un modo migliore di un completo test sul campo.

— D'accordo — disse Morwen. — Vieni a casa mia. Io preparerò la cena e faremo il test.

Quella sera lo fecero. La mattina successiva, entrambi dichiararono il test un clamoroso successo.

Al ballo del Quintogiorno successivo si presentarono come compagni. Il precedente pomeriggio, Kronik e Morwen si erano entrambi dipinti il pollice sinistro di uno scarlatto brillante, segnalando che erano passati dall'essere "promessi" allo stato di fidanzamento formale. Tutti si congratularono con loro.

Ballarono alcune parate e tepsicordi, poi Kronik andò a prendere dei sorbetti rinfrescanti mentre Morwen uscì sul piccolo pianerottolo oltre la porta laterale della sala. Un attimo dopo, arrivò qualcuno e si fermò accanto a lei.

— Eldo? — disse quando lui non parlava.

Ma non era il suo fidanzato. Eppure era un volto familiare.

— È un buon momento per parlare? — chiese Tosh Hubbley.

— Buono come tutti — rispose.

Parlò sottovoce: — Glaub Ishmil, grado 74, ha detto che eri disponibile a parlare del maunch.

— Lavori per quelli dell'Istituto?

— Sì, ma ovviamente preferirei non essere conosciuto come tale dal tuo datore di lavoro. Almeno non ancora.

La fronte di Morwen si contrasse.

— Pensavo fossi nato e cresciuto a Providence.

— Il neonato Tosh Hubbley è morto durante il viaggio da Worstead a Hambledon. I suoi genitori erano stati negligenti. Temendo ripercussioni, non hanno denunciato la morte ma hanno seppellito il bambino lungo il cammino. Loro stessi hanno portato il segreto nelle loro tombe. Quando sono arrivato a Providence, ho cercato negli archivi e mi sono assicurato l'identità del bambino. Poi ho iniziato a lavorare come rappresentante di vendita, cosa che mi ha permesso di visitare molti luoghi e fare osservazioni.

— Notevole — disse Morwen. — Ma qualunque cosa tu abbia da dire, è meglio che ti sbrighi prima che arrivi il mio fidanzato.

Hubbley le disse che non c'era fretta.

— Maddie lo ha coinvolto in una conversazione.

Le sorprese continuavano ad accumularsi, pensò Morwen.

— Maddie è una di voi?

— Un hotel crocevia con una taverna è un luogo eccellente per acquisire informazioni. Inoltre è un ottimo punto di incontro per trasmettere messaggi clandestini.

Morwen chiese in modo blando: — Dimmi cosa vuoi.

— L'Istituto ha seguito la diffusione dell'uso del maunch e ne ha calcolato gli effetti nel Dilà. Siamo giunti alla conclusione che è ciò che chiamiamo una "cosa buona".

— Buona come? — disse Morwen.

— Ci sono descrizioni tecniche, ma in parole povere rende le persone meno inclini alla violenza gratuita e a non comportarsi come bestie feroci. Aumenta anche l'impulso collaborativo.

— Suona come una "cosa buona".

— L'Istituto pensa in termini di secoli — le disse Hubbley. — Uno dei suoi obiettivi a lungo termine sarebbe quello di creare una civiltà più unita, che possa estendersi nel braccio galattico.

— Un impero? — lei chiese.

Hubbley sbuffò. — Mai — rispose — Piuttosto una moltitudine di mondi autonomi, diecimila, ciascuno che persegue il proprio destino, senza che nessuno cerchi di opprimerne un altro. Lo chiamiamo Gaean Reach.

— Ci potrebbe essere un modo per collaborare — disse Morwen.

Jerz Thanda, nella sua ricerca di profitti, aveva già inconsapevolmente iniziato un progetto simile.

Hubbley le disse che l'Istituto era pronto a offrirgli informazioni su altri mondi che sarebbero stati ricettivi all'introduzione del maunch, con o senza ornamenti religiosi.

Morwen ridacchiò.

— Tu diventeresti il dipartimento di ricerche di mercato di Thanda.

— In effetti.

Ci pensò e prese una decisione: — Ne parlerò con lui.

— Niente nomi — disse Hubbley.

— Farò finta che la proposta sia partita da Ishmil.

— Una decisione saggia. Puoi dire a Maddie tutto ciò che pensi io debba sapere.

Detto questo, Hubbley scese i gradini e scomparve nell'oscurità.

Kronik arrivò subito dopo, portando il sorbetto in due bicchieri di carta.

— Quella ragazza dell'hotel voleva parlarmi di qualcosa, anche se non aveva senso. Penso che abbia il cervello fuori posto. Spero che non ti sia annoiata.

— Niente affatto — disse Morwen, accettando il sorbetto. — Non mi aspetto di annoiarmi mai più.

Eldo Kronik lo prese come un complimento.

Epilogo

Il tempo passò, New Dispensation continuò a prosperare. Morwen Sabine ed Eldo Kronik furono felici della loro nuova vita in una casa che avevano comprato insieme. Pian piano Morwen convinse Jerz Thanda all'idea di utilizzare l'assistenza dell'Istituto per espandere il business dell'estratto di maunch, e quando ciò si rivelò vantaggioso per l'impresa, il suo datore di lavoro le assegnò l'uno per cento dei profitti.

Thanda le diede ancor più potere di controllo, invitandola regolarmente alle riunioni settimanali quando i suoi agenti riportavano le informazioni acquisite durante i loro viaggi nell'Oikumene e in altri mondi del Dilà. Fu in uno di questi incontri che Lech Macrine fece un annuncio sorprendente.

— Interchange ha cessato l'attività — disse il pilota.

A quell'annuncio, la faccia impassibile di Thanda mostrò un'enorme sorpresa.

— Che cosa? Come?

— Un uomo che si fa chiamare Howard Wall è riuscito a trasferire dieci miliardi di UVS nel loro sistema, revocando le tasse di un'ospite donna che era l'oggetto del desiderio di Kokor Hekkus, uno dei Principi Demoni. Wall se ne è poi andato via con la donna e con un assegno della Banca Interplanetaria di Sasani.

Macrine si fermò per scuotere la testa meravigliato e ammirato, poi proseguì: — Ma i dieci miliardi erano contraffatti – non chiedetemi come abbia fatto a ingannare il falsimetro – e presto sono sbiaditi in tanti pezzi di carta bianca. Interchange è fallita all'istante e non ha più potuto adempiere ai suoi obblighi nei confronti della banca, che ha sequestrato tutti i suoi beni e l'ha chiusa.

— Che fine hanno fatto gli "ospiti"? — chiese Morwen.

— La banca non aveva alcun interesse a gestire un'attività di riscatto di schiavi — disse il pilota. — Hanno usato i fondi rimanenti nei conti di Interchange per noleggiare una nave di linea e rispedirli tutti nell'Oikumene.

Thanda disse: — Incredibile. Mi piacerebbe incontrare questo Howard Wall e sentire come è riuscito a ingannare un falsimetro. Nessuno c'era mai riuscito prima.

Si fermò, pensò e aggiunse: — Poi lo ucciderei in modo da non dovermi mai preoccupare che un cliente possa darmi un sacchetto di banconote UVS fasulle.

— Non lo troverai mai — disse Macrine. — Tutti, dalla CCPI al Deweaseling Corp lo stanno cercando, ma è scomparso del tutto. Gira voce che sia andato alla ricerca di Thamber, un pianeta mitico in fondo al braccio galattico.

Thanda grugnì. — Probabilmente è il posto migliore per lui se ha sconvolto i piani di Kokor Hekkus. Non vorrei mai essere nell'agenda del Principe Demone che chiamano "La macchina per uccidere".

Morwen e il resto dell'equipaggio di Thanda furono d'accordo con il loro capo.

Poi la riunione proseguì seguendo gli altri punti all'ordine del giorno.

FINE

Colophon

Questo libro è stato stampata utilizzando il carattere
Adobe Arno Pro per il testo e il carattere NeutraFace per i titoli.

Un ringraziamento speciale a Steve Sherman.

Grafica e impaginazione: Joel Anderson
Quarta di copertina: Matthew Hughes
A cura di John Vance e Koen Vyverman

www.ingramcontent.com/pod-product-compliance
Lightning Source LLC
LaVergne TN
LVHW041208150826
845673LV00001B/326

* 9 7 8 1 6 1 9 4 7 4 5 3 6 *